# 汉魏变革之际文学研究

The Study of Literature during the Transformation from the Han to the Wei Dynasty

张丽锋 ◎ 著

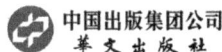

图书在版编目（CIP）数据

汉魏变革之际文学研究/张丽锋著. -- 北京：华文出版社，2020.7
ISBN 978-7-5075-5264-5

Ⅰ.①汉… Ⅱ.①张… Ⅲ.①中国文学-古典文学研究-汉代 ②中国文学-古典文学研究-魏晋南北朝时代 Ⅳ.①I206.2

中国版本图书馆CIP数据核字（2020）第018201号

## 汉魏变革之际文学研究

| 著　　者： | 张丽锋 |
| --- | --- |
| 责任编辑： | 郭俊萍 |
| 投稿邮箱： | gjpyuan@126.com |
| 出版发行： | 华文出版社 |
| 地　　址： | 北京市西城区广外大街305号8区2号楼 |
| 邮政编码： | 100055 |
| 网　　址： | http://www.hwcbs.com.cn |
| 电　　话： | 总编室 010-58336239　责任编辑 010-58336254 |
| | 发行部 010-58336267 |
| 经　　销： | 新华书店 |
| 印　　刷： | 北京建宏印刷有限公司 |
| 开　　本： | 710mm×1000mm　1/16 |
| 印　　张： | 16.25 |
| 字　　数： | 223千字 |
| 版　　次： | 2020年7月第1版 |
| 印　　次： | 2020年7月第1次印刷 |
| 标准书号： | ISBN 978-7-5075-5264-5 |
| 定　　价： | 58.00元 |

版权所有，侵权必究

# 从"文学蓬转"到"彬彬之盛"
## ——《汉魏变革之际文学研究》序

论汉末文学者,始于曹丕。曹丕《典论·论文》以"文人相轻,自古而然"开篇,论者多以曹丕此论在于说明"文非一体,鲜能备善,是以各以所长,相轻所短"的"不自见之患"。曹丕对孔融等七子的评论也是在说明"文非一体,鲜能备善"。至于其论述"文章经国之大业,不朽之盛事",则是以一种超越七子的态势来对孔融等七子作品进行批评,这未尝不是一种"相轻"。这种"相轻"在曹植《与杨德祖书》中表现得依旧很明显。这种居高临下的评论本身,就含有一种"相轻"的味道在里面,或许,里面还有一种优越于诸文士的文章创作感。

文人相轻,包含了文人间彼此的"相轻所短",又包含了"贵远贱近,向声背实"的"自见",这成为曹丕及后世诸多论者一致肯定的地方,但我感觉"文人相轻"中,更有一种文人之间彼此"各以所长""谓己为贤"的自信在里面。汉魏变革之际,是中国文学发展史上的盛世,是诗歌创作史上的第一次高潮,而这个文学盛世的来临,究其主观原因,正是文人间"各以所长,相轻所短"的自见,以及"人人自谓握灵蛇之珠,家家自谓抱荆山之玉"的高度自信。蔡邕、孔融、蔡琰、曹操、曹丕、曹植、王粲、徐幹、刘桢、应玚、陈琳等人,或出身名门望族,或出身经学世家,无一不具有深厚的文化修养。而正是这种文化的积淀和"自见",使得孔融在拜见李膺时,王粲拜见蔡邕时,曹植接见邯郸淳时,均能表现出超常的自信与涵养。而李膺、蔡邕、邯郸淳对年轻一代的激赏与赞誉,又助长了这一代人在登车揽辔之际,能够生发出澄清天下之志。

曹丕的《典论》之所以能够对孔融、王粲等人的作品，进行逐一的精准评论，在于曹丕对汉魏诸文士作品的熟悉，尤其是在孔融等亡后，曹丕对他们的作品有一个完整而系统的整理编撰之基础，也让曹丕对诸文士的作品有一个系统全面的认识与客观的评价。直到今天，曹丕《典论·论文》所散发的理论光芒，依旧照耀着汉末文学批评的学术视野。基于对汉魏诸文士文学创作的精熟，曹丕能立足于现实的文学创作，又能超越汉魏变革之际的文学创作现实，从而在一个更高的理论层面来审视当时的文坛与文学成就。正因为如此，此时的文人，无论是在诗文的创作上，还是在理论的建构上，均有对前代文学的继承与超越，也因此创造了最能体现他们时代精神与诗性精神的建安风骨。

汉魏变革之际的文学创作，体现出强烈的"宗经"意识，他们习惯性地在诗歌创作内容与艺术手法上依附经典。在诗歌创作上，曹操与诸文士的四言诗创作是四言诗创作继《诗经》之后的第二个高峰，虽然其内容较《诗经》而言具有更强的时代性和诗人言志抒怀的主体性，但就其体式、语言、句式等艺术方面而言，《诗经》的痕迹依旧很明显。四言诗外，对《诗经》的依附和取法在五言诗的创作上也很明显。如曹丕引《诗经》一百余处，曹植引《诗经》六十余处，其引《诗经》的方式多样，或整句、或题目、或诗句的化用。诗歌的五言诗篇创作所依附的经典在《诗经》外还有汉末古诗，尤其是对《古诗十九首》的依附性创作也很明显。这点我们可以从曹魏五言诗与《古诗十九首》的观照对比中看到，后者有很重的影子投射在前者身上，这种对汉末五言古诗的模拟，一直贯穿整个魏晋乃至于南朝诗坛。中古文坛的这种"宗经"式依附性创作为主要模式的思维，直接产生了如下后果。

汉魏变革之际，诗人群体的五言诗歌创作，从诗歌整体的架构到词语句式的选择上带有明显的汉末古诗的痕迹，就这个程度而言，其创作属于个体化的模仿与翻版。但我们一方面必须看到他们接近经典、模仿经典，另一方面又可以看到他们在思想上与创作手法上有着远离"古诗"的尝试与努力。这种努力的效果是为后世所广泛认可与接受的，那就是开创了以"风骨""慷慨"为范畴的新的诗歌美学范式,从而使得汉魏之际的诗歌呈现出大成气象。而这种依附性创作,更加促进了古诗,尤其是《古诗十九首》作为文学经典的形成,也进一步刺激了太康文学及后世作者对汉末古诗的推崇,促成以《古诗十九首》为代表的汉末五言古诗作为"诗母"地位的形成。汉魏变革之际的文学创作在"宗经"的同时,更为难能可贵的是他们能够通过自己对世界的个体化体验与感受来对前代经典进行一个全新的消化与改造,在意象的选择、词语的运用、比兴的运用、句式的吸收与内容的切换上,融入了新的生命与更为自觉的改造。这种改造的结果是一个全新的美学艺术作品呈现,看似"宗经"却又突破了前贤的艺术经验与生命感知,以一个性质不同的个体性文学样式呈现。

汉魏变革之际文学之所以呈现"五言腾踊"的局面,有"宗经"的因素,更基于"作者鼎沸"的创作群体,还有文人间彼此的宴飨聚会与竞技创作的艺术氛围,具有代表性的就是邺下文人创作集团的形成。曹丕兄弟与王粲等人间的唱和咏叹,使得四言诗被继承与超越,五言诗接过民间乐府的接力棒进行了全新的改造,辞赋亦在体制上予以开拓,这一切均宣告着一个文学新时代的来临。

以上观点与见解,乃丽锋博士勉力研究之心得。综述如斯,代表我的赞同与欣赏。

近日又收到丽锋《汉魏变革之际文学研究》之书稿,很开心。他的《曹魏三祖时期文学研究》2017年由社科文献出版社出版,当时邀我撰序的情景仿佛就在昨日。两年后的今天,他的新著《汉魏变革之际文学研究》将由华文出版社出版,再邀我作序,这于我是有所震惊的。丽锋自博士毕业后,长期蜗居一隅,远离学术中心,又兼学校基层的缠身琐务,然能于纷繁中求得宁静,潜心于治学,勤于笔耕,实为难得。他"是有一股坐冷板凳的治学精神"的,真乃有志于学,适于做学问者。

兴来展卷,感觉新著持论更加精深醇厚。丽锋于曹魏文学浸染久矣,三祖时期文学之研究亦深矣。其将曹魏文学的发展与转型分为三段：汉末三帝时期文学、曹魏三祖时期文学与曹魏三少帝时期文学。又持"三祖四段"说。其游宴文学、军戎文学、游仙文学、感伤文学、自试文学之划分与概括，亦能紧握当时文学发展的主脉。以此可见论者之宏观视野与严谨分析。

今观其书稿，以《汉魏变革之际文学研究》为题，其关注的视域较曹魏三祖时期更为宽广，往上延伸至汉末三帝时期。而其视域延伸的一个重要因素是把汉末党锢之祸与鸿都门学的设立纳入研究视野。党锢精英之精神气象固然是汉魏变革之际诸文士的师范榜样和精神旨归，曹操与孔融等身上均有着深刻的党锢人物的精神气质。鸿都门学的设立更是作者着力关注的重点。鸿都门学的关注于文学史的研究显然不够，近来虽有一些文章问世，但多数认为与其后的文学创作与成就的关系牵涉不深。丽锋能紧紧抓住鸿都门学这一制度的建立作为研究的切入点，依据有限的史料，大胆假设，小心求证。美国批评家杰弗里·威廉斯在《文学制度》一书中提出："从各种意义上说，制度产生了我们所称的文学，文学问题与我们的制度实践和制度定位是密不可分的。"该书稿恰恰是从制度的层面入手，深挖鸿都门学的设立对当时以及后世文学造成的巨大影响。甚而把鸿都门学的设立，诸生的仕途发展，蔡邕与阳球等对鸿都门诸生及其创作的负面评价，等等，与《古诗十九首》的创作相连，进而得出"鸿都门学生群体是《古诗十九首》作者"的结论。这不单是对鸿都门学的深入研究，更为解决悬置千年的《古诗十九首》的作者问题提供了新思路。而鸿都门学生作为《古诗十九首》的作者的结论完全契合了前贤关于《古诗十九首》作者的诸种猜测论断。如果此说成立，将把自梁启超以来罗根泽、马茂元、游国恩、袁行霈等"东汉末年"说具体为"东汉末年鸿都门学生"说了。此外，论者关于蔡邕、曹操、王粲诸文士无论是"才艺兼该"，还是其辞赋创作的内容风格与语言无不受鸿都门学的影响之观点，也确有其道理在。该书稿中类似于此的大胆而创新之处颇多，如关于曹操、曹丕、曹叡与诸文士的关系论述，对孔融之死的新探，从唯才是举的角度看甄氏之死，对曹操、曹丕与曹叡三代对"浮华"的处理，等等，诸多问题的分析与梳理，都具有独到的视角与结论，能给人以耳目一新之感。

掩卷而思，该书稿虽非"荆山之玉""灵蛇之珠"，然亦是博见精阅、规略文统之作。作者无曹丕所谓"相轻"之意，而有转益多师之长；无依附前人对文献作从众性阐释，而能独抒胸臆自作文。读其书稿，很欣慰，亦很欣赏，相信该书的出版，对汉魏文学研究之拓展将不无助进之功的。至于其材料的引用与解读是否切乾嘉之旨，其文章的推理与结论可否入方家之目，尚待学界方家批评。撰此文，以为序。

姜剑云<br>
己亥冬月于重庆、成都旅途中

# 目录 | Contents

绪　论 ································································· 001

## 上编　汉魏变革之际社会思潮

### 第一章　汉魏变革之际的政治 ································ 003
一、政治统治腐朽 ················································ 004
二、戚宦之争加剧 ················································ 006
三、民族政策失当 ················································ 008
四、农民起义蜂起 ················································ 010

### 第二章　汉魏变革之际的世风 ································ 014
一、处士横议兴盛 ················································ 014
二、党锢之祸发生 ················································ 016

### 第三章　汉魏变革之际的思想 ································ 021
一、儒家思想渐趋衰落 ·········································· 021
二、道家思想流行发展 ·········································· 023
三、道家思想对士人的影响 ···································· 025
四、道家思想的传播对文学的影响 ························· 027
五、治经方法的转变对文学的影响 ························· 032

### 第四章　汉魏变革之际的文学创作概况 ················· 037

一、诗歌创作概况 ·············································· 037
　　二、辞赋创作概况 ·············································· 048
第五章　汉魏变革之际文学思潮转变 ··························· 060
　　一、辞赋之士完成了由"俳优"到"封侯赐爵"的转变 ········ 060
　　二、鸿都门文学取代歌颂文学成为文学的主要内容 ············ 062
　　三、"连偶俗语"取代"质木无文"成为文学追求 ············· 065
第六章　汉魏变革之际文人生活经历和社会活动 ··············· 068

# 中编　鸿都门学与《古诗十九首》研究

## 第一章　鸿都门学概述 ············································ 077
　　一、鸿都门学的设立背景 ········································ 077
　　二、鸿都门学的考核内容 ········································ 078
　　三、鸿都门学生身份分析 ········································ 083
　　四、"作者鼎沸"的背景与原因 ·································· 085
## 第二章　鸿都门学生与《古诗十九首》 ······················· 088
　　一、《古诗十九首》与汉末古诗 ································· 088
　　二、《古诗十九首》作者与时代分析 ···························· 089
　　三、《古诗十九首》作者的佚失及其传播 ······················· 096
## 第三章　鸿都门学的设置对曹魏文学的影响 ·················· 099
　　一、以"尺牍辞赋"取士促使文学地位提高 ···················· 099
　　二、鸿都门学影响着文学走向通俗 ······························ 101
　　三、鸿都门学影响着文学走向华靡 ······························ 103
　　四、鸿都门学影响着作家"才艺兼该" ························· 105
## 第四章　《古诗十九首》对曹魏文学的影响 ·················· 109
　　一、从词汇和句式上为曹魏文学确立了新的形式美学 ·········· 109
　　二、从意象选择上影响着曹魏诗歌的创作 ······················ 114

三、为曹魏诗歌走向文人五言诗奠定了基础 …………… 117
**第五章　《古诗十九首》的意象及写作手法** ………… 124
　　一、《古诗十九首》中意象的分类与内涵 ……………… 124
　　二、《古诗十九首》拟女性写作的原因 ………………… 130
**第六章　《古诗十九首》与曹植关系考** ……………… 135
　　一、《古诗十九首》作者与曹植贵公子身份不符 ……… 139
　　二、《古诗十九首》不如曹植诗歌雅致 ………………… 140
　　三、《古诗十九首》所涉地方非曹植所经历 …………… 142

## 下编　汉魏变革之际相关问题考论

**第一章　曹操与诸文士的关系** ………………………… 147
　　一、"今世作者，尽集兹国" …………………………… 147
　　二、曹魏诸文士与曹操的关系考 ………………………… 151
　　三、曹魏诸文士是否"不甚见用" ……………………… 159
**第二章　曹丕与诸文士的关系** ………………………… 166
　　一、曹丕与诸文士的关系 ………………………………… 167
　　二、曹丕与曹植的关系 …………………………………… 171
　　三、曹丕对诸文士的怀念 ………………………………… 175
　　四、曹丕对诸文士作品的整理与评价 …………………… 176
**第三章　曹叡与诸文士的关系** ………………………… 179
**第四章　论曹操与孔融之死** …………………………… 182
　　一、孔融是成熟的政治家 ………………………………… 182
　　二、孔融是汉末拥护朝廷的一面大纛 …………………… 187
　　三、孔融被杀是曹操势力膨胀的结果 …………………… 191
**第五章　甄氏之死与唯才是举** ………………………… 195
　　一、甄氏与曹植相恋说 …………………………………… 195

  二、"甄后之诛，由郭后之宠"说 …………………… 201
  三、甄氏之死与唯才是举 …………………………… 204
  四、甄氏之死与其家庭中的角色 …………………… 209

**第六章　论三曹时期"浮华"之风与政治的关系**………… 214
  一、曹操"破浮华交会" ……………………………… 214
  二、曹丕对魏讽谋反案的处理 ……………………… 216
  三、曹叡"罢黜浮华"始末 …………………………… 218
  四、浮华案的影响 …………………………………… 221

**参考文献** ……………………………………………………… 225
  一、专著 ……………………………………………… 225
  二、论文 ……………………………………………… 229

**后　记** ………………………………………………………… 233

# 绪　论

时运交移，文风代变，焉能不察。文学思潮的转变往往在朝代变革之际表现得更为明显。在中国古代，王朝易代所引起的重大变革不止有政权的交替，还影响到经济、军事、社会、文化思潮等。作为上层建筑的有机组成，文学思潮的变革更为明显。特定时代、地域由于上层建筑内部发展的不平衡，文学思潮反应更灵敏，可以更真实地透视当时的朝代变革。汉魏变革之际，随着"文学蓬转"，而呈现出"彬彬之盛"的繁荣局面。这看似是一种表面现象，但这种现象背后，我们看到的是作家的文学活动，也可以梳理出文体的演变轨迹；然而，更深刻地，应该关注"文学变迁"的动因，以及相应的文学发展趋势。对于文学发展趋势的研究，不应受王朝更迭的割裂，不应受作家生平的局限，而应在一个更为宽广的视域下看文学是怎样在社会多种因素合力下发生变迁的，这要求我们具有一个宏观的视野和对文学本体的深入理解。

汉魏之际是中国思想与文学发展史上的一个重大变革时期，因此关注汉魏变革之际文学的演变是非常有意义的。然而纵观前贤著述，至今我们很难在文学史中看到关于这一时期的系统的文学发展变迁理论，尤其是关于变革之际文学的研究成果，正如朱光潜论诗，"诗话大半是偶感随笔，信手拈来，片言中肯，简炼亲切，是其所长；但是它的短处在零乱琐碎，不成系统，有时偏重主观，有时过信传统，缺乏科学的精神和方法"[①]。即

---

[①] 朱光潜：《诗论》，漓江出版社2011年版，第1页。

使《三曹资料汇编》①所摘引一百六十余种文献，涉及"三曹七子"的论述也多为零散式的点评，少有系统的评论和纵向的学术史评析。如曹丕《典论·论文》《与吴质书》中论及"七子"，少论其文风浸染，更无论其诗文渊源。曹植《与杨德祖书》对诸文士的成就含糊"讥弹"，亦少谈及艺术成就。沈约在《宋书·谢灵运列传》论及建安文学，则言"至于建安，曹氏基命，二祖陈王，咸蓄盛藻，甫乃以情纬文，以文被质"，虽以"咸蓄盛藻"而赞，但缺少时代性的点评。沈约接着评论道："自汉至魏，四百余年，辞人才子，文体三变。相如巧为形似之言，班固长于情理之说，子建、仲宣以气质为体，并标能擅美，独映当时。"②这段评论难得有史学的思维贯穿，论及汉魏"文体三变"，虽为文赋，于诗歌而言亦有借鉴，我们却很难从中找到汉魏变革之际文学思想的传承与影响。刘勰在《文心雕龙·时序》篇提出"降及灵帝，时好辞制，造羲皇之书，开鸿都之赋，而乐松之徒，招集浅陋，故杨赐号为驩兜，蔡邕比之俳优，其余风遗文，盖蔑如也。自献帝播迁，文学蓬转，建安之末，区宇方辑。魏武以相王之尊，雅爱诗章；文帝以副君之重，妙善辞赋；陈思以公子之豪，下笔琳琅：并体貌英逸，故俊才云蒸"③。在此，刘勰对汉魏文学给予了两段式的评论，先言汉灵帝于光和元年设立鸿都门学，从而创作的"俳优"之文而影响"蔑如"；次言汉献帝建安年间，由于曹操、曹丕、曹植等"雅爱诗章"而形成"俊才云蒸"的文学盛景。刘勰此段评述虽为中肯，但集中在汉魏之际文学的成就概貌，对"文学鼎沸"的原因分析集中于帝王的影响。其后钟嵘《诗品·序》论及汉魏之际的文学时，指出"降及建安，曹公父子笃好斯文；平原兄弟郁为文栋；刘桢、王粲为其羽翼。次有攀龙托凤，自致于属车者，盖将百计。彬彬之盛，大备于时矣"④。可见，钟嵘之论与刘勰之言如出一辙，极言建安文学之"彬彬之盛"的现象，而忽视汉末三帝时期

---

① 河北师范学院中文系古典文学教研组编：《三曹资料汇编》，中华书局1980年版。
② ［南朝梁］沈约撰：《宋书》卷67《谢灵运列传》，中华书局1974年版，第1778页。
③ ［南朝梁］刘勰著，范文澜注：《文心雕龙注》，人民文学出版社1962年版，第673页。
④ ［南朝梁］钟嵘著，曹旭集注：《诗品集注》，上海古籍出版社1994年版，第17页。

文学与曹魏文学之间的承继关系及其对时代风气的扭转,刘勰则进而对汉灵帝时期以鸿都门学之俗赋创作的文学给予直接抹杀。以上诸家均缺乏从文学史的纵向发展视角对汉魏变革之际的文学给予整体的历史观照。正如石云涛先生所言:"上述诸家对建安文学都有某种认识,不乏精湛的见解,但他们都缺乏文学史家的眼光,不能把建安文学放在文学发展的长河中去思考,他们看到建安文学的一些特点,但都见木不见林,不能认识建安文学的全貌,往往孤立地谈论建安文学的某一问题。"①其实,在后世的文学批评史中,建安文学往往成为一个独立的话题,其所论者多将其与汉末文学割裂开来。后世论者多高唱"建安风骨""建安风力",于是建安文学成为后世不可企及的诗歌美学典范。然建安文学所由何来?论者对其后世影响所言甚多,而对其与前世承继则少有关注,大有横空出世之感。

阮元在为钱大昕《十驾斋养新录》所作序文中指出:"学术盛衰,当于百年前后论升降焉。"②其实,学术研究当以百年前后论升降,文学发展也需要以百年前后论升降。近代,刘师培1917年后在北京大学讲授中古文学史时就关注到了汉魏文学的变迁问题。1919年北京大学出版的《中国中古文学史》印本,其稿第三课《论汉魏之际文学变迁》:"建安文学,革易前型,迁蜕之由,可得而说:两汉之世,户习七经,虽及子家,必缘经术。魏武治国,颇杂刑名,文体因之,渐趋清峻。一也。建武以还,士民秉礼。迨及建安,渐尚通侻则侈陈哀乐,通则渐藻玄思。二也。献帝之初,诸方棋峙,乘时之士,颇慕纵横,骋词之风,肇端于此。三也。又汉之灵帝,颇好俳词(见杨赐《蔡邕传》),下习其风,益尚华靡;虽迄魏初,其风未革。四也。"③这段总论中,刘师培从汉魏文学变迁的角度,将汉魏两朝文学发展概括为四方面的变迁:一为学术崇尚,由汉之宗经到魏

---

① 石云涛:《论刘勰对建安文学的研究》,《许昌师专学报》1985年第1期,第40页。
② [清]钱大昕:《十驾斋养新录·序》,江苏古籍出版社2000年版,第1页。
③ 刘师培著,舒芜校点:《中国中古文学史》,人民文学出版社1984年版,第11页。

杂刑名之学;二是士人行为风尚,由汉之崇礼到魏之通脱;三是指出献帝以来乘时之士慕纵横之学,此时骋词之风渐成风尚;四是汉灵帝以下,上好俳词,下尚华靡之文风。其后,文章则罗列涉及文学变迁的读书笔记若干。刘师培所论大致将汉魏文学的变迁理出了头绪,开启了先声。以上四点林伟民先生在《汉魏文学变迁的认识》中总结为"重文、重气、重才"等三方面的汉魏文学变迁观。沈达材在《建安文学概论》中提出"我们觉得前人对于建安文学的来源都没有精确的研究","我们只觉得这时代的文学,它的来源,便是乐府。我们可以断定:没有乐府即没有建安文学"。①沈著主张"建安文坛和东汉发生关系"集中于"东汉诗人给予建安时代的影响"②的乐府歌词中。

其后,学者在关注汉魏变革之际的文学变迁时研究大多落脚在寻找建安文学繁荣的成因:或从五言诗歌发展入手,如探讨《古诗十九首》对建安诗歌的影响;或从乐府诗篇入手,谈乐府民歌与建安文学的关系;也有从文学自觉的理论角度进行阐释的。这些论述的角度和立场都是站在建安文学之上来看问题。

其实"建安文学"的概念提出本身就具有非常强的历史阶段性,虽然学者们对建安文学的时间划分不同,但其核心时间点都是以"三曹七子"的文学活动为起止。李景华先生在《建安文学述评》中提出建安文学"上限应在公元175年前后,即建安的前20年。下限应在曹植去世的公元231年前后,在建安以后的十一二年"③。这里上限的确立原因是"建安文学的前辈是孔融和曹操,曹操生于桓帝永寿元年(公元155年),孔融还比他大两岁。按常情论,应以二十岁作为人从事文学活动的开始"④。李宝均先生则认为建安时代"上限应自董卓之乱(公元190年)始,下限还应

---

① 沈达材:《建安文学概论》,朴社出版社1932年版,第3页。
② 沈达材:《建安文学概论》,朴社出版社1932年版,第17页。
③ 李景华:《建安文学述评》,首都师范大学出版社1994年版,第4页。
④ 李景华:《建安文学述评》,首都师范大学出版社1994年版,第4页。

包括曹魏黄初、太和（公元220—233年）这一时间。"①论建安文学者虽其持论各异，各有考虑，但余者时间界限也大致如此。严可均编辑《全后汉文》和《全三国文》时把"建安七子"归入《全后汉文》，把"三曹"归入《全三国文》。逯钦立先生在《先秦汉魏晋南北朝诗》中，则把蔡琰、孔融放入《汉诗》，把三曹和其余诸子放入《魏诗》中。严、逯二位先生这样安排自有其道理，现行文学史的编写中也依旧按照朝代的更替来进行文学的描述，将建安文学部分放入了"魏晋文学"中。而问题的关键是，"建安"是汉献帝的年号，从史学的范畴而言，这是名实不符的，而这或许是受到"建安"这一概念的限制。刘知渐先生在《建安文学编年史》中提出"建安文学是东汉中期文学的继承和发展"②，其编年史则以"建安前数十年"开篇，其后是"建安前五十年"，直至建安元年为"建安文学编年史前编"。之所以开篇从建安前数十年开始，是因为作者认为："建安文学以五言诗为主，五言诗是从张衡开始创作的，乐府五言诗的时代也大概和张衡相先后，无名氏的《古诗十九首》，大概也出在建安以前，如果没有这些遗产可供继承，建安文学中的五言诗是不会从天上掉下来的。"③刘著虽立足于建安文学编年，但其对"前期"的设置考虑却是融入了"史"的思维，把文学发展演变作为最重要的考虑因素。这也就是本文重在进行"汉魏变革之际文学"研究的初衷，即要观照汉魏变革之际的文学变迁。

论汉魏变革之际文学的变迁，不仅应对建安文学兴盛原因的探讨，更是要把"建安文学"放入一个相对完整的历史阶段，对这一阶段发生的重大文学发展脉络进行梳理和探讨。至于本书所论的汉魏变革之际的时间上限的界定，则参考、借鉴了前贤的说法而提出新的阐议。前贤说法，其中以中平元年（公元184年）为上限者，一则因这一年黄巾起义奏响了推

---

① 李宝均：《曹氏父子和建安文学》，上海古籍出版社1978年版，第3页。
② 刘知渐：《建安文学编年史》，重庆出版社1985年版，第4页。
③ 刘知渐：《建安文学编年史》，重庆出版社1985年版，第4页。

翻东汉政权的号角，二则是曹操以《对酒》诗为标志开始进行文学创作；以中平六年为上限者，一则因这一年董卓入主京师，袁绍等地方豪族相聚而起以讨伐董卓，东汉王朝进入军阀割据时代，二则这一年汉献帝即位，开始了长三十余年的献帝时期，而曹操、孔融等人也正式步入历史舞台，可视为曹魏文学的一个起点；以光和元年汉灵帝设置鸿都门学为上限者，是因为光和元年在时间上来看，兼顾了以上两种说法，其时汉魏之际的重要作家，如孔融、曹操、蔡琰、陈琳等人也已经登上历史舞台，尤其更多地考虑到汉灵帝设立鸿都门学在汉魏变革之际的重大影响，此种影响多为前辈学者所忽视。本书认为，帝王对文学的提倡和文学制度的设立对文学的发展起着非常重要的促进作用，汉灵帝设置鸿都门学对提高其后文学的地位以及文学发展由雅向俗的转变意义重大。往上逆推，汉桓帝延熹九年（公元166年）的第一次党锢事件，对文学思潮变迁也有深远的影响。汉桓帝、灵帝时期，主荒政缪激起"匹夫抗愤，处士横议"，随后"激扬名声，互相题拂，品核公卿，裁量执政，婞直之风，于斯行矣"。孔融、蔡邕、曹操、祢衡等人不畏强权、关心时政、勇于表达个人的"通脱"之风无不备受陈蕃、范滂、张俭等党锢人物的影响。汉魏变革之际的士人精神中"慷慨以任气"以及文学创作中"磊落以使才"的文学个性无不源于党锢精神。汉桓帝，公元146—167年在位。孔融生于公元153年，曹操生于公元155年，陈琳年龄当与曹操相近。汉桓帝在位二十一年，期间正是孔融、曹操、陈琳等人成长及"三观"形成的时期。因此考察汉魏变革之际的文学，其时间上限当以汉桓帝公元146年即位为始。汉魏文学变革之际的时间下限当以公元239年曹叡去世为终。这段时间涵盖了整个汉末三帝（汉桓帝刘志、汉灵帝刘宏、汉少帝刘辩）、曹魏三祖（魏太祖曹操、魏世祖曹丕、魏烈祖曹叡）。

　　汉末三帝与曹魏三祖都极为重视文学，尤其是自身亦积极地创作诗文。文学的命运与帝王的倾向有很大关系，当帝王以利禄功名牵引时，能够形成一个兴盛的局面。皮锡瑞在论两汉经学之盛时提出"欲兴经学，非导以利禄不可"①。经学之兴盛需要导以利禄,文学及其他艺术形式的昌盛又何尝不需要帝王导以利禄?汉灵帝设立鸿都门学就是这样一场以功名利禄为牵引,以辞赋、鸟篆、书法为考核内容,确立士人晋升途径的政治运动。在导以利禄的帝王中,非止汉灵帝,其后的曹操、曹丕、曹叡等人皆如此。东晋袁宏《后汉纪》载:"光和元年春,辛亥朔,日有蚀之。己未,京师地震。初置鸿都门生,本颇以经学相招,后诸能为尺牍词赋②及工书鸟篆者至数千人,或出典州郡,入为尚书,侍中,封赐侯爵。"③这里明确地记载,鸿都门学初以经学人才相招,随后则由经学转变为"尺牍词赋及工书鸟篆者",尤其是以"封赐侯爵""图象立赞""待以不次之位"等利禄为引,从而形成"诸生竞利,作者鼎沸"的盛景。在这种情况下,我们很难认为"尺牍词赋"的兴盛与鸿都门学的设立无关。因此钟嵘肯定了汉代"辞赋竞爽"④的创作局面。龚克昌先生在《全汉赋评注》序言中提出"汉赋在两汉的发展过程中形成了两个高峰,其一在武宣之世,其二是在灵帝之时"⑤。当时鸿都门学的设立,尤其是其招生内容由"经学"转向"尺牍词赋",引起了阳球、蔡邕等人的强烈不满。阳球的不满是对鸿都门学生群体的批判,蔡邕的不满局限在鸿都门学生辞赋创作内容和语言运用粗鄙两个方面。综观蔡邕的辞赋何尝没有内容和语言上的粗鄙之作,如《短人赋》《青衣赋》,故我们很难排除蔡邕、曹操等人的辞赋诗文创作中尚俗的创作倾向中与鸿都门学有着比较亲密的关系(具体可参看笔者论文《鸿都门学的设立对曹魏文学的影响》)。同时,我们也发现了这样的一个问题:龚克昌先生提出汉赋在汉灵帝时候的创作是汉赋创作史上的第二个高潮。这种推断是基于对鸿都门学的相关史料的分析之后

---

① [清]皮锡瑞:《经学历史》,艺文印书馆1974年版,第66页。
② 本书中"词赋"实际用"辞赋"更为确当,因此作者行文中用"辞赋",而引文中则尊重文献,没有作刻意统一。
③ [东晋]袁宏撰,张烈点校:《后汉纪》卷24《孝灵皇帝纪》,中华书局2002年版,第466页。
④ [南朝梁]钟嵘著,曹旭集注:《诗品集注》,上海古籍出版社1994年版,第11页。
⑤ 龚克昌等评注:《全汉赋评注》,花山文艺出版社2003年版,第2页。

得出的结论。今天我们从现存的辞赋作品来看,汉灵帝时期的辞赋作品数量明显少于汉献帝时期。尤其值得注意的是,曹丕、曹植兄弟和王粲等诸子皆有大量辞赋存世,而且形成了"辞赋竞爽"的局面。据统计,建安时期创作辞赋一百六十多篇,涉及的辞赋家有文献可征者多达三十人。所以,我们很有必要把汉灵帝时期纳入汉魏变革之际文学的考虑范围,这样才能更好地追本溯源,了解并把握当时文学发展与变迁的脉络。

论汉魏之际的文学变革,应先关注其时政治制度,包括人才选拔的内容转变,即由"举孝廉""明五经"到汉灵帝设置鸿都门学,"举召能为书画辞赋者相课试,至千人,诸生课试及格者任高官,乃有封侯赐爵者",再到曹操"唯才是举"的选才,俨然置道德品行于不顾,宜以选拔经邦治国之才为第一要务。在治经的方式上也由重视章句向"不受章句""独观其大略"转变。同时,在文学的发展上也同样发生着重大的变化。在诗歌的创作上,无论是在体裁上,还是在题材上,以及作者的构成上,都较两汉发生了一系列变化。曹植《与杨德祖书》中尝言"当此之时,人人自谓握灵蛇之珠,家家自谓抱荆山之玉"①。尤其是在变革之际,风云际会,英雄于抱负而言多有逐鹿中原之志,于文学而言则人人自谓握灵蛇之珠。

汉魏变革之际文学领域发生的重大变化体现在以下几个方面。

一是诗歌体裁从四言诗走向五言诗,而五言诗也多由以前汉乐府五言诗和少量的文人五言诗发展成为最盛行的诗体,俨然成为汉魏变革之际最具有代表性的文学样式。乐府诗成为当时文人创作诗歌的主要形式,如曹操、曹丕、曹植、曹叡等人都留下了大量的乐府诗篇,这些乐府诗篇占据了此时诗歌创作的半壁江山。

二是诗人个性从汉代重儒学、强调修身到曹魏时期不重章句、尚"通脱"的转变。汉魏易代之际的曹操、王粲、曹丕等人俨然为"通脱"的典范。《世说新语·伤逝》有载:"王仲宣好驴鸣,既葬,文帝临其丧,顾语

---

① 赵幼文校注:《曹植集校注》,人民文学出版社1984年版,第153页。

同游曰:'王好驴鸣,可各作一声以送之。'赴客皆一作驴鸣。"①曹丕带领文武官吏哀悼王粲以驴鸣相送,既突破了古代世俗帝王礼仪而以怪诞行为耀世之行,又表现了当时名士风流下的一往情深。王粲好驴鸣的情趣追求在东汉能找到先声,戴良"少诞节,母喜驴鸣,良常学之以娱乐焉"②。情之所至,礼之为让。由于当时社会风气尚"通脱",所以在文学创作上也有一股崇尚"通脱"的精神在流淌,强调自我感情的直接流露和表达,不掩饰自己真实欲望的情绪表达。鲁迅在《魏晋风度及文章与药及酒之关系》中说:"在曹操本身,也是一个改造文章的祖师,可惜他的文章传的很少。他的胆子很大,文章从通脱得力不少,做文章时又没有顾忌,想写的便写出来。"如此看来这种通脱的风气,这种在文章中呈现出"我手写我口"的直抒胸臆,源于在行为上的重情甚于重礼。

三是诗人创作群体的集聚,为彼此之间的交流逞才斗技提供了平台,也形成了风气。如刘勰在《文心雕龙·明诗》中所言:"暨建安之初,五言腾踊。文帝、陈思,纵辔以骋节;王、徐、应、刘,望路而争驱。"③钟嵘《诗品·序》:"降及建安,曹公父子笃好斯文;平原兄弟郁为文栋;刘桢、王粲为其羽翼。次有攀龙托凤,自致于属车者,盖将百计。彬彬之盛,大备于时矣。"两者均以浓墨重彩描述了汉魏变革之际文学的繁荣景象。有帝王"率队",诸文士个个"慷慨以任气,磊落以使才",把自己的文学才华发挥到极致,从而创造了中国文学史上具有鲜明时代特征和美学特征的"建安风骨"。

当然,以上诸现象的出现,我们可以从汉魏变革之际,甚至从更早的时空中找到其出现的根源。

其一,封建帝王的推崇和喜好。帝王对文学的喜爱及奖掖对文学的发展势必产生重要影响,汉魏易代之际的文学繁荣与帝王的推崇就有着

---

① [南朝宋]刘义庆撰,徐震堮著:《世说新语校笺》,中华书局1984年版,第347页。
② [南朝宋]范晔撰,[唐]李贤等注:《后汉书》卷83《戴良列传》,中华书局1965年版,第2773页。
③ [南朝梁]刘勰著,范文澜注:《文心雕龙注》,人民文学出版社1962年版,第66页。

密切的关系。如汉桓帝刘志、汉灵帝刘宏、魏武帝曹操、魏文帝曹丕、魏明帝曹叡都很推崇文学。正如刘勰所言:"降及灵帝,时好辞制,造羲皇之书,开鸿都之赋","魏武以相王之尊,雅爱诗章;文帝以副君之重,妙善辞赋","明帝纂戎,制诗度曲,征篇章之士,置崇文之观"①。此帝王所尚,自然引动文学创作之兴起。

其二,社会动乱的现实不仅给汉魏变革之际的诗人提供了直面现实人生的机会,也打破了他们正常的仕进道路,他们不得不在战乱中颠沛流离,为了生存而数易其主以求自身的生存及发展。如此一来,他们的创作也脱离了汉代文人诗篇中如班固《咏史》般质木无文之感,取而代之的是《饮马长城窟行》《七哀诗》《薤露行》《蒿里行》等以"汉末实录"为题材内容和情绪出发点的作品,进而丰富了建安文学的气象风骨。同时,他们的诗篇中也充满了高扬的政治热情,如"老骥伏枥,志在千里""捐躯赴国难,视死忽如归"等建功立业情绪的激昂诗篇随处可见。

其三,文人五言诗篇的大量涌现,成为汉魏变革之际最具代表性的诗歌样式,其中文人五言诗成就是最高的。不仅"三曹七子"的五言诗堪称后世五言诗篇的典范,稍前的汉末古诗,尤其《古诗十九首》为代表的五言古诗更为后世所激赏,有"惊心动魄,一字千金"之誉。而对《古诗十九首》为代表的五言诗创作成就,以及对《古诗十九首》作者时代的分析,以往学者多确定为"汉末中下层文人所作",如梁启超、马茂元等先生皆持此观点。本书从诗歌本身所提供的信息出发分析,并从汉魏变革之际大空间内的重要历史性事件——鸿都门学的设立和社会思潮出发来分析,初步断定,《古诗十九首》为鸿都门学生创作,而其后主宰文坛的"三曹七子"等人无不受鸿都门学的创作影响而来承绪扬波。

---

① [南朝梁]刘勰著,范文澜注:《文心雕龙注》,人民文学出版社1962年版,第674页。

# 上编 汉魏变革之际社会思潮

汉魏变革之际的社会思潮是汉魏变革时期文学研究的时代土壤，也正因有着社会思潮的土壤，汉魏变革之际的文学才能开出如此灿烂的文学奇葩。赵敏俐先生提出：文人是从汉代开始正式形成的一个社会阶层，深受社会思潮的影响。①所以研究汉魏变革之际的文学现状及其发展趋势和特点，有必要对这一时期的社会思潮进行一个系统的梳理，以便清楚地了解彼时文学发展的深层社会基础，为解释文学的产生与发展提供更好的历史依据和理论沟通，对曹魏变革之际文学发生给出科学的理论阐释。此外，汉魏变革之际的政治、思想、文化等方面的呈现和变化无不影响着当时文人的生活及其文学思想，也给文学创作带来重要的影响。因此，探讨该时期的政治社会思潮及其对文学创作状况的影响是汉魏变革之际文学研究的重要内容。

---

① 赵敏俐：《论汉代文人五言诗与汉代社会思潮》，《社会科学战线》1994年第4期，第199页。原文："文人作为从汉代正式形成的一个社会阶层，除了深受社会思潮的影响，在诗歌创作中表现出比较明显的人生短促和及时行乐的思想之外，由于他们的生活经历和所处的社会地位和上层贵族不同，他们在诗歌中必然也要表现属于他们自己的独特生活内容，那就是游子思妇诗的创作。可以说正是人生短促、及时行乐的社会思潮与游子思妇的有机结合，才最鲜明地体现了汉代文人诗的时代特征。"

# 第一章　汉魏变革之际的政治

东汉自和帝刘肇十岁登基后，政权由窦太后及其兄窦宪所把持。自此东汉政权进入外戚与宦官轮流专权的时代，历史上称之为"戚宦之争"。尤其是安帝以后，灾异频仍，边疆始乱，其内外交困的局面一直伴随到东汉王朝的结束。正如《后汉书》所载，当时"灾异蜂起，寇贼纵横，夷狄猾夏，戎事不息，百姓匮乏，疲于征发。重以蝗虫滋生，害及成麦，秋稼方收，甚可悼也"①。东汉步入汉桓帝、汉灵帝时期，其统治可谓一塌糊涂。皇权统治日益薄弱；政权由外戚专权时代转为宦官专权时代；士人阶层与宦官集团形成水火不容的势头，并引发了两次声势浩大的党锢事件；统治阶级极度腐朽奢靡，造成了大量的流民，可谓民不聊生。同时，自然灾害连年发生，旱灾、水灾、地震、虫灾等灾害更是加剧了人民生活的痛苦。加之东汉统治者对周边少数民族的不断挑衅征伐，引发了以羌族、鲜卑族为首的周边民族的持续反抗，长期的民族战争耗费着东汉大量的人力、财力。尤其是汉末三帝时期，几乎全部朝报为自然灾害、各地叛乱、鲜卑和羌等扰边事件所充斥，使人喘不过气来。此时，"光禄勋陈蕃上疏谏曰：'安平之时，游畋宜有节，况今有三空之厄哉！田野空，朝廷空，仓库空。加之兵戎未戢，四方离散，是陛下焦心毁颜，坐以待旦之时也。'"②这一切最终导致了黄巾起义的爆发和东汉政府的灭亡。

---

① ［南朝宋］范晔撰，［唐］李贤等注：《后汉书》卷5《孝安帝纪》，中华书局1965年版，第217页。
② ［宋］司马光编著，［元］胡三省音注：《资治通鉴》卷54《桓帝延熹六年》，中华书局1956年版，第1765页。

### 一、政治统治腐朽

汉末三帝统治时间四十余年,其间国政多失,政治极度黑暗和腐朽。虽然朝廷已经面临各种内外危机,但自始至终没能引起当政者的重视,反而加大了对人民的剥削和压榨力度。

首先,汉灵帝西园卖官。卖官鬻爵现象始于秦始皇,据《史记·秦始皇本纪》载,秦始皇"(四年)十月庚寅,蝗虫从东方来,蔽天。天下疫。百姓纳粟千石,拜爵一级"①。汉武帝时也曾卖官鬻爵以增加政府财政。东汉卖官则始于安帝,盛于桓、灵之际,尤其值得一提的是汉灵帝西园卖官。《资治通鉴·汉纪四十九》记载:"是岁(光和元年),初开西邸卖官,入钱各有差:二千石二千万;四百石四百万;其以德次应选者半之,或三分之一;于西园立库以贮之。或诣阙上书占令长,随县好丑,丰约有贾。富者则先入钱,贫者到官然后倍输。又私令左右卖公卿,公千万,卿五百万。"②检索《后汉书》及《资治通鉴》,有这样几条记载非常显眼:

> (延熹四年)占卖关内侯、虎贲、羽林、缇骑营士、五大夫钱各有差。③
> 
> 《后汉书·孝桓帝纪》

> (光和元年)初开西邸卖官,自关内侯、虎贲、羽林,入前各有差。私令左右卖公卿,公千万,卿五百万。④
> 
> 《后汉书·孝灵帝纪》

> 是岁(中平四年),卖关内侯,假金印紫绶,传世,入钱五百万。⑤
> 
> 《后汉书·孝灵帝纪》

---

① [汉]司马迁:《史记》,中华书局1959年版,第224页。
② [宋]司马光编著,[元]胡三省音注:《资治通鉴》卷57《灵帝光和元年》,中华书局1956年版,第1849页。
③ [南朝宋]范晔撰:《后汉书》卷8《孝灵帝纪》,中华书局1965年版,第309页。
④ [南朝宋]范晔撰:《后汉书》卷8《孝灵帝纪》,中华书局1965年版,第342页。
⑤ [南朝宋]范晔撰:《后汉书》卷8《孝灵帝纪》,中华书局1965年版,第355页。

是时,三公往往因常侍、阿保入钱西园而得之,段颎、张温等虽有功勤名誉,然皆先输货财,乃登公位。(崔)烈因傅母入钱五百万,故得为司徒。及拜日,天子临轩,百僚毕会。帝顾谓亲幸者曰:"悔不少靳,可至千万!"程夫人于傍应曰:"崔公冀州名士,岂肯买官!赖我得是,反不知姝邪!"烈于是声誉顿衰。①

《资治通鉴》

可见,卖官鬻爵已经成为朝廷的一项重要政治活动,朝廷上下各级官职,价钱不等,均有定价。买官者不仅有一般意义上的豪族,甚至一些在社会上具有崇高威望的士族、名士也需要通过买官的方式来求得仕进,以施展抱负。如一代名将段颎、张温,冀州名士崔烈,都要通过这种不正当的方式来获得政治上的发展,可知其时正常的察举选贤制度已经被破坏殆尽了。卖官之风到汉末三帝时更加疯狂。汉灵帝本人对敛财有着异乎以往帝王的疯狂。光和元年,汉灵帝开西邸卖官。中平元年,汉灵帝在西园造万金堂,来储藏自己卖官鬻爵所收敛的钱财,多余的金钱、缯帛则藏寄在小黄门或常侍家中。曹操父亲曹嵩于"灵帝时,货赂中官及输西园钱一亿万,故位至太尉"②。真可谓"饕餮横行""因臧(赃)买位,舆金辇宝,输货权门,盗窃鼎司"。汉灵帝又"遣御史于西邸卖官,关内侯顾五百万者,赐与金紫;诣阙上书占令长,随县好丑,丰约有贾。强者贪如豺虎,弱者略不类物,实狗而冠者也。司徒古之丞相,壹统国政。天戒若曰:宰相多非其人,尸禄素餐,莫能据正持重,阿意曲从;今在位者皆如狗也,故狗走入其门"③。汉灵帝西园卖官之举,虽当时有外患频仍、国库紧张之客观原因,但更多是因其本人贪欲无度、奢华淫靡所致。

其次,汉灵帝还是一位极其爱玩的皇帝。"熹平中,省内冠狗带绶,

---

① [宋]司马光编著:《资治通鉴》卷58《灵帝中平二年》,中华书局1956年版,第1878页。
② [南朝宋]范晔撰:《后汉书》卷78《宦者列传》,中华书局1965年版,第2519页。
③ [南朝宋]范晔撰:《后汉书》志13《五行一》,中华书局1965年版,第3272页。

以为笑乐。"光和四年，汉灵帝"作列肆于后宫，使诸采女贩卖，更相盗窃争斗。帝著商贾服，饮宴为乐。又于西园弄狗，著进贤冠，带绶。又驾四驴，帝躬自操辔，驱驰周旋，京师转相放效"①。灵帝还极其崇尚胡文化。《后汉书》载："灵帝好胡服、胡帐、胡床、胡坐、胡饭、胡空侯、胡笛、胡舞，京都贵戚皆竞为之。"②时人谓之"服妖"也，"服妖"之风猖獗，席卷京邑，引领世风，流布天下。东汉政府与周边民族的长期战争，固然客观上有利于胡文化的传入，但帝王的喜好是极大的风气引领，导致汉末三帝时期京城的胡文化已经非常流行。

最后，汉末三帝时还大兴土木、建造宫苑以供其淫欲。当是时，朝廷"敛天下田亩税十钱，以修宫室"③。汉桓帝诛杀梁冀后，赵忠、张让等"宦官得志，无所惮畏，并起第宅，拟则宫室"④。其后左悺等四侯"皆竞起第宅，楼观壮丽，穷极伎巧。金银罽毦，施于犬马。多取良人美女以为姬妾，皆珍饰华侈，拟则宫人"⑤。蔡邕《述行赋序》曰："延熹二年秋，霖雨逾月。是时梁冀新诛，而徐璜、左悺等五侯擅贵于其处。又起显阳苑于城西。人徒冻饿，不得其命者甚众。……心愤此事，遂托所过，述而成赋。"⑥汉末桓、灵二帝时期多内宠，其皇宫宫女数量五六千人，所谓"后宫彩女数千余人，衣食之费，日数百金"⑦。汉末的这种宫廷奢靡和广建宫室之风，以壮丽华侈为追求，其劳民伤财较前代更甚。

## 二、戚宦之争加剧

汉章帝刘炟开东汉重用外戚之先河。章帝后，汉和帝刘肇以十岁幼龄即位，窦太后临朝称制，外戚干政成为其后政治的常态。幼年继位的

---

① ［南朝宋］范晔撰：《后汉书》卷8《孝灵帝纪》，中华书局1965年版，第346页。
② ［南朝宋］范晔撰：《后汉书》志13《五行一》，中华书局1965年版，第3272页。
③ ［南朝宋］范晔撰：《后汉书》卷78《宦者列传》，中华书局1965年版，第2535页。
④ ［南朝宋］范晔撰：《后汉书》卷78《宦者列传》，中华书局1965年版，第2536页。
⑤ ［南朝宋］范晔撰：《后汉书》卷78《宦者列传》，中华书局1965年版，第2521页。
⑥ 龚克昌等评注：《全汉赋评注》，花山文艺出版社2003年版，第817页。
⑦ ［南朝宋］范晔撰：《后汉书》卷78《宦官列传》，中华书局1965年版，第2529页。

君主在外戚的干预下无所措手足，只能借助宦官的势力才能实现亲政。自和帝后即位的九位皇帝均未成年，其幼者汉殇帝出生仅百日，其长者汉桓帝刘志也仅十五岁，汉灵帝刘宏即位时年仅十二岁。皇帝年幼，太后临朝，其父兄多以大将军身份辅佐朝廷。本初元年，"会质帝崩，太后遂与兄大将军（梁）冀定策禁中，闰月庚寅，使冀持节，以王青盖车迎帝入南宫，其日即皇帝位，时年十五。太后犹临朝政"①。《后汉书·梁冀列传》载："元嘉元年，帝以冀有援立之功，欲崇殊典，乃大会公卿，共议其礼。于是有司奏冀入朝不趋，剑履上殿，谒赞不名，礼仪比萧何；悉以定陶、（阳）成〔阳〕余户增封为四县，比邓禹；赏赐金钱、奴婢、彩帛、车马、衣服、甲第，比霍光；以殊元勋。每朝会，与三公绝席。十日一入，平尚书事。宣布天下，为万世法。冀犹以所奏礼薄，意不悦。专擅威柄，凶恣日积，机事大小，莫不咨决之。"②以致梁冀"秉政几二十年，威行内外，天子拱手，不得有所亲与"③。梁冀与妻子孙寿更是大兴工程、广敛奇珍异宝，掠民为奴。《后汉书·梁冀列传》载："冀乃大起第舍，而寿亦封街为宅，殚极土木，互相夸竞。"④如此种种，引起了汉桓帝极大的不满和恐慌。延熙二年，汉桓帝联合侯览等宦官对梁冀予以铲除。桓帝"收冀财货，县官斥卖，合三十余万万，以充王府，用减天下税租之半"⑤。由此可见，东汉外戚专权对国家钱财的占有已经严重影响国家正常的税租收入。

铲除梁冀的同时，汉桓帝又大封妻族和帮助自己铲除外戚势力的单超等宦官集团，这样宦官势力又被无限制地扩充开来，新一轮的宦官与外戚轮流专权时代再次来临。史载："（延熙二年）帝既诛梁冀，故旧恩

---

① ［南朝宋］范晔撰：《后汉书》卷7《孝桓帝纪》，中华书局1965年版，第287页。
② ［南朝宋］范晔撰：《后汉书》卷34《梁冀列传》，中华书局1965年版，第1183页。
③ ［宋］司马光编著：《资治通鉴》卷58《桓帝延熹二年》，中华书局1956年版，第1745页。
④ ［南朝宋］范晔撰：《后汉书》卷7《孝桓帝纪》，中华书局1965年版，第1182页。
⑤ ［南朝宋］范晔撰：《后汉书》卷34《梁冀列传》，中华书局1965年版，第1187页

私,多受封爵……中常侍侯览上缣五千匹,帝赐爵关内侯,又托以与议诛冀,进封高乡侯;又封小黄门刘普、赵忠等八人为乡侯,自是权势专归宦官矣;五侯尤贪纵,倾动内外。"①当时,中常侍赵忠、张让、宋典、郭胜、夏恽等皆受封侯贵宠,汉灵帝还常言"张常侍是我公,赵常侍是我母",由是宦官"无所惮畏,并起第宅,拟则宫室"。②

自汉中兴之后,宦官悉用阉人,其后不复调用他士。桓帝时"五侯"、灵帝时"十常侍"其风尤甚,他们"手握王爵,口含天宪,非复掖廷永巷之职,闺牖房闼之任也"③。他们"举动回山海,呼吸变霜露。阿旨曲求,则光宠三族;直情忤意,则参夷五宗,汉之纲纪大乱矣"④。直至中平六年,中常侍张让、段珪杀大将军何进,引起袁术火烧东西宫,攻诸宦者;司隶校尉袁绍勒后收伪司隶校尉樊陵、河南尹许相及诸阉人,不分年龄长幼均斩之;尚书卢植追张让、段珪等宦官,斩杀数人,其余则投河而死。至此,最后一轮的外戚与宦官斗争,两败俱伤,董卓获利。宦官与外戚势力被彻底铲除,但东汉王朝也走向了名存实亡的时代。

### 三、民族政策失当

东汉王朝在处理民族关系时奉行"羌胡相攻""以夷制夷"的民族歧视与压迫政策。正如范晔所言,"汉世方之匈奴,颇为衰寡,而中兴以后,边难渐大"⑤,从而导致周边民族持续的反抗。这些民族包括羌族八部和鲜卑族、夫余、匈奴、犍为等。尤其是桓、灵二帝时期,鲜卑侵犯云中、雁门、辽东、辽东属国、缘边九郡;犍为属国侵犯益州;夫余王侵犯玄菟;烧当等八种羌叛,侵犯陇右:烧何羌侵犯张掖,零吾羌与先诸种

---

① [宋]司马光编著:《资治通鉴》卷54《桓帝延熹二年》,中华书局1956年版,第1750页。
② [宋]司马光编著:《资治通鉴》卷58《灵帝中平元年》,中华书局1956年版,第1867页。
③ [南朝宋]范晔撰:《后汉书》卷78《宦者列传》,中华书局1965年版,第2509页。
④ [南朝宋]范晔撰:《后汉书》卷78《宦者列传》,中华书局1965年版,第2510页。
⑤ [南朝宋]范晔撰:《后汉书》卷87《西羌列传》,中华书局1965年版,第2899页。

侵犯三辅以及并、凉二州，沈氐羌侵犯张掖、酒泉，鸟吾羌侵犯汉阳、陇西、金城，白马羌侵犯广汉属国，先零羌侵犯三辅，沈氐羌侵犯武威、张掖。据笔者不完全统计，仅桓帝一朝，类似的民族战争计二十余次。到汉灵帝时，这种状况一直没有得到根本的转变。桓帝朝八羌之叛为最，灵帝时以鲜卑为最，仅在灵帝一朝鲜卑就寇边几十次。鲜卑与东汉的关系分为三个阶段①：光武、明、章三世，以和平相处为主；和顺时期，随着鲜卑实力增强，双方关系开始逐步恶化；桓、灵二帝时期，鲜卑成为东汉边疆最大的威胁。汉桓帝时期，鲜卑檀石槐成长为鲜卑大人。在他的治理下，鲜卑"因南抄缘边，北拒丁零，东却夫徐，西击乌孙，尽据匈奴故地，东西万四千余里，南北七千余里，网罗山川水泽盐池"②。汉灵帝即位，"幽、并、凉三州缘边诸郡无岁不被鲜卑寇抄，杀掠不可胜数"③。熹平六年（公元177年）秋，"夏育上言'鲜卑寇边，自春以来，三十余发，请征幽州诸部兵出塞击之'"④。

在与以诸羌为代表的北方民族战争中，东汉王朝付出了沉重的代价。皇甫规奏疏上言："自永初以来，将出不少，覆军有五，动资巨亿。"⑤段颎破西羌时，"凡百八十战，斩三万八千六百余级，获牛马骡驴四十二万七千五百余头，费用四十四亿"⑥。张奂在向汉桓帝汇报时说："伏计永初中，诸羌反叛，十有四年，用二百四十亿；永和之末，复经七年，用八十余亿。"⑦张奂提出欲彻底平定诸羌叛乱至少还需要五十亿，此仅为御外之费，平息国内各地的起义更是所费甚多。如按张奂的说法，自永初所用于御外的费用总计三百七十亿。汉桓帝时，"收（梁）冀财货，

---

① 郑亮：《试论东汉与鲜卑的和战关系》，《剑南文学》2013年第9期，第181页。
② ［南朝宋］范晔撰：《后汉书》卷90《鲜卑列传》，中华书局1965年版，第2089页。
③ ［南朝宋］范晔撰：《后汉书》卷90《鲜卑列传》，中华书局1965年版，第2089页。
④ ［南朝宋］范晔撰：《后汉书》卷90《鲜卑列传》，中华书局1965年版，第2090页。
⑤ ［南朝宋］范晔撰：《后汉书》卷65《皇甫规列传》，中华书局1965年版，第2134页。
⑥ ［南朝宋］范晔撰：《后汉书》卷65《段颎列传》，中华书局1965年版，第2153页。
⑦ ［宋］司马光编著：《资治通鉴》卷56《灵帝建宁元年》，中华书局1956年版，第1804页。

县官斥卖,合三十余万万,以充王府,用减天下税租之半"①。三十万万为三十亿钱,为天下税租一半,可推算出桓帝朝一年税租总共为六十亿。如此算来,御外的花费相当于当时六年多的总税租。可见当时税租的很大一部分都用于御外了。

### 四、农民起义蜂起

汉末三帝时期的自然灾害频仍,旱灾、水灾、虫灾、地震、冰冻等灾害几乎每年都有。据《后汉书·孝桓帝纪》统计,汉桓帝一朝仅京师地震就达十次之多,其他各种自然灾害达三十余次。汉灵帝时期的各种灾异更是层出不穷。今仅举其中几例,可见一斑。

> (建和元年)二月,荆扬二州人多饿死,遣四府掾分行赈给。沛国言黄龙见谯。夏四月庚寅,京师地震。②
>
> (元嘉元年)京师旱。任城、梁国饥,民相食。③
>
> (永兴元年)秋七月,郡国三十二蝗。河水溢。百姓饥穷,流冗道路,至有数十万户,冀州尤甚。④
>
> (建宁)三年春正月,河内人妇食夫,河南人夫食妇。三月丙寅晦,日有食之。⑤
>
> (熹平六年)夏四月,大旱,七州蝗。……辛丑,京师地震。夏四月丙辰,地震。⑥

---

① [南朝宋]范晔撰:《后汉书》卷34《梁冀列传》,中华书局1965年版,第1187页。
② [南朝宋]范晔撰:《后汉书》卷7《孝桓帝纪》,中华书局1965年版,第289页。
③ [南朝宋]范晔撰:《后汉书》卷7《孝桓帝纪》,中华书局1965年版,第297页。
④ [南朝宋]范晔撰:《后汉书》卷7《孝桓帝纪》,中华书局1965年版,第298页。
⑤ [南朝宋]范晔撰:《后汉书》卷8《孝灵帝纪》,中华书局1965年版,第331页。
⑥ [南朝宋]范晔撰:《后汉书》卷8《孝灵帝纪》,中华书局1965年版,第339页。

全国范围内，如此大面积地发生自然灾害，势必引起许多农民流离失所。在这些自然灾害发生的同时，各地也出现了很多奇异的现象，如"洛阳民生男，两头共身"①。日食出现了二十五次，宫殿发生火灾二十余次。因生活没有着落，处于生死边缘的下层民众只有通过起义的方式来拯救自己。汉末三帝时期的农民起义先在灾害严重的蜀郡、渤海、扶风、巨鹿、交趾等地兴起，继而蔓延全国。此时的东汉王朝最主要的危机是什么？是大量的土地集中在少数豪门世族的手中，而广大的农民因失去土地日益贫困沦为流民，且人数日益增多。据不完全统计，汉桓帝时各地的农民起义二十二起，其中称王称帝者六人，如：

（建和元年）陈留盗贼李坚自称皇帝，伏诛。②

（和平元年）二月，扶风妖贼裴优自称皇帝，伏诛。③

（永兴二年）蜀郡李伯诈称宗室，当立为"太初皇帝"，伏诛。④

（延熹八年）勃海妖贼盖登等称"太上皇帝"，有玉印、珪、璧、铁券，相署置，皆伏诛杀。⑤

汉灵帝时各地农民起义约二十四起，其中称王称帝者六人，如：

（熹平元年）十一月，会稽人许生自称"越王"，寇郡县。⑥

中平元年春二月，巨鹿人张角自称"黄天"，其部帅有三十六方，皆

---

① ［南朝宋］范晔撰：《后汉书》卷8《孝灵帝纪》，中华书局1965年版，第354页。
② ［南朝宋］范晔撰：《后汉书》卷7《孝桓帝纪》，中华书局1965年版，第291页。
③ ［南朝宋］范晔撰：《后汉书》卷7《孝桓帝纪》，中华书局1965年版，第296页。
④ ［南朝宋］范晔撰：《后汉书》卷7《孝桓帝纪》，中华书局1965年版，第300页。
⑤ ［南朝宋］范晔撰：《后汉书》卷7《孝桓帝纪》，中华书局1965年版，第316页。
⑥ ［南朝宋］范晔撰：《后汉书》卷8《孝灵帝纪》，中华书局1965年版，第334页。

著黄巾,同日反叛。安平、甘陵人各执其王以应之。①

（中平元年）交趾屯兵执刺史及合浦太守来达,自称"柱天将军"。②

（中平五年）益州黄巾马相攻杀刺史郤俭,自称天子,又寇巴郡,杀郡守赵部,益州从事。贾龙击相,斩之。③

东汉末年桓、灵二帝时期的农民起义此起彼伏,愈演愈烈,终于在中平元年（公元184年）二月,爆发了由张角领导的黄巾起义。史载,"巨鹿人张角自称'黄天',其部帅有三十六方,皆著黄巾,同日反叛"④。同年"秋七月,巴郡妖巫张修反,寇郡县"⑤。张角的黄巾起义不再是地区性的起义,而是声势浩大、波及全国的农民起义。同时需要注意的是,黄巾起义和张修的五斗米教起义都带有浓郁的宗教色彩,其组织性更强。随后各地的起义风起云涌,大有遍地开花之势。黄巾起义持续时间有二十余年,它直接瓦解了东汉政权,使"朝野崩离,纲纪文章荡然"。《后汉书》载:"自黄巾贼后,复有黑山、黄龙、白波、左校、郭大贤、于氐根、青牛角、张白骑、刘石、左髭丈八、平汉、大计、司隶、掾哉、雷公、浮云、飞燕、白雀、杨凤、于毒、五鹿、李大目、白绕、畦固、苦哂之徒,并起山谷间,不可胜数。"⑥东汉末年的农民起义是汉魏变革的重要推进力量。初平三年夏,"青州黄巾众百万入兖州,杀郑遂与刘岱,鲍信被迫迎曹操为兖州牧"。同年,曹操"追黄巾军至济北。乞降。冬,受降卒三十余万,男女百余万口,收其精锐者,号为'青州兵'"⑦。而这青州兵,正是曹操后来统一天下的

---

① [南朝宋]范晔撰:《后汉书》卷8《孝灵帝纪》,中华书局1965年版,第348页。
② [南朝宋]范晔撰:《后汉书》卷8《孝灵帝纪》,中华书局1965年版,第349页。
③ [南朝宋]范晔撰:《后汉书》卷8《孝灵帝纪》,中华书局1965年版,第356页。
④ [南朝宋]范晔撰:《后汉书》卷8《孝灵帝纪》,中华书局1965年版,第348页。
⑤ [南朝宋]范晔撰:《后汉书》卷8《孝灵帝纪》,中华书局1965年版,第349页。
⑥ [南朝宋]范晔撰:《后汉书》卷71《朱儁传》,中华书局1965年版,第2311页。
⑦ [晋]陈寿撰,[南朝宋]裴松之注:《三国志》卷1《武帝纪》,中华书局1959年版,第9页。

核心军事力量。而曹操也正是凭借着平叛黄巾起义的机会,最大限度地拓展了自己的军事力量。

综上,东汉政府的腐败与帝王的怠政不作为,宦官与外戚集团的乱政,各级地主彼此间的豪夺,疾疫的大范围蔓延,这些情况交织使得东汉政府病入膏肓,大厦将倾。农民起义的助推,最终引来汉末军阀混战的局面。

# 第二章 汉魏变革之际的世风

班固《后汉书·党锢列传序》中明显地把汉桓帝执政作为扭转东汉的世风变迁与士风变化的关键所在。桓帝以前,"中兴在运,汉德重开,而保身怀方,弥相慕袭,去就之节,重于时矣"。此时的世风重德行、气节,且士人相互钦慕学习。汉桓帝之时,"主荒政缪,国命委于阉寺,士子羞与为伍,故匹夫抗愤,处士横议,遂乃激扬名声,互相题拂,品核公卿,裁量执政,婞直之风,于斯行矣"①。此时的世风因戚宦之争造成的权力腐败,致使士人羞与其为伍,而以互相题拂、裁量执政为标榜。汉魏变革之际的世风可谓独树一帜,论其起则源于汉桓帝朝"国命委于阉寺",论其盛则是席卷全国的两次党锢之祸,论其余绪则是婞直之风的传播。

## 一、处士横议兴盛

东汉后期的党锢还要从汉末处士横议谈起。党锢起自甘陵、汝南的"清议",《后汉书》对此有着明确的记载。《后汉书·党锢列传序》载:"逮桓、灵之间,主荒政缪,国命委于阉寺,士子羞与为伍,故匹夫抗愤,处士横议,遂乃激扬名声,互相题拂,品核公卿,裁量执政,婞直之风,于斯行矣。夫上好则下必甚,矫枉故直必过,其理然矣。若范滂、张俭之徒,清心忌恶,终陷党议,不其然乎?初,桓帝为蠡吾侯,受学于甘陵周福,及即帝位,擢福为尚书。时同郡河南尹房植有名当朝,乡人为之谣曰:'天下规矩房伯武,因师获印周仲进。'二家宾客,互相讥揣,遂各树朋

---

① [南朝宋]范晔撰:《后汉书》卷67《党锢列传》,中华书局1965年版,第2185页。

徒,渐成尤隙,由是甘陵有南北部,党人之议,自此始矣。"①

可见,处士横议产生的背景为汉末三帝时宦官专权、主荒政缪的现状,作为士大夫阶层的士人羞于与宦官势力为伍而对宦官专权现象进行了激烈的评议。处士评议是汉桓帝即位后,因当时尚书周福与河南尹房植争褒贬而起。乡人对二人进行了褒贬不同的评价,从而引起两家宾客的相互讥揣,处士评议的地点起于甘陵。自此士人之间相互褒贬评价的风气开始形成,并很快地传入太学,当时太学三万余人中,以郭林宗、贾伟节为其冠,他们与陈蕃、王畅等相互褒扬。于是太学中有了这样的评价:"'天下模楷李元礼,不畏强御陈仲举,天下俊秀王叔茂。'又渤海公族进阶、扶风魏齐卿,并危言深论,不隐豪强。自公卿以下,莫不畏其贬议,屣履到门。"②其议论始于士人间"激扬名声,互相题拂",但随着褒贬问题的深入,或说随着"主荒政缪"现象的加剧,褒贬的内容开始转向"品核公卿,裁量执政"的政治层面。随着这种危言深论,不隐豪强的加剧,最终导致了党锢之祸的爆发。

汉桓帝靠宦官势力的支持而彻底铲除了以梁冀为首的外戚势力。自此五侯擅权,倾动内外。此时的士大夫阶层中横议之风已经形成,他们与专权的宦官、外戚势力展开了针锋相对的抗争。彼此之间的争斗在很多情况下演变成义气之争,甚至不顾法律的约束,达到水火不容的程度。如:

> 冀遣书诣乐安太守陈蕃,有所请托,不得通。使者诈称他客求谒蕃;蕃怒,笞杀之。坐左转修武令。③

> (和平元年)时皇子有疾,下郡县出珍药;而大将军梁冀遣客赍书诣

---

① [南朝宋]范晔撰:《后汉书》卷67《党锢列传》,中华书局1965年版,第2185页。
② [南朝宋]范晔撰:《后汉书》卷67《党锢列传》,中华书局1965年版,第2186页。
③ [宋]司马光编著:《资治通鉴》卷53《桓帝和平元年》,中华书局1956年版,第1720页。

京兆,并货牛黄。(京兆尹南阳延)笃发书收客,曰:"大将军椒房外家,而皇子有疾,必应陈进医方,岂当使客千里求利乎?"遂杀之。冀惭而不得言,有司承旨欲求其事,笃以病免归,教授家巷。①

由以上资料可见,陈蕃等人在与宦官势力进行斗争的时候,已经完全摒弃了国家法律与制度层面的规约,完全是出于义气之争,并且在这种斗争中形成了以暴力对抗暴力、以杀戮对抗杀戮的政治局面。这恐怕也是造成汉末党锢之祸的重要原因之一。

## 二、党锢之祸发生

党锢之祸的导火索是李膺违反大赦令斩杀术士张成。张成,河内人,精通风角占卜之术,以此术和宦官勾结在一起,甚至连汉桓帝也常找张成占卜。一次,张成"推占当赦,遂教子杀人。李膺为河南尹,督促收捕。既而逢有赦免,膺愈怀愤疾,竟案杀之"。李膺此举虽快意恩仇、为同道所称颂,但却明显与朝廷的法度相违,置皇家尊严于不顾,也切断了他们与皇帝和宦官集团的中间缓和地带。故张成弟子牢修诬陷李膺等"养太学游士,交结诸郡生徒,更相驱驰,共为部党,诽讪朝廷,疑乱风俗"。桓帝震怒,于延熹九年(公元166年)十二月,逮捕党人,布告天下。其所牵连者二百余人,尚有"逃遁不获,皆悬金购募。使者四出,相望于道"。第二年,即永康元年,"尚书霍谞、城门校尉窦武并表为请,帝意稍解,乃皆赦归田里,禁锢终身。而党人之名,犹书王府"②。第一次党锢就这样结束了。李膺等人虽被禁锢终身,然其声誉日隆。如李膺乡居山中时,"天下士大夫皆尚其道,而污秽朝廷",他们彼此之间相互标榜。随后曹鸾上书曰:"'夫党人者,或耆年渊德,或衣冠英贤,皆宜股肱王室,左右大猷者也;而久被禁锢,辱在涂泥。谋反大逆尚蒙赦宥,党人何罪,独不开恕乎!

---

① [南朝宋]范晔撰:《后汉书》卷64《延笃列传》,中华书局1965年版,第2104页。
② [南朝宋]范晔撰:《后汉书》卷67《党锢列传》,中华书局1965年版,第2187页。

所以灾异屡见，水旱荐臻，皆由于斯。宜加沛然，以副天心。'帝省奏，大怒，即诏司隶、益州槛车收鸾，送槐里狱，掠杀之。于是诏州郡更考党人门生、故吏、父子、兄弟在位者，悉免官禁锢，爰及五属。"①"自是正直废放，邪枉炽结，海内希风之流，遂共相标榜，指天下名士，为之称号。上曰'三君'，次曰'八俊'，次曰'八顾'，次曰'八及'，次曰'八厨'，犹古之'八元''八凯'也。"②一时间，党人的名声势力和风头倒因这次党锢而大涨。

永康元年（公元167年）十二月，汉桓帝驾崩。当时窦太后临朝，立年仅十二岁的刘宏为帝，窦武、陈蕃和胡广主政。窦武辅政常有剪除宦官之心，因此与太傅陈蕃等人谋诛曹节等人。因事泄密，窦武、陈蕃等人的这次谋诛宦官集团的筹划遭到了彻底的失败。这次斗争失败的结果有两个。一是宦官集团对窦武、陈蕃等人的惩罚打击。"收捕（窦武等）宗亲、宾客、姻属，悉诛之，及刘瑜、冯述，皆夷其族。徙武家属日南，迁太后于云台。"③在其后的相当长时间内，窦武、陈蕃等人成为士人追慕的榜样。二是宦官集团愈加跋扈。"曹节迁长乐卫尉，封育阳侯。王甫迁中常侍，黄门令如故。朱瑀、共普、张亮等六人皆为列侯，十一人为关内侯。于是群小得志，士大夫皆丧气。"④其中，最大的一次为汉灵帝建宁元年，"凡党人死者百余人，妻子皆徙边，天下豪桀及儒学有行义者，宦官一切指为党人；有怨隙者，因相陷害，睚眦之忿，滥入党中。州郡承旨，或有未尝交关，亦离祸毒，其死、徙、废、禁者又六七百人"⑤。

这里需要提及的是，熹平三年（公元174年），曹操曾"上书陈窦武等

---

① ［宋］司马光编著：《资治通鉴》卷57《灵帝熹平四年—五年》，中华书局1965年版，第1838页。
② ［南朝宋］范晔撰：《后汉书》卷67《党锢列传》，中华书局1965年版，第2187页。
③ ［南朝宋］范晔撰：《后汉书》卷69《窦武列传》，中华书局1965年版，第2244页。
④ ［宋］司马光编著：《资治通鉴》卷56《灵帝建宁元年》，中华书局1965年版，第1812页。
⑤ ［宋］司马光编著：《资治通鉴》卷56《灵帝建宁二年》，中华书局1956年版，第1820页。

正直而见陷害,奸邪盈朝,善人壅塞,其言甚切;灵帝不能用"①。随后,"三公倾邪,皆希世见用,货赂并行,强者为怨,不见举奏,弱者守道,多被陷毁。太祖疾之。是岁以灾异博问得失,因此复上书切谏,说三公所举奏专回避贵戚之意。奏上,天子感悟,以示三府责让之,诸以谣言征者皆拜议郎。是后政教日乱,豪猾益炽,多所摧毁;太祖知不可匡正,遂不复献言"②。由此则材料我们可以作如下结论。第一,熹平三年,曹操年仅二十,正是年轻气盛之时。他上书陈窦武、陈蕃之冤情,正是为党人说话,有抨击宦官专政之举。可见,那时的曹操也同孔融一样有着浓烈的党人横议精神,并不为宦官势力所屈服。第二,当汉灵帝向群臣问以灾异之时,曹操再一次向朝廷进言,直指"三公"之弊,可谓是诤臣。但灵帝无视曹操的进谏,最终导致政教日乱。第三,汉灵帝的不作为和亲小人、逐贤臣之举让曹操两次上书均无疾而终。曹操"知不可匡正,遂不复献言"。"不复献言"中包含了多少辛酸!曹操对汉灵帝,或者说对东汉王朝已经彻底地失去了信心。这种对东汉朝廷丧失信心,使"治世之能臣"的希望落空,从而转向对"乱世之奸雄"的追求中。其实失去信心的何止曹操,"当是时,凶竖得志,士大夫皆丧其气矣"。建宁二年(公元169年),朝廷大诛党人,诏下急捕范滂时,"滂故谓其子曰:'吾欲使汝为恶,则恶不可为;使汝为善,则我不为恶。'行路闻之,莫不流涕"③。范滂善恶之报论是其本人对当时是非颠倒、善恶不分的世道的彻底失望,以至于开始怀疑人生与信仰。此段正与司马迁在《史记·伯夷列传》所生发"余甚惑焉,倘所谓天道,是耶非耶?"④的议论如出一辙。当时朝廷所为已经令士大夫心中的儒家道德价值观彻底崩塌。

---

① [晋]陈寿撰,[南朝宋]裴松之注:《三国志》卷1《武帝纪》,中华书局1959年版,第3页。
② [晋]陈寿撰,[南朝宋]裴松之注:《三国志》卷1《武帝纪》,中华书局1959年版,第3页。
③ [南朝宋]范晔撰:《后汉书》卷67《范滂列传》,中华书局1965年版,第2207页。
④ [汉]司马迁:《史记》卷61《伯夷列传》,中华书局1959年版,第2123页。

两次党锢事件是桓、灵两朝震惊朝野的大案，对当时的士风造成了极大的影响。其一，李膺、陈蕃、张俭等党人反抗宦官专权的斗争虽然失败了，但党人精神却影响了新的一代，其代表人物为孔融、曹操、刘桢、祢衡等。孔融接受了党人"激扬名声，互相题拂，品核公卿，裁量执政"①的婞直风气。如其幼年（十岁）诣京师，拜见河南尹李膺时的胆气与辩才已然无敌。孔融十六岁时，张俭投门避难，当时孔融明知其为朝廷通缉之党人，仍在兄长不在家时独立承担"保纳舍藏"之嫌。孔融面临缧绁之灾，而选择了保护党人张俭的义举。至于其后孔融被辟杨赐府时，他"陈对罪恶，言无阿挠"的君子做派俨然有党人习气。即便是"奸雄"如曹操在年轻时也多有党人精神。《曹瞒传》载："太祖初入尉廨，缮治四门。造五色棒，县门左右各十余枚，有犯禁，不避豪强，皆棒杀之。后数月，灵帝爱幸小黄门蹇硕叔父夜行，即杀之。京师敛迹，莫敢犯者。"②从曹操公然依法棒杀蹇硕叔父的行为可以看到李膺斩杀术士张成的影子投射。曹操对党人精神的继承，不仅表现在他在地方治理中对宦官和豪强等腐朽势力的打击上，更体现在之后他重建太平世界的具体行动中。在与专权势力的斗争中，士人阶层以及士人个体的自我意识得到了增强。余英时先生在《汉晋之际士之新自觉与新思潮》一文中将魏晋时代士人群体自觉、个体自觉以及新思潮追溯到东汉中晚期，并认为与外戚、宦官的斗争是群体自觉的主要原因。③其二，在党锢事件中，与外戚、宦官势力的斗争，有些关心时政的士人看到现实无法改变，反而有着身亡家灭的危险，于是退而自保。这类人以郭泰、周燮、周良为代表。《资治通鉴》有这样一段记载："（郭）泰尝举有道，不就，同郡宋冲素服其德，以为自汉元以来，未见其匹，尝劝之仕。泰曰：'吾夜观乾象，昼察人事，天之所废，不可支也，吾将优游卒岁而已。'然犹周旋京师，诲诱不息。徐稚以书戒之（郭泰）曰：'大

---

① ［南朝宋］范晔撰：《后汉书》卷67《党锢列传》，中华书局1965年版，第2185页。
② ［晋］陈寿撰，［南朝宋］裴松之注：《三国志》卷1《武帝纪》，中华书局1959年版，第3页。
③ 余英时：《士与中国文化》，上海人民出版社1987年版，第287页。

木将颠,非一绳所维,何为栖栖不遑宁处!'泰感悟曰:'谨拜斯言以为师表。'"①可见,即便是当时在士林中拥有"今之华夏,鲜见其俦"②(符融评语)高评的郭泰面对一次次的党锢之祸,也只能是以"天子不得臣,诸侯不得友"的方式与政治保持距离,从而被迫追求"优游卒岁"的生活。这些士人在残酷的政治斗争中渐渐走向自保,他们逐渐放弃儒家以天下为己任的理想追求,放弃"杀身成仁"的献身精神。他们已经以倾向于以道家的"养生""重生"作为自己处世生存的准则了。

---

① [宋]司马光编著:《资治通鉴》卷55《桓帝延熹七年》,中华书局1956年版,第1772页。

② [宋]司马光编著:《资治通鉴》卷55《桓帝延熹七年》,中华书局1956年版,第1769页。

## 第三章　汉魏变革之际的思想

东汉桓、灵二帝时期的思想文化背景大致呈现出如下面貌：一是以谶纬之学来伪饰的儒家经学在士人那里，已经不再是他们的学术信仰；二是异端思想蜂起，呈现出百家争鸣的状况，其中尤其突出的是道家思想的流行；三是道家思想的流行刺激了士人生命意识的觉醒，并影响着他们在价值观判断上朝重生一路发展。

### 一、儒家思想渐趋衰落

东汉后期，"从初平之元，至建安之末，天下分崩，人怀苟且，纪纲既衰，儒道尤甚"①。儒家思想在东汉的传播和接受有两个阶段：汉安帝以前为经学的昌盛期，安帝以后为儒学的衰退期。前期的儒学在光武帝和汉明帝等帝王的提倡下曾经一度昌盛。正如史书所录，"光武中兴，爱好经术"，"建武五年，乃修起太学……中元元年，初建三雍。明帝即位，亲行其礼"②。当时之经学，可谓"济济乎，洋洋乎，盛于永平矣！"③帝王重视，故儒学为尊，经学为盛。其时各经名家辈出，其弟子少则以千人计，多则达万人之数。据《后汉书》载，东京学者猥众，各家弟子登记造册者成千上万难以详细记载，本书仅录通经名家以为案例。颍川人张兴，习《梁丘易》以教授弟子，弟子自八方而来，登记造册的人将近万人。乐安

---

① ［晋］陈寿撰，［南朝宋］裴松之注：《三国志》卷13《王肃列传》，中华书局1959年版，第420页。
② ［南朝宋］范晔撰：《后汉书》卷79《儒林列传上》，中华书局1965年版，第2545页。
③ ［南朝宋］范晔撰：《后汉书》卷79《儒林列传上》，中华书局1965年版，第2546页。

人牟长,习《欧阳尚书》,著《尚书章句》,其弟子造册者前后有万人。汝南人蔡玄,学通五经,其弟子登记造册者有一万六千余人。陈留人楼望,治《严氏春秋》,世称儒学宗师,弟子登记造册者有九千余人。京兆宋登、任城魏应、山阳丁恭等经明行修,登记在册的弟子均数千人。其他如姜肱、曹曾、杨伦、杜抚、张玄等人其弟子登记在册的都在千人以上,故东汉尚经之风较西汉更加兴盛。

东汉安帝时代可谓东汉思想的转变期,也是经学的衰退期。"自安帝览政,薄于艺文,博士倚席不讲,朋徒相视怠散,学舍颓敝,鞠为园蔬,牧儿荛竖,至于薪刈其下。顺帝感翟酺之言,乃更修黉宇,凡所造构二百四十房,千八百五十室。试明经下第补弟子,增甲乙之科员各十人,除郡国耆儒皆补郎、舍人。本初元年,梁太后诏曰:'大将军下至六百石,悉遣子就学,每岁辄于乡射月一飨会之,以此为常。'自是游学增盛,至三万余生。然章句渐疏,而多以浮华相尚,儒者之风盖衰矣。党人既诛,其高名善士多坐流废,后遂至忿争,更相言告,亦有私行金货,定兰台漆书经字,以合其私文。熹平四年,灵帝乃诏诸儒正定《五经》,刊于石碑,为古文、篆、隶三体书法以相参检,树之学门,使天下咸取则焉。"①

综上史料,可以说明以下几方面的问题。首先,东汉儒学的盛衰实与东汉政治的兴衰相同步。安帝虽称御尊,而其权实归外戚邓氏。东汉外戚宦官专政时期正是经学衰微之时。其次,博士倚席不讲的原因可以归为三点:一是谶纬渗入经学,使经学越来越走向迷信之途,这也正是东汉术数兴盛的一个社会原因;二是由于西汉以来烦琐的解经方式使学者有皓首不能穷一经之感,因而产生了消极情绪,最终导致"博士倚席不讲,儒者竞论浮丽"的局面;三是西汉以经学取士的方式为东汉察举为主的取士方式所取代,故而造成了游学三万余人而儒学日衰的局面。最后,就是在熹平四年,汉灵帝依杨赐、蔡邕、马日磾、李巡等人的建议,下诏诸侯校正《五经》文字并刊于石碑竖立于太学门外,以激励后学。汉灵帝此举并

---

① [南朝宋]范晔撰:《后汉书》卷79《儒林列传上》,中华书局1965年版,第2547页。

非为其本人所看重，也非当时主流思想，只能说是儒家经学在东汉末年的一次回光返照。汉灵帝所钟情的是鸿都门学之艺术，尤其是重鸿都而轻太学、舍经学而以艺术取士的政策，再次表明儒家官方经学已经难以为继，虽有安帝后的诸多挽救匡正，但仍难扭转其每况愈下、大势已去之局面。

汉桓帝之时，朝政初为梁冀专权，后为"五侯"乱政。灵帝之时，"十常侍"横行。由于宦官阶层对经学的陌生，以及与以经学立身的党人的尖锐斗争，故汉末三帝之朝鲜有以儒家经学仕进者。而就在儒家思想的崩溃背景下，汉灵帝设立的鸿都门学则以书法、辞赋等各种特长得以仕进。这种以"书画辞赋"和"工书鸟篆"为课试内容的取士制度俨然已经取代了以"五经"为内容的仕进制度。所以我们可以说，汉末桓、灵、献三帝时期可谓中国文化史上继春秋战国百家争鸣之后第二次思想解放时期。

### 二、道家思想流行发展

东汉政权到中后期已腐朽到极点。宦官外戚轮流专权，对外战争持续，灾荒连年不断，农民起义此起彼伏，政府卖官鬻爵现象层出不穷。所谓"独尊儒术"的局面已被打破，儒家经学的僵化程度已经引起很多学者的批评和不满。汉灵帝于光和元年二月，设置鸿都门学，其目的很明显，就是对儒家经学的否定。整个社会出现了类似于春秋时代的"百家争鸣"现象。建安时代，"自魏氏膺命，主爱雕虫，家弃章句，人重异术"①。"异术"者，其时包含了道家、兵家、法家、阴阳家、纵横家等再度兴盛起来的诸多思想，而尤以道家思想为代表。

道家思想在整个汉朝可以说从未被间断其研究和传播。司马迁"崇黄老而薄六经"就是时代的产物。东汉末年道家思想更是为官、民两方所接受。清代洪亮吉提出，"自汉兴，黄老之学盛行，文景因之以致治。至

---

① ［南朝梁］沈约撰：《宋书》卷55《臧焘列传》，中华书局1974年版，第1552页。

汉末祖尚玄虚,于是始变黄老而称老庄"①。《后汉书·志第八·祭祀》载:"桓帝即位十八年,好神仙事。"②汉桓帝延熹"八年春正月,遣中常侍左悺之苦县,祠老子"③;同年汉桓帝"使中常侍管霸之苦县,祠老子"④;次年"庚午,祠黄、老于濯龙宫"⑤。汉桓帝两年之内三次祭祀老子,可见道家思想学说在当时极为盛行。

在民间黄老之术盛行。有慕无为之道而学其操行的,有对《老子》其书进行研究的,有口不离《老子》以作论据的,更有甚者借《老子》来谋划农民起义。如淳于恭善说《老子》,不慕荣名追求清净;耿弇学《老子》于安丘;郎𫖮奏疏多引《老子》,如"人之饥也,以其上食税之多也",如"大音希声,大器晚成"等;范升精研《梁丘易》和《老子》,并以此教授诸生。其他如马融作《老子注》,张衡也曾注《老子》,类似情况不胜枚举。

道家思想在两汉传播,在东汉末年传播尤甚。道家思想在汉初很长的一段时间内是朝廷内部统治思想。虽然汉武帝时代大讲"罢黜百家,独尊儒术",但就当时状况而言,道家思想又在一定程度上有着传播,对社会,尤其是对学者的影响并未有明显的减小。如《汉书·艺文志》中所记载的儒家五十三家,共计文章八百三十六篇;道家三十七家,共计文章九百九十三篇。综观西汉道家作品和著述者与儒家相比在一定程度上还是处于均势。东汉安帝以前,儒盛道衰。安帝以后,由于儒家经典的章句之学日趋烦琐和枯燥,学者的治学倾向于"通儒",儒道文的区别在学者那里已经很小了。如王充、马融、郑玄等人治学都是学通百家的了。史载,王充"好博览而不守章句。家贫无书,常游洛阳市肆,阅所卖书,一见辄能

---

① [清]陈澧著,杨志刚编校:《东塾读书记》,中西书局2012年版,第186页。
② [南朝宋]范晔撰:《后汉书》志8《祭祀》,中华书局1965年版,第3188页。
③ [南朝宋]范晔撰:《后汉书》卷7《孝桓帝纪》,中华书局1965年版,第313页。
④ [南朝宋]范晔撰:《后汉书》卷7《孝桓帝纪》,中华书局1965年版,第316页。
⑤ [南朝宋]范晔撰:《后汉书》卷7《孝桓帝纪》,中华书局1965年版,第317页。

诵忆，遂博通众流百家之言"①。

道家思想的传播者在汉武帝以后有一部分转向游仙之学。道家追求逍遥、贵生、自然的思想得以发展，具体到社会上则与原始的鬼神崇拜思想相结合，形成了神仙学一途。于是寻仙访道成为官方或民间一部分人的追求，西汉以汉武帝为最，东汉则以桓、灵二帝为主。汉桓帝两年内三次祭祀老子，同时他还对佛教产生了极大兴趣，以供奉的方式求得保佑。帝王的崇信，成为道家思想在民间发展的巨大推手，以至于出现了以道家经典《道德经》思想为指导的宗教——太平道和五斗米道。《三国志·张鲁传》中裴松之注引《典略》说："熹平中，妖贼大起，三辅有骆曜。光和中，东方有张角，汉中有张修。骆曜教民缅匿法，角为太平道，修为五斗米道。"②骆曜事迹不可考，当时的道教大派则以张角的太平道和张修的五斗米道为主，二者同时进行道教教义传播。可以说，东汉就是在信奉黄老之术的二教打击下进入坟墓的。这一切活动更加刺激了道家学说的流行。道家思想的流行和汉末道教的发展有着深刻的社会原因和现实影响。

### 三、道家思想对士人的影响

道家思想在东汉末年的流行和传播对士人价值观产生了重要的影响。

首先，道家信仰加剧了儒家信仰的危机。桓、灵二帝时期统治集团对士人实行党锢制度，并以两次残酷的党锢事件来打击积极参政和关心国事的士人阶层。残酷的政治斗争导致士人阶层一再地遭受致命的打击，以前明经致仕的儒家思想信仰在很大程度上遭到了摧毁，遭到了怀疑。如范滂在面临"大诛党人"，准备逃亡前，"顾谓其子曰：'吾欲使汝为恶，则恶不可为；使汝为善，则我不为恶'"③。这种进退两错的困境，表达的

---

① ［南朝宋］范晔撰：《后汉书》卷49《王充列传》，中华书局1965年版，第1629页。
② ［晋］陈寿撰，［南朝宋］裴松之注：《三国志》卷8《张鲁列传》，中华书局1959年版，第264页。
③ ［南朝宋］范晔撰：《后汉书》卷67《范滂列传》，中华书局1965年版，第2207页。

不仅是对东汉政府的失望,也是对儒家信仰的动摇,对自己长期以来笃信的儒家善恶标准和价值观的动摇、错位感和无所适从感。范晔对此引用了孔子的话予以评论:"子曰:'道之将废也与?命也!'"①"道之将废"真实地反映了当时儒家思想信仰危机的现状。其实这种思想在安帝以后的士人中已经开始流行,经学家马融就是一例。士人中有很大一部分人采取了明哲保身的办法,或者如郭林宗②刻意地与政治保持距离以保身,蔡邕③则远身以避祸,张俭作为党锢事件的幸存者则对政治彻底失望,不再出仕。在此背景下,很多有着出仕参政思想的优秀士人归于淡泊,其思想也由尊儒到疑儒,由崇儒而转为信道了。道家崇尚无为、全身、养生、自然的思想逐渐成为士人阶层的主流观念。他们不再关心政治,他们的胸怀、视野由治国平天下转向了修身齐家。即便是积极参政的曹操,在两次上书论政失败后,也终于不再对东汉政府抱任何希望,而是想通过自己的努力来改变现状。

汉魏变革之际是我国思想史上由儒学占统治地位到玄学占统治地位的过渡时期,是从经学向玄学的转变期。在汉末文学思想中,老庄的自然观、人生观、生命观开始为文士群体所接受,这点也可以通过他们的作品来得以印证。如郭泰追求"崖岫颐神,娱心彭老,优哉游哉,聊以卒岁"④,仲长统"安神闺房,思老氏之玄虚!呼吸精和,求神人之仿佛"⑤的养生理念得到快速弘扬。

其次,道家思想的流行,促进了士人生命意识的觉醒。关于士人生命的觉醒是与道家思想的流行,儒家思想的衰落,宦官、外戚阶层的兴

---

① [南朝宋]范晔撰:《后汉书》卷67《范滂列传》,中华书局1965年版,第2208页。
② [南朝宋]范晔撰《后汉书》卷53《徐稚列传》记此事曰:"……及于途,容为设饭,共言稼穑之事。临诀去,谓(茅)容曰:'为我谢郭林宗,大树将颠,非一绳所维,何为栖栖不遑宁处?'"第1747页。
③ [南朝宋]范晔撰《后汉书》卷60《蔡邕列传》:"中平六年,灵帝崩,董卓为司空,闻邕名高,辟之,称疾不就。"第2005页。
④ 杨明照撰:《抱朴子外篇校笺》卷46《正郭》,中华书局1997年版,第457页。
⑤ [南朝宋]范晔撰:《后汉书》卷49《仲长统列传》,中华书局1965年版,第1644页。

起紧密联系在一起的。自安帝以后，外戚宦官轮流专权，而这种状况也正是具有正义感的士人阶层所无法忍受，并以此为耻的。但人总要生活，在外戚宦官专权的时代，在士人本身建功立业、自谋生存无果的情况下，很多人为了生存的需要，被迫或主动地舍弃了所谓的名节和尊严。如马融面临外戚邓骘的征召，因"非其好"而"遂不应命"，保持了当时士人的一种可贵的品质。但后来面临饥困，马融乃"悔而叹息"，并且对自己的友人道："古人有言：'左手据天下之图，右手刎其喉，愚夫不为。'所以然者，生贵于天下也。今以曲俗咫尺之羞，灭无赀之躯，殆非老庄所谓也。"① "故往应（大将军邓）骘召。"可见，作为一代通儒的马融思想不再是以儒家之舍身成仁的"道"为本，而是以道家贵生为本，即以老庄取代孔孟而成为自己的指导思想了。作为学术研究亦是如此，马融做学问之初向关西挚恂学习儒术，而后不拘于儒术而兼通百家了，其中道家思想尤其为其所重，他通过注《老子》和《淮南子》等道家经典来学习。蔡邕得罪了中常侍王甫弟王智后，自知灾祸难免，而"明智"地亡命江湖，远迹吴会，长达十二年之久。直到初平元年（公元192年），蔡邕因董卓故才被征为左中郎将随汉献帝迁都长安，此时蔡邕年已四十七岁。

### 四、道家思想的传播对文学的影响

道家思想在汉魏易代之际的传播对士人造成的最大影响是唤醒并强化了他们的生命意识。汉末"白骨露于野"的乱世景象激发了士人对生命的深刻体会，更容易触及他们对生命中核心问题的深刻思考与感悟。士人生命意识的唤醒与加强就其自身而言，是飘零的社会遭遇为其提供了温床，战争、疾疫、自然灾害等助长了他们对生命短暂、无常、偶然的现实体认和刺激。如曹操的《薤露行》《蒿里行》和曹丕的《与吴质书》就是诗人对乱世的描写与自我在乱世中的生命感悟。《薤露行》本是当时王公贵胄出殡时的挽歌，《蒿里行》本为当时士人百姓出殡时的挽歌。东汉末

---

① [南朝宋]范晔撰：《后汉书》卷60《马融列传》，中华书局1965年版，第1953页。

年以这两首挽歌为代表的清商乐成为时代的追捧风尚,在上流社会广为流传,所谓"哀筝顺耳,高谈娱心"。"悲笳微吟"成为士人对生命短促的最直接的行为体认与情感表现方式。道家思想较深地影响着文学作品的创作内容。在道家贵生思想影响下,及时行乐的思想追求在文学作品中大量的出现。及时行乐成为汉末三帝时期一种浓郁的社会情绪,这种情绪不仅表现在仕途不顺者的生活中,即使是仕途顺利者也多怀有此种情绪。

首先,享受有限生命的主导思想是及时行乐,其表现除了大量饮美酒、穿华衣外,"夜游"成为上流社会最流行的行乐方式。如《古诗十九首》中有很多类似的诗句,如:

> 斗酒相娱乐,聊厚不为薄。①
> 
> 《古诗十九首·青青陵上柏》
> 
> 服食求神仙,多为药所误。
> 
> 不如饮美酒,被服纨与素。②
> 
> 《古诗十九首·驱车上东门》
> 
> 生年不满百,常怀千岁忧;
> 
> 昼短苦夜长,何不秉烛游?
> 
> 为乐当及时,何能待来兹?
> 
> 愚者爱惜费,但为后世嗤。③
> 
> 《古诗十九首·生年不满百》

可见,这些诗人秉烛夜游的原因是"昼短苦夜长"的现实苦闷,是欲延

---

① 马茂元:《古诗十九首初探》,陕西人民出版社1981年版,第49页。
② 马茂元:《古诗十九首初探》,陕西人民出版社1981年版,第89页。
③ 马茂元:《古诗十九首初探》,陕西人民出版社1981年版,第97页。

长时日以寻求生命的延伸，是"生年不满百"的生命意识、生命留恋，是对时光有限的体验和及时行乐的心态取向。"为乐当及时"，为此可以不惜花销。这种以"夜游"为主题的宴飨诗题材创作一直延伸到曹魏三祖时期。在曹丕、曹植等人的作品中我们也可以找到很多的例证：

朝日乐相乐，酣饮不知醉。①

曹丕《善哉行》

清夜延贵客，明烛发高光。

丰膳漫星陈，旨酒盈玉觞。

弦歌奏新曲，游响拂丹梁。②

曹丕《于谯作诗》

公子敬爱客，终宴不知疲。

清夜游西园，飞盖相追随。③

曹植《公宴诗》

其次，在道家长生、贵生思想影响下，寻求延长生命、寻得长生、导引成仙的游仙作品开始大量出现。一些人企求通过立功、著述等形式以求"声名"闻达于后世的途径受阻后，以及时行乐幻想游仙的方式寻求自己的思想在诗歌创作中得到另类延伸。这类思想在《古诗十九首》中已经有所体现，如"仙人王子乔，难可与等期"④"盛衰各有时，立身苦不早。人生非金石，岂能长寿考"⑤。这种思想在汉末三帝、曹魏三祖、曹魏三

---

① 夏传才、唐绍忠校注：《曹丕集校注》，河北教育出版社2013年版，第44页。
② 夏传才、唐绍忠校注：《曹丕集校注》，河北教育出版社2013年版，第7页。
③ 赵幼文校注：《曹植集校注》，人民文学出版社1984年版，第48页。
④ 马茂元：《古诗十九首初探》，陕西人民出版社1981年版，第97页。
⑤ 马茂元：《古诗十九首初探》，陕西人民出版社1981年版，第80页。

少帝时期均有广泛深远的文学表现，其中汉末三帝时期当以汉末《古诗十九首》为主，曹魏三祖时期则以三曹七子的作品为代表，曹魏三少帝时期则以竹林七贤的作品为代表。

汉末三帝时期对道家思想的推崇和重视，就帝王本身而言就是为了达到自身长生不老的目的，故当时涌现了很多善于养生的方士，据《后汉书·方士列传》，汉末董扶、郭玉、华佗、徐登、费长房、蓟子训、刘根、左慈、计子勋、上成公、解奴辜、甘始、王真、王和平等均以善养生和长寿闻名。《后汉书》载，华佗"晓养性之术，年且百岁而犹有壮容，时人以为仙"，如甘始、东郭延年、封君达三人者活到百余岁甚至两百岁。同时，养生、求仙、追求长生不老，亦成为士人内心的一种渴望，虽然很多人在理性上并不相信，但情感上还是对长生有所希冀。这种思想具体影响到文学作品中，则是此时期开始出现大量的游仙作品。以游仙为主题的诗歌出现是道家追求生命永恒、思想自由的具体体现。最早作游仙诗的为曹操。随后曹丕、曹植也创作了大量的游仙诗。如曹操现存诗歌共计十四题二十四首（含残篇和阙疑），其中完整诗篇共计十八首。曹操的游仙诗包括《气出倡》（三首）、《秋胡行》（二首）、《精列》、《陌上桑》等七首，占其完整诗篇的39%。曹丕的《折杨柳行》："西山一何高，高高殊无极。上有两仙僮，不饮亦不食。与我一丸药，光耀有五色。服药四五日，身体生羽翼。轻举乘浮云，倏忽行万亿。流览观四海，茫茫非所识。彭祖称七百，悠悠安可原。老聃适西戎，于今竟不还。王乔假虚辞，赤松垂空言。达人识真伪，愚夫好妄传。追念往古事，愦愦千万端。百家多迂怪，圣道我所观。"[①]该诗写神游西山之过程及见闻，另有《丹霞蔽日行》叹人生无常。曹丕的以上两首诗在对游仙、追求长生的态度明显缺乏诗性精神而多为理性认识，正如傅正义先生于《三曹游仙诗比较论》中所提出的："曹丕游仙诗冷静而理智，多了一些理性思考，少了一些生命激情。"[②]至于其后

---

① 夏传才、唐绍忠校注：《曹丕集校注》，河北教育出版社2013年版，第41页。
② 傅正义：《三曹游仙诗比较论》，《求索》2004年第5期，第197页。

的嵇康、成公绥、张华、邹湛、何劭、张协等人均有游仙诗作。西晋末年的郭璞作游仙诗十九首,庾阐作游仙诗十首,王融作游仙诗五首。游仙诗自此成为诗歌创作的重要题材,据逯钦立《先秦汉魏晋南北朝诗》统计,明确以"游仙"为题创作诗歌的共计十九人,合五十八首(含残篇)。

再次,古人的生命意识不仅仅停留在对人生苦短的发觉与感叹上,他们更希望通过个体的行为努力以促使生命的升华与不朽,表现为文学的初步自觉。《左传》提出"太上有立德、其次有立功、其次有立言,虽久不废,此之谓不朽"。屈原说"老冉冉其将至兮,恐修名之不立"。其所谓"'修名',并非虚浮之名,而是指峻洁高尚的人格可以超越肉体生命的局限,而实现名垂青史的'不朽'理想"[①]。汉魏易代之际的诗人作品中充满着立功以求不朽的思想。如曹植《与杨德祖书》所言:"吾虽德薄,位为藩侯,犹庶几戮力上国,流惠下民,建永世之业,流金石之功,岂徒以翰墨为勋绩,辞赋为君子哉!"[②]曹丕《典论·论文》则重在立言,他认为"年寿有时而尽,荣乐止乎其身,二者必至之常期,未若文章之无穷。是以古之作者,寄身于翰墨,见意于篇籍,不假良史之辞,不托飞驰之势,而声名自传于后"[③]。曹植追求立功以不朽,曹丕强调立言以不朽。无论立功还是立言,其根本皆为生命意识之强化,其目的皆为借立功、立言来使自身得以不朽,达到生命精神的延伸。

最后,道家人物形象在文学作品中大量出现。伴随着道家思想的传播和被接受、在游仙作品大量出现,道家人物形象也在文学作品中开始大量的出现,如神仙、神人、真人、列子、列仙、童子、帝黄帝、王父母、西王母、东王父、东君、天公、河伯、黄老、老聃、漆园吏、彭祖、赤松、王子乔、安期、琴高、韩众、羡门、广成子、浮丘公、萧史、织女、湘娥等。此类形象中有赐药授道的度引者,有平等关系的朋友,还有一些神仙的侍从

---

[①] 郭杰:《中国古典诗歌中"生命意识"的内涵与泛化》,《深圳大学学报》2001年6期,第19页。
[②] 赵幼文校注:《曹植集校注》,人民文学出版社1984年版,第154页。
[③] 夏传才、唐绍忠校注:《曹丕集校注》,河北教育出版社2013年版,第238页。

者。①诸多形象于汉魏变革之际的诗歌创作中纷纷出现，成为汉魏变革诗文中的高频词汇。

### 五、治经方法的转变对文学的影响

两汉的治经方法经历了一个从经师重章句之学到通儒"不重章句"的转变。西汉自文帝立一经博士，到武帝立五经博士，尤其是自武帝朝推崇儒学以后，诸多儒家经师就开始了烦琐的注经工作。这些注经工作尤重章句与训诂，甚至有"说五字之文，至于二三万言"②者。汉武帝时《郊祀歌》文字已古奥难懂。司马迁当时就说："通一经之士不能独知其辞，皆集会五经家，相与共讲习读之，乃能通知其意，多尔雅之文。"③可见，当时重训诂已经成为一种学术风尚，这种风尚给做学问带来了极大的不便，对文学创作，尤其对辞赋产生了极大影响。当时的辞赋深受治经重章句与训诂的影响，在行文当中经常出现大量的排比句式和生僻字，以至于非博学之士不能卒读。如司马相如的《上林赋》等作品中生僻字连篇，实在有逞才嫌疑。同时我们也发现经学中对章句的过分解读，其烦琐、虚妄等特征在武帝时期已经显现出来，其后经学与文学的发展，更加重了这一弊端。

东汉的经学者仍多遵守旧法，以致范晔以为当时"守文之徒，滞固所禀，异端纷纭，互相诡激，遂令经有数家，家有数说，章句多者或乃百余万言，学徒劳而少功，后生疑而莫正"④。经出多家的现象在东汉比较严重，遂引起了朝廷的重视，为此朝廷下诏曰："《五经》章句烦多，议欲减省。至永平元年，长水校尉（樊）儵奏言，先帝大业，当以时施行。欲使

---

① 朱立新：《汉魏六朝游仙诗研究》（博士学位论文），上海师范大学2000年版。
② ［汉］班固撰，［唐］颜师古注：《汉书》卷30《艺文志》，中华书局1962年版，第1723页。
③ ［汉］司马迁著，［唐］张守节正义：《史记》卷24《乐书》，中华书局1963年版，第1177页。
④ ［南朝宋］范晔撰：《后汉书》卷35《张曹郑列传》，中华书局1965年版，第1213页。

诸儒共正经义,颇令学者得以自助。孔子曰:'学之不讲,是吾忧也。'又曰:'博学而笃志,切问而近思,仁在其中矣。'呜呼,其勉之哉!于是下太常,将、大夫、博士、议郎、郎官及诸生、诸儒会白虎观,讲议《五经》同异,使五官中郎将魏应承制问,侍中淳于恭奏,帝亲称制临决,如孝宣甘露石渠故事,作《白虎议奏》。"①可见,经学的烦琐已经引起了朝廷的重视,拟通过《白虎议奏》的形式来进行改变,这在学界也掀起了对章句经学进行删繁就简的高潮。不仅对章句之学的经学如此,甚至《史记》这样的史书也因为其太长、翻阅不便,而多有裁删记载。《后汉书·杨终列传》载:"会(杨)终坐事系狱,博士赵博、校书郎班固、贾逵等,以终深晓《春秋》,学多异闻,表请之,终又上书自讼,即日贳出,乃得与于白虎观焉。后受诏删《太史公书》为十余万言。"②今择取《后汉书》中几例以见其一斑。

  初,(桓)荣受朱普学章句四十万言,浮辞繁长,多过其实。及荣入授显宗,减为二十三万言。郁复删省定成十二万言。由是有《桓君大小太常章句》。③

  初,父(伏)黯章句繁多,恭乃省减浮辞,定为二十万言。④

  初,霸以樊鯈删《严氏春秋》犹多繁辞,乃减定为二十万言,更名《张氏学》。⑤

  初,《牟氏章句》浮辞繁多,有四十五万余言,(张)奂减为九万言。后辟大将军梁冀府,乃上书桓帝,奏其《章句》,诏下东观。⑥

---

① [南朝宋]范晔撰:《后汉书》卷3《肃宗孝章帝纪》,中华书局1965年版,第138页。
② [南朝宋]范晔撰:《后汉书》卷48《杨终列传》,中华书局1965年版,第1599页。
③ [南朝宋]范晔撰:《后汉书》卷37《桓荣列传》,中华书局1965年版,第1256页。
④ [南朝宋]范晔撰:《后汉书》卷79《伏恭列传》,中华书局1965年版,第2571页。
⑤ [南朝宋]范晔撰:《后汉书》卷36《张霸列传》,中华书局1965年版,第1242页。
⑥ [南朝宋]范晔撰:《后汉书》卷65《张奂列传》,中华书局1965年版,第2138页。

以上资料足以表明经学在东汉的发展史其实就是章句之学逐渐被疏离的过程，同时也说明章句之学中"浮辞繁长"的特点已经不再适应当时学者对学术的追求，换言之，章句之学已经不再适合当时学术的需求。这种对经学的认识直到汉末还在继续。如蔡邕《荐边文礼》和徐幹在《中论》中对经学的认识即为明证。蔡邕曰："初涉诸经，见本知义，受者不能对其问，章句不能逮其意。"《刘振南碑》载："深愍末学远本离质，乃令诸儒改定五经章句，删划浮词，芟除烦重，赞之者用力少，而探微知机者多。"①徐幹《中论·治学》曰："凡学者大义为先，物名为后，大义举而物名从之。然鄙儒之博学也，务于物名，详于器械，务于诂训，摘其章句而不能统其大义之所极，以获先王之心。此无异乎女史诵诗，内竖传令也。"②

一部分学者对烦琐支离的章句之学进行删繁就简式纠正，但成效甚微；而另一部分学者则对烦琐的章句经学以鄙薄的态度处之，他们不守章句，只举其大意而已。兹略举数例如下：

马援……尝受《齐诗》，意不能守章句。③

（班）固字孟坚，年九岁，能属文诵诗赋，及长，遂博贯载籍，九流百家之言，无不穷究。所学无常师，不为章句，举大意而已。④

（王充）好博览而不守章句。⑤

（荀淑）少有高行，博学而不好章句，多为俗儒所非，而州里称其知人。⑥

---

① ［清］严可均辑，马志伟审定：《全三国文》，商务印书馆1999年版，第572页。
② 俞绍初辑校：《建安七子集》，中华书局2017年版，第214页。
③ ［南朝宋］范晔撰：《后汉书》卷24《马援列传》，中华书局1965年版，第827页。
④ ［南朝宋］范晔撰：《后汉书》卷40《班固列传》，中华书局1965年版，第1330页。
⑤ ［南朝宋］范晔撰：《后汉书》卷49《王充列传》，中华书局1965年版，第1629页。
⑥ ［南朝宋］范晔撰：《后汉书》卷62《荀淑列传》，中华书局1965年版，第2049页。

（梁鸿）后受业太学，家贫而尚节介，博览无不通，而不为章句。①

烦琐的章句之学在漫长的东汉时期引起了诸多学者的不满，但他们对儒家根基地位的认识基本上没有什么动摇。他们不再"独尊"儒学，而是以一种比较开放的态度来面对百家之学。所以如马援、王充、梁鸿等人"博览无不通"而"不守章句"，成为通儒。自此，不守章句、举其大意的治学风气兴盛。《魏略》载："（诸葛）亮在荆州，以建安初与颍州石光元、徐元直、济南孟公威等俱游学，三人务于精熟，而亮独观其大略。"②不守章句的风气对后世影响深远，东晋末年陶渊明自谓"好读书，不求甚解"，其"不求甚解"就是对马援"意不能守章句"之意的沿袭。

那么，治经方式由烦琐的章句之学向不为章句、略观大意之学的转变，对文学影响而言，大略有如下三点。

首先，治经方式由繁入简的转变间接地转变了赋体文学的创作内容和语言特点。烦琐的章句之学背景下的赋体创作多散体大赋，其描写对象多着眼京都、游猎等外部世界的刻画，其特点为汪洋恣肆和典故连篇，其赋作求大、求丽、求繁。而不重章句，以简单扼要为主旨的治经方式反映在赋体文学上，则以抒情小赋的出现和流行为创作主流。如东汉后期蔡邕现存的十五篇赋作当中，只有《述行赋》稍长，其余各赋则纯为抒情小赋或咏物小赋，如《蝉赋》仅四十八字。

其次，治经方式的转变，使学者将更多注意力从章句训诂中解放出来，开始关注日常生活以及自己的情感。学者一旦不为章句所拘，则其关注自我内心世界的抒情小赋、描写身边日常用品的咏物小赋以及以人为描写对象的小赋随即大量出现。蔡邕十五篇赋作大致可分为三类：第一类咏物赋有《琴赋》《笔赋》《圆扇赋》《弹棋赋》，琴、笔、扇、棋皆为

---

① ［南朝宋］范晔撰：《后汉书》卷83《梁鸿列传》，中华书局1965年版，第2765页。
② ［晋］陈寿撰，［南朝宋］裴松之注：《三国志》卷35《诸葛亮列传》，中华书局1959年版，第911页。

文人日常用具，赋中缺少了高山、雄关、江海大川等宏大的意象；第二类咏人赋有《玄衣赋》《短人赋》《青衣赋》《瞽师赋》，这些赋所咏叹的人物没有了西汉赋作中常见的帝王将相形象，其关注点已经转入普通人了，如"青衣"是当时对婢女的称谓，《青衣赋》言青衣"宜作夫人，为众女师"①，此语在婢女地位极其低下的当时可谓石破天惊之语，以女性为描写对象则开汉魏易代之际女性题材作品的先河；咏怀赋就是第三类了，如《霖雨赋》《汉津赋》《述行赋》《协和婚赋》《检逸赋》《伤故栗赋》等，其中《汉津赋》写汉水之形，是现存最早描写大江大河的赋作。以上诸赋就内容而言极具生活性，是赋家关注视角由"罩天地之表""抒意乎宇宙之外"的宏大客观世界向自我生活的转变，当然依旧有彰显烦琐章句之病的赋风尾巴，如《短人赋》一篇。

最后，治经方式的转变使诗文的语言开始呈现用白话的创作趋势。以章句训诂"字林"式书写影响下的文赋作品，其语言有佶屈聱牙的特点。学者不守章句后，其文章明显有口语化倾向。自汉桓帝以来诗文用白话的倾向更为明显，时人谓之"通脱"。以汉末古诗为代表，如《西北有高楼》云："西北有高楼，上与浮云齐。"②再如《驱车上东门》云："服食求神仙，多为药所误。不如饮美酒，被服纨与素。"③《古诗二首》其二云："甘瓜抱苦蒂，美枣生荆棘。利傍有倚刀，贪人还自贼。"④此等诗歌明白如话，诚如谢榛所言："平平道出，且无用工字面，若秀才对朋友说家常话，略不作意，如'客从远方来，寄我双鲤鱼。呼童烹鲤鱼，中有尺素书'是也。"⑤文章则以曹操的《让县自明本志令》为代表，行文中少了雕琢与掩饰，字句俨然如从肺腑中流淌出，如对朋友畅怀以表心。

---

① 龚克昌等评注：《全汉赋评注·后汉》，花山文艺出版社2003年版，第833页。
② 马茂元：《古诗十九首初探》，陕西人民出版社1981年版，第62页。
③ 马茂元：《古诗十九首初探》，陕西人民出版社1981年版，第89页。
④ 逯钦立辑校：《先秦汉魏晋南北朝诗》，中华书局1983年版，第342页。
⑤ 马茂元：《古诗十九首初探》，陕西人民出版社1981年版，第155页。

# 第四章 汉魏变革之际的文学创作概况

汉魏变革之际文学成就在中国文学史上具有重要的地位。西汉的文献经过"王莽之乱"和东汉的太学"荒芜"损坏惨重,东汉政府保存的文献经董卓之乱所剩无几。如果不是曹操刻意地把蔡琰从匈奴处赎回来,恐怕像蔡邕这样的文豪也鲜有作品传世了,更何况他人。我们今天在叹惋历史的同时,来研究当时的历史,因文献的阙失,很难说会有一个十分客观的叙述与评价。即便如此,我们还是要尽量从现存的资料出发来作一个比较接近历史的叙述。

范晔《后汉书·文苑传》著录东汉文人计二十二人,其中汉末三帝时期的文士有十位——边韶、张升、赵壹、刘梁、边让、郦炎、侯瑾、高彪、张超、祢衡,几乎占到东汉文苑的半壁江山。随后的献帝时期,"降及建安,曹公父子笃好斯文;平原兄弟郁为文栋;刘桢、王粲为其羽翼。次有攀龙托凤,自致于属车者,盖将百计。彬彬之盛,大备于时矣"①。汉魏变革之际的文坛上出现了"彬彬大盛"的局面。这种"彬彬之盛,大备于时"的文学创作高潮是包含多种文体的,本书仅就诗、赋二体简略论述如下。

## 一、诗歌创作概况

南朝钟嵘在《诗品·总论》中曾指出,两汉文学呈现出"辞赋竞爽,而吟咏(指写诗)靡闻"②的局面。可见,当时两汉的诗歌创作及作品流传

---

① [南朝梁]钟嵘著,曹旭集注:《诗品集注》,上海古籍出版社1994年版,第17页。
② [南朝梁]钟嵘著,曹旭集注:《诗品集注》,上海古籍出版社1994年版,第11页。

处于非主流状况。后世论两汉文学者多称"两汉为赋之时代",而非称诗之时代。其实钟嵘的说法是值得商榷的,《后汉书·文苑传》载王逸"著《楚辞章句》行于世。其赋、诔、书、论及杂文凡二十一篇。又作《汉诗》百二十三篇"①。从这则资料来看,在诗赋的流传比例中,王逸的诗歌数量是远远大于其辞赋数量的,之所以造成"吟咏靡闻"的局面恐怕是历史文献在流传的过程中的严重亡佚之故。

汉魏变革之际的诗歌创作,就总体成就而言,代表了中国诗歌史上的第一个诗歌创作高潮。无论是作家的数量、作品的数量与质量以及对后世的影响都是空前的,并且因为此时的诗歌创作呈现"建安风力"的美学风格而成为后世诗学典范和不可企及的大纛。大致而言,此时的诗歌创作主要体现为文人乐府诗篇创作和文人五言诗篇创作。

(一)文人乐府诗篇的创作

汉魏变革之际,诗人大力创作乐府诗并"以旧瓶装新酒",对汉乐府进行改造而形成了具有时代特色的"文人乐府诗"。《汉书·礼乐志》曾明言"汉武帝立乐府,采诗夜诵"②(《后汉书》《续后汉书》则没有对乐府的记载)。当时采集乐府民歌的地理区域"有赵、代、秦、楚",其后虽然乐府机构有所变化,但这种民间的诗歌创作活动从未停止过,以至于出现了大量的乐府诗篇。这一乐府诗歌形式到了汉魏变革之际经过诸文人的加工创作,不仅赋以新的内容,而且成功地把这一民间文学样式转变为上层文人的抒情文体,自此开启了一个乐府诗篇创作的高潮。据郭茂倩《乐府诗集》统计,两汉流传下来的乐府作品总计一百三十首,无名氏可考者不过五十五首,如《十五从军征》《上山采蘼芜》《东门行》《孤儿行》《薤露行》《蒿里行》《古诗为焦仲卿妻作》《战城南》等,则其余均为作者有姓名可考的文人作品。汉魏变革之际,由于战乱频仍,战争、饥荒、徭役、疾疫等灾难成为当时人民身上的沉重大山,也成为文士诗歌创

---

① [南朝宋]范晔撰:《后汉书》卷80《王逸列传》,中华书局1965年版,第2618页。
② [汉]班固撰,[唐]颜师古注:《汉书》,中华书局1962年版,第1045页。

作的重要题材,而乐府则成为最合适的文学载体。正如罗根泽先生所言:"乐府之盛,莫盛于建安前后(东汉之末至曹魏之初)。"①

汉乐府作品就现存情况而言有名姓可考者,笔者做了如下梳理。

汉灵帝刘宏,其诗存《招商歌》一首,诗曰:"凉风起兮日照渠,青荷昼偃叶夜舒。惟日不足乐有余,清丝流管歌玉凫,千年万岁喜难逾。"此诗是比较规范的七言诗篇。

侯瑾,敦煌人,约为东汉灵、献二帝时期著名学者。有《歌诗》残句:"周公为司马,白鱼入王舟行世。"推其意为政治咏怀诗篇。

汉少帝刘辩,系汉灵帝长子,为董卓所废,作《悲歌》,诗曰:"天道易兮我何艰!弃万乘兮退守蕃。逆臣见迫兮命不延,逝将去汝兮适幽玄!"其姬唐氏起舞有和,为《起舞歌》,曰:"皇天崩兮后土颓,身为帝王兮命夭摧。死生路异兮从此乖,奈我茕独兮心中哀。"二人所作均为带"兮"字之七八言为主的楚辞体,诀别宴行,泣下呜咽,坐者嘘唏。

宋子侯所作《董娇饶》寓言诗一首,通过桃李及同村姑的问答,表现诗人对女子红颜易老、命运悲惨的深切感慨。

辛延年,其作仅存《羽林郎》一首,为优秀的五言乐府诗。诗歌通过霍将军家奴冯子都调笑酒家胡女的故事,表现了胡女"人生有新知,贵贱不相逾"的情操和不卑不亢的精神。

蔡邕五言作有乐府《饮马长城窟行》。诗云:"青青河边草,绵绵思远道。远道不可思,宿昔梦见之。梦见在我旁,忽觉在他乡。他乡各异县,展转不可见。枯桑知天风,海水知天寒。入门各自媚,谁肯相为言。客从远方来,遗我双鲤鱼。呼儿烹鲤鱼,中有尺素书。长跪读素书,书中竟何如?上有加餐食,下有长相忆。"②此诗见于《玉台新咏》卷一,作者记为蔡邕;而《文选》卷二十七作乐府古辞,不知作者姓名。此处存疑。此诗重在抒发女子对"他乡"恋人的思念,以及由思念而引起的系列感觉与自我

---

① 罗根泽:《乐府文学史》,东方出版社1996年版,第64页。
② 邓安生:《蔡邕集编年校注》,河北教育出版社2002年版,第551页。

安慰,以想象描绘收到来信后的激动之情。此诗歌带有明显的文人五言诗痕迹,甚至与《古诗十九首》中《青青河畔草》《行行重行行》《孟冬寒气至》三诗有异曲同工之妙。

陈琳创作《饮马长城窟行》①则带有明显的汉末乐府诗篇的痕迹。其诗开篇即云:"饮马长城窟,水寒伤马骨。"而后通过筑城役卒与长城吏的对话,揭示"男儿宁当格斗死,何能怫郁筑长城"的苦闷。随后通过筑城役卒与家乡妻子的书信对话,揭示了"边城多健少,内舍多寡妇"的残酷现实,以及劝说妻子"便嫁莫留住"和"生男慎莫举,生女哺用脯"等生存无奈与黯然销魂的生死离别。其诗真实地再现了当时修筑长城等重大劳役给下层的百姓造成的巨大灾难,同时也歌颂了役卒夫妇"结发行事君,慊慊心意关"的不渝爱情。

蔡琰,蔡邕之女,博学多艺,精通音律,作《胡笳十八拍》。然此作颇有争议,但其内容真切感人,以诗人从被掳掠胡地到被赎回汉地的情节故事,层层推进地倾诉内心的矛盾与对命运无主的悲怆。诗歌中既有战争与时代给个人造成巨大灾难的社会悲剧,又有生命个体身如浮萍的个人悲剧。全诗具有情感的巨大震撼与冲击力,是崇高美的典范。

王粲所作乐府,据《宋书·乐志》记载:"魏《俞儿舞歌》四篇,魏国初建所用,后于太祖庙并用之。王粲造。"②除《俞儿舞歌》外,王粲的乐府诗尚有《七哀诗》三首和《从军行》五首。现存最早的《七哀诗》就是王粲所作:其一以"西京乱无象"为政治背景,刻画了诗人在流亡荆州的路上所见"路有饥妇人,抱子弃草间"的悲惨景象;其二"荆蛮非我乡"则抒发了自己滞留他乡时想念家乡之情;其三"边城使心悲"则是对战争造成"百里不见人"和"子弟多俘虏"的控诉。《从军行》五首则是对曹操的治军神武和治下地方"黍稷盈原畴"的歌颂。

阮瑀,现存乐府诗《驾出北郭门行》一首。该诗通过孤儿"饥寒无衣

---

① 吴云主编:《建安七子集校注》,天津古籍出版社2005年版,第128页。
② [南朝]沈约撰:《宋书》,中华书局1974年版,第534页。

食,举动鞭捶施"的生活状况来反映"后母憎孤儿"的社会现实,借此劝诫世人。

诸葛亮,署该名的乐府诗有《梁甫吟》一首,《乐府诗集·相和歌辞》有载。后之学者多认为此诗为附会之作。《梁甫吟》与《蒿里行》《薤露行》同为挽歌。此作以"二桃杀三士"的历史故事来抒发对帝王残杀忠臣的悲愤。

左延年,汉末魏国人,据《晋书·乐志》载:"黄初中,左延年以新声被宠。"所作《秦女休行》为乐府名篇。该诗以质朴的语言叙述了烈女秦女休为父复仇的故事,诗中对女休的壮举进行了肯定。左延年所作《从军行》,以铺陈的笔法写一五子之家,五子均因兵役远赴敦煌和陇西,造成家里只剩五个孕妇的现状。其诗曰:"苦哉边地人,一岁三从军。三子到敦煌,二子诣陇西。五子远斗去,五妇皆怀身。"

缪袭,汉末魏人,郭茂倩《乐府诗集》收其诗十三首,分别为《魏鼓吹》十二首和《挽歌》一首。《魏鼓吹》十二首,含《楚之平》《战荥阳》《获吕布》《克官渡》《旧邦》《定武功》《屠柳城》《平南荆》《平关中》《应帝期》《邕熙》《太和》,内容多为歌颂曹魏帝王和政权之意。《挽歌》形式为汉乐府挽歌,内容表达用豁达来对待生死的态度。该诗通过"生时游国都,死没弃中野。朝发高堂上,暮宿黄泉下"的对比,抒发了"自古皆有然"的感慨。

曹操,现存乐府诗中有二十一题二十七首,曹操"御军三十余年,手不舍书。昼则讲武策,夜则思经传,登高必赋,及造新诗,被之管弦,皆成乐章"[①]。曹植在《武帝诔》中也称其"躬著雅颂,被之琴瑟"。可见曹操所造新诗,均是能和乐被弦用于演奏的乐府诗篇。从现存资料来看,曹操诗歌全部为乐府诗。如《蒿里行》《薤露行》都是汉代乐府曲调名,为送葬的挽歌。曹操在这里是借乐府古题之名,而书写时事之实,后世称之为

---

① [晋]陈寿撰,[南朝宋]裴松之注:《三国志》卷1《武帝纪》,中华书局1959年版,第54页。

"汉末实录"。其他如《步出夏门行》《短歌行》《善哉行》《秋胡行》等篇也为借乐府古题而书写汉魏变革之际的时事和自己的心声之作。

曹丕,现存乐府诗中十九题二十四首。如《短歌行》、《秋胡行》(三首)、《善哉行》(二首)、《丹霞蔽日行》、《煌煌京洛行》、《十五》、《猛虎行》、《折杨柳行》、《燕歌行》(二首)等。曹丕少时诵诗,应为《诗经》,这个可以从曹丕诗歌中对《诗经》的引用看到。如其乐府诗《钓竿行》,其中的"钓竿"意象直接取法于《诗经·卫风·竹竿》中"籊籊竹竿,以钓于淇"之句,但他在对汉乐府的继承和发展上更前进一步。余冠英在《三曹诗选·前言》中曾指出,曹丕"作诗更明显地倾向民歌化。在歌谣各体的仿作和通俗语言的运用上,他比曹操更努力"。其中乐府诗篇《燕歌行》(二首)是现存最早的七言歌行,被誉为"七言之祖"。陈祚明说:"后人作七古,句句用韵,须效此法。"① 王夫之评道:"倾情,倾度,倾色,倾声,古今无两。二首为七言初祖,条理谐和,以自尔尔。"② 《黎阳作》和《令诗》则是当时少见的六言诗。

曹植,现存八十余篇诗作中,大半为乐府歌辞,如《白马篇》《鰕䱇篇》《豫章行》《善哉行》《野田黄雀行》《七哀诗》《苦思行》《怨歌行》《惟汉行》《当墙欲高行》《桂之树行》《驱车行》《丹霞蔽日行》《当欲游南山行》《平陵东》《长歌行》《陌上桑》《亟出行》《对酒行》《秋胡行》《薤露行》《飞龙篇》《吁嗟篇》《门有万里客》《泰山梁甫吟》《鼙舞歌五首》《名都篇》《美女篇》《升天行》《五游咏》《仙人篇》《驱车篇》《种葛篇》《妾薄命行》《当来日大难》《当事君行》等。"在曹植40余首乐府诗中,所选用的辞调有30余种,其中光杂曲歌辞就有20种。"③ 曹植的乐府诗篇内容丰富:有表现建功立业的壮志诗篇,如《白马篇》;

---

① 河北师范学院中文系古典文学教研组编:《三曹资料汇编》,中华书局1980年版,第79页。
② 河北师范学院中文系古典文学教研组编:《三曹资料汇编》,中华书局1980年版,第70页。
③ 吴莺莺:《三曹乐府诗述论》,《合肥教育学院学报》2001年第3期,第21页。

有关心民生的《泰山梁甫吟》；有表现自己在政治高压下苦痛情绪的《豫章行》；还有以女性作比兴寄托的《美女篇》和《浮萍篇》等。

　　据王辉斌先生统计，"'三曹'乐府诗的实况为：曹操二十一题二十七首，曹丕十九题二十四首，曹植四十六题七十九首。父子三人的乐府诗，总共为一百三十首。这一具体数字在三人各自总集中诗歌类所占的比例，分别为：曹操百分之百，曹丕约为百分之五十五（《魏诗》卷四有'诗'八则，其中四句者一则，两句者七则，本文以二首计），曹植约为百分之七十"①。三曹等人对汉乐府的继承和发展，罗根泽以为有五种变化②，兹概括如下。一是篇幅稍长。二是恢复四言体，如曹操《短歌行》《步出夏门行》，曹丕的《丹霞蔽日行》和《善哉行》，较之东汉乐府的五言和杂言而论，曹操创作的四言诗篇成为继《诗经》之后的四言诗创作的第二个高峰。三是创作七言体，如曹丕的七言乐府《燕歌行》，成为现在最为完整的七言诗篇。四是完成仿效的乐府，所谓"'以旧曲，翻新调'，虽不始于曹氏父子，而实成于曹氏父子"③。五是内容含极颓丧之人生观，如曹操的"人生几何，去日苦多"之感，恐为天下久乱造成的士人群体生命意识的觉醒和脆弱敏感所致，罗根泽先生则以为"此盖半由于天下久乱，半由于佛教东渐故也"④。汉魏变革之际的乐府诗因以文人拟作为主，既含有文人的情感宣泄，又包含了时代风华，最终成为文人叙事抒情的主要工具。就艺术而言，他们"以旧曲，翻新调"即借旧瓶装新酒，用两汉乐府旧题书写新的时代内容。其他如篇幅的增长和五言、四言、七言的选择，则或囿于《诗经》之旧制，或为抒情内容之增长而添言。就创作现状而言，"曹操诗全为乐府，曹丕则大幅度减少，乐府诗仅占55%，到曹植，乐府与徒诗几乎参半，有着明显的由乐府而渐趋徒诗的倾向。这就

---

① 王辉斌：《三曹雅好乐府的原因及其情结述论》，《乐府学》2007年第2辑，第189页。
② 罗根泽：《乐府文学史》，东方出版社1996年版，第65页。
③ 罗根泽：《乐府文学史》，东方出版社1996年版，第72页。
④ 罗根泽：《乐府文学史》，东方出版社1996年版，第72页。

为正始诗歌完全摆脱音乐的束缚而独立化、文人化,创造了条件,开拓了道路"①。

(二)文人五言诗篇的创作

汉魏变革之际的诗歌之盛不仅体现在汉末诗人对乐府诗篇的创作与改造上,还体现在文人五言诗篇的创作上。钟嵘指出,汉魏之际是"五言腾踊"来临的时代。文人诗始于班固《咏史》,然其作"质木无文"。成熟于汉末三帝时的《古诗十九首》,汉末古诗创作乘乐府五言之势,注入时代思想,加上文人的参与而呈现"千古元气,钟孕一时"之气象。后人以为"一字千金",其后经孔融、曹操、陈琳、王粲、曹植等诸子创作,终于形成"文温以丽,意悲而远"的新的诗歌范式和建安风骨的美学风范。曹丕《叙诗》中写道:"为太子时,北园及东阁讲堂并赋诗,命王粲、刘桢、阮瑀、应场等同作。"刘桢《赠五官中郎将诗》云:"望慕结不解,贻尔新诗文……赋诗连篇章,极夜不知归,君侯多壮思,文雅纵横飞。"此时诗人群体的凝聚与活动不仅形成了彼此酬唱互赠之文风,也促进了文学艺术的技艺提升。

文人诗篇,我们可以根据作者的生平做一个比较准确的时段划分。钟嵘《诗品》提出,"东京二百载中,惟有班固《咏史》,质木无文"②;又说:"古诗,其体源出于《国风》。陆机所拟十二首,文温以丽,意悲而远,惊心动魄,可谓几乎一字千金!其外《去者日以疏》四十五首,虽多哀怨,颇为总杂。旧疑是建安中曹、王所制。《客从远方来》、《橘柚垂华实》,亦为惊绝矣!人代冥灭,而清音独远,悲夫!"③此处"古诗",当为流传于魏晋南北朝之两汉无名氏的五言诗,其作者、年代、篇目皆不详,但从已知信息看来,还当以《古诗十九首》为代表。《古诗十九首》的作者和产生年代向来是学界争论的热点。就其产生年代而言,大致有这样几种说

---

① 傅正义:《"三曹"诗歌异同论》,《重庆师院学报(哲社版)》1993年第2期,第66—69页。
② [南朝梁]钟嵘著,曹旭集注:《诗品集注》,上海古籍出版社1994年版,第2页。
③ [南朝梁]钟嵘著,曹旭集注:《诗品集注》,上海古籍出版社1994年版,第75页。

法：刘勰持两汉说，严羽持西汉说，钟嵘《诗品》持曹植、王粲的旧说，李善持存疑态度，李昉持东汉说，朱彝尊持梁代《文选》编者改编说，杨慎持非一人一时说。马茂元先生认为，《古诗十九首》"约略可以推知为建安以前东汉末年的作品"①，换句话说：《古诗十九首》是汉魏变革之际的作品。

这说明就钟嵘所能看到的资料中，文人五言诗篇在东汉一朝很少，而班固的《咏史》显然还处于不成熟的有质无文阶段。颜延之的《庭诰》："逯李陵众作，总杂不类，是假托，非尽陵制。至其善篇，有足悲者。"②刘大杰先生认为"其他如无名氏的古诗十九首以及拟托的苏、李诗一类的作品，大概也就在这个时代产生了。由其文字的技巧与诗歌的风格看来，这一批作品，是应该都出于《咏史》以后"。"《古诗十九首》是一群无名作家的作品，正与《国风》的情形相同，它们产生的时代，大都在东汉建安，是五言诗成熟时期的代表作。"③但是我们也很难确切地说就是汉末三帝时期的作品，至于其他作品则史载很少。据逯钦立所辑《先秦汉魏晋南北朝诗》中《汉诗》统计，汉末三帝时期的文人五言诗今存情况如下。

郦炎，字文胜，范阳人，汉灵帝时辟官不就。存《见志诗》二首，见《后汉书·郦炎列传》。其一曰：

大道夷且长，窘路狭且促。修翼无卑栖，远趾不步局。

舒吾陵霄羽，奋此千里足。超迈绝尘驱，倏忽谁能逐。

贤愚岂常类，禀性在清浊。富贵有人籍，贫贱无天录。

---

① 马茂元：《古诗十九首初探》，陕西人民出版社1981年版，第7页。
② ［宋］李昉等撰：《太平御览》卷586《文部》，中华书局影印（上海函芬楼影印宋本）1960年版，第2640页。
③ 刘大杰：《中国文学发展史》，百花文艺出版社2007年版，第102页。

通塞苟由己，志士不相卜。陈平敖里社，韩信钓河曲。

终居天下宰，食此万钟禄。德音流千载，功名重山岳。①

此诗借助陈平、韩信等初期落魄终究发迹的历史故事来暗示自己所处的困窘处境，一方面抒发了自己欲名垂千古的政治抱负，另一方面也对自己身处贫贱地位表示无可奈何。《见志诗》其二主题与其一相同，"贤才抑不用"也是"贫贱无人录"的翻版。两诗都脱离了乐府诗歌关注民间群体生活不幸的内容，而开始抒发文士自身壮志情怀与抑郁不忿了。

侯瑾现存五言残句，《述志诗》存"嫫母开玉堂"一句，恐为歌颂后妃之德类作品。

秦嘉现存五言《赠妇诗》三首及五言残句若干，其《答妇诗》残句"哀人易感伤"。今录其《赠妇诗》其一：

人生譬朝露，居世多屯蹇。忧艰常早至，欢会常苦晚。

念当奉时役，去尔日遥远。遣车迎子还，空往复空返。

省书情凄怆，临食不能饭。独坐空房中，谁与相劝勉。

长夜不能眠，伏枕独展转。忧来如循环，匪席不可卷。②

秦嘉此诗有明显化用《诗经》的痕迹。如"长夜不能眠"化用《诗经·柏舟》"耿耿不寐，如有隐忧"；"匪席不可卷"化用《诗经·柏舟》"我心匪席，不可卷也"。另外，《赠妇诗》其三"肃肃仆夫征"化用《诗经·鸿雁》"鸿雁于飞，肃肃其羽。之子于征，劬劳于野"；"诗人感木瓜，乃欲答瑶琼"化用《诗经·木瓜》"投我以木桃，报之以琼瑶"。其他化用《诗经》

---

① ［南朝宋］范晔撰：《后汉书》卷80《郦炎列传》，中华书局1965年版，第2647页。
② 逯钦立辑校：《先秦汉魏晋南北朝诗》，中华书局1983年版，第186页。

篇题者更多，如《鸡鸣》《肃肃》《木瓜》《河广》等。化用《诗经》已然是文人诗歌的典型做法了。秦嘉的诗歌与《古诗十九首》也有诸多看似相似的地方，如"人生""朝露""浮云""悲风""饭""空""书"等意象，为两者共有。其"独坐空房中，谁与相劝勉。长夜不能眠，伏枕独展转"的诗句，则与《古诗十九首》中"空床难独守""愁思当告谁""忧愁不能寐，揽衣起徘徊"等句异曲同工。虽然我们不能确定二者有着创作者与作品之必然的关系，但从二者出现的高频词汇、使用句式语法的相似度，以及所表达的共同情感而言，大概可以推定《古诗十九首》与秦嘉所处为同一时代。另，现存秦嘉妻徐淑五言骚体诗《答秦嘉诗》一首。

赵壹有五言诗作《秦客诗》和《鲁生歌》，二诗皆出自《刺世疾邪赋》。《秦客诗》曰："河清不可俟，人命不可延。顺风激靡草，富贵者称贤。文籍虽满腹，不如一囊钱。伊优北堂上，抗脏倚门边。"《鲁生歌》曰："势家多所宜，咳唾自成珠。被褐怀金玉，兰蕙化为刍。贤者虽独悟，所困在群愚。且各守尔分，勿复空驰驱。哀哉复哀哉，此是命矣夫！"① 二诗内容皆为揭露当时门阀权宦贿赂横行等诸多黑暗，富有广泛的政治批判意义。

蔡邕现存五言诗篇有《饮马长城窟行》《翠鸟诗》，前者为时事咏怀诗，后者为咏物诗。其女蔡琰的诗有五言《悲愤诗》、骚体《悲愤诗》《胡笳十八拍》和诗残句若干，其诗作皆因身世飘零不偶而感伤，情真意切，感人肺腑。陆时雍在《诗镜总论》中说："东京气格颓下，蔡文姬才气英英。读《胡笳》吟，可令惊蓬坐振，沙砾自飞，真是激烈人怀抱。"②

应璩现存诗歌均为五言诗，含《百一诗》多讽谏之语言，《杂诗》二首多愁苦之词。另有《诗》八首，以及诗残句若干。如《杂诗》其一："秋日苦促短，遥夜邈绵绵。贫士感此时，慷慨不能眠！"此诗具有典型的文人悲秋的意味，上承《古诗十九首》之余绪，下启阮籍《咏怀》之慷慨。

---

① 龚克昌等评注：《全汉赋评注·后汉》，花山文艺出版社2003年版，第787页。
② 丁福保辑：《历代诗话续编》，中华书局1983年版，第1403页。

曹丕妻子甄氏作有《塘上行》，该诗诉"想见君颜色，感结伤心脾"之思，有"念君长苦悲，夜夜不能寐"之情。

总之，汉魏变革之际的文人，诸如蔡邕、蔡琰、仲长统、吴质、刘桢、徐幹、阮瑀、甄氏等人也多有五言诗传世，余者五言诗创作及其所占现存诗篇的比例如下：曹操十首五言诗占37%，曹丕二十四首占52%，曹植七十八首占66%，孔融二首占33%，王粲二十首占80%，陈琳三首占75%，应玚五首占83%，繁钦五首占62%。

以上所举为汉魏之际文人五言诗的创作概况。由上可知，以现在的考证，能够确定为汉末三帝时期的诗歌作品就数量而言的确很少，五言诗作则更是屈指可数，之所以出现这种情况，固然与兵燹战乱和自然灾害有关，但也不乏人为的因素。《后汉书·仲长统列传》中记载："（仲长统）友人东海缪袭常称：统才章足继西京董、贾、刘、扬。今简撮其书有益政者，略载之云。"① 可见，在缪袭等人看来，择取文人文赋的标准是看其是否有益于政治，政治是第一标准，而非站在文学的标准来选的。

## 二、辞赋创作概况

汉魏变革之际是"词赋竞爽"②的时代，汉赋也成为此时最具代表性的文学体裁。辞赋在两汉的发展过程中呈现出两个高潮。

一是汉武帝和汉宣帝时，赋体文学创作进入第一个高潮。由于武、宣二帝的提倡以及为润色鸿业的需要，赋体文学创作呈现出第一次高潮。正如班固《两都赋·序》所坦言："言语侍从之臣，若司马相如、虞丘寿王、东方朔、枚皋、王褒、刘向之属，朝夕论思，日月献纳；而公卿大臣御史大夫倪宽、太常孔臧、太中大夫董仲舒、宗正刘德、太子太傅萧望之等，时时间作。……故孝成之世，论而录之，盖奏御者千有余篇，而后大汉

---

① ［南朝宋］范晔撰：《后汉书》卷49《仲长统列传》，中华书局1965年版，第1646页。
② ［南朝梁］钟嵘著，曹旭集注：《诗品集注》，上海古籍出版社1994年版，第11页。

之文章炳焉。"①

二是汉魏变革之际赋体文学创作进入第二个创作高潮。此时政治统治者如汉末三帝之汉桓帝、汉灵帝、汉少帝都喜欢文学；曹魏三祖曹操、曹丕、曹叡又都精于诗赋创作。尤其值得一提的是，汉灵帝和魏文帝为辞赋的繁荣做出巨大的贡献。汉桓帝"好音乐，善琴笙"，汉灵帝刘宏好学，曾"自造《皇羲篇》五十章"，也曾"愍协早失母，又思美人，作《追德赋》、《令仪颂》"②。可见，汉末三帝是有一定文学基础和才华的，汉灵帝经常"引诸生能为文赋者"③。事情远不止如此，汉灵帝还在当时复杂的政治斗争中避开太学而特设鸿都门学以选拔人才，其取士内容为"尺牍辞赋及工书鸟篆"，当然其中以"能辞赋"为主。这种以文学艺术取代经学，成为朝廷选才课试内容的大改革，在我国历史上堪称第一次。鸿都门学的设立，在当时最明显的影响无疑是打击了经学，促进了文学和书法等艺术形式的发展。据李贤注《后汉书·灵帝纪》载："光和元年（公元178年），始置鸿都门学生。李贤注：'鸿都，门名也。于内置学。时其中诸生，皆敕州、郡、三公举召能为尺牍辞赋及工书鸟篆者相课试，至千人焉。'"④以鸿都门学的设立为标志，赋体文学的创作进入一个全新的阶段。皮锡瑞认为："欲兴经学，非导以利禄不可。"⑤其时辞赋之盛，亦是帝王以利禄诱导之故。汉灵帝的这次改革可谓古今选举人才之一大变。鸿都门学所招达千人之多，这些人在学成之后多数被派往全国各地州郡任职，也有入朝为尚书、侍中，获得封侯赐爵。同时为了表示朝廷重视，汉灵帝还"诏敕中尚方为鸿都文学乐松、江览等三十二人图象立赞"。朝廷对鸿都门学生的高度重视与重用一度引起"诸生竞利，作者鼎沸"的局面。尽管遭到阳球、蔡邕等官方要人的反对，但丝毫不能撼动汉灵帝对鸿

---

① 龚克昌等评注：《全汉赋评注·后汉》，花山文艺出版社2003年版，第206页。
② ［南朝宋］范晔撰：《后汉书》卷10《灵思何皇后纪》，中华书局1965年版，第450页。
③ ［南朝宋］范晔撰：《后汉书》卷60下《蔡邕列传》，中华书局1965年版，第1991页。
④ ［南朝宋］范晔撰：《后汉书》卷7《孝桓帝记》，中华书局1965年版，第341页。
⑤ ［清］皮锡瑞：《经学历史》，艺文印书馆1974年版，第66页。

都门学的重视。这也正应了钟嵘在《诗品·总论》里说的："词赋竞爽，而吟咏靡闻。"①可见在钟嵘视域所及，两汉之中呈现的写诗人少、作赋人多的情况是有现实依据的。

非常遗憾的是，如此众多的鸿都门学生创作的辞赋至今片纸无存，甚至说我们很难确定哪些人是鸿都门学生，更不用提其创作了。究其原因是复杂的。一是鸿都门学生这个群体遭到了来自当时正统士族文人和经学之士的强烈反对，被称为"斗筲之人""无行趣势之徒"，这是对鸿都门学生在出身和仕进上给予的鄙视和批判。二是蔡邕指斥鸿都之辞赋为"连偶俗语，有类俳优"，阳球称其"笔不点牍，辞不辩心，假手请字，妖伪百品"。蔡邕、阳球等人对鸿都门学生的作品从创作的主体内容到语言修辞的运用都给予了全盘的否定。三是虽然当时两次党锢事件沉重地打击了太学生和具有正义感的士族力量，但当时的话语权依旧掌握在士人清流的手中。因此，鸿都门学生虽然在政治上得到了来自皇帝的支持，但在社会舆论上、文化上依旧处于劣势。四是董卓之乱中，朝廷的文献和典籍可谓毁坏殆尽。鸿都门学生创作的辞赋实为进献帝王走进仕途的敲门砖，有着明确的政治色彩，故推断其作品大部分当保存在政府课试的相关文档中，其遗失也是必然的了。

鸿都门学生的赋体文学创作是缺失的，但由来自帝王对辞赋的重视，以及鸿都门学掀起的辞赋创作高潮却对当时及后来的辞赋创作产生了莫大的影响。据严可均《全后汉文》《全三国文》统计，汉魏变革之际的辞赋现存二百五十篇左右。

据龚克昌先生《全汉赋评注》②、严可均《全后汉文》和《全三国文》，以及夏传才《三曹七子之外建安作家诗文合集校注》③统计，汉魏变革之际的辞赋家及其赋作约略如下。

---

① ［南朝梁］钟嵘著，曹旭集注：《诗品集注》，上海古籍出版社1994年版，第11页。
② 以上根据龚克昌等评注《全汉赋评注·后汉》统计，其赋或为整篇，或为残篇，名之所存，据以载录。
③ 夏传才主编：《三曹七子之外建安作家诗文合集校注》，河北教育出版社2013年版。

赵岐作《蓝赋并序》，序言中载"就医偃师"见当地"黍稷不植""皆以种蓝"而感。赋存二句，曰"同丘中之有麻，似麦秀之油油"，似乎为描写蓝草之一望无垠苗壮生长貌，而却以《诗经·丘中有麻》和箕子《麦秀》入赋，似为对自身怀才不遇、对政治沉浮的感慨之词。

赵壹，其性恃才倨傲，"后屡抵罪，几至死，友人救得免"，作《穷鸟赋并序》以"贻书献恩"。赋中以穷鸟喻自己，以贤者喻恩儿，所谓书愤感恩之作。《刺世疾邪赋》抒发"虽欲竭诚而尽忠，路绝险而靡缘"[①]之慨，其中赋末秦客和鲁生所作之五言诗可谓感世伤时之作，尤其令人警醒。所谓"文籍虽满腹，不如一囊钱"，以及"贤者虽独悟，所困在群愚"的恶劣环境与郁闷情绪，开后世抒情小赋的先驱。赵壹《迅风赋》可与宋玉《风赋》相对比一观。《后汉书》记载，"（赵壹）恃才傲物，为乡党所摈，乃作《解摈》"。《解摈赋》余残，一句六言，从残句之意来看与东方朔的《答客难》、班固的《答宾戏》、杨雄的《解嘲赋》、崔寔的《答讥》是一类作品。

边让有《章华台赋》，"作《章华赋》，虽多淫丽之辞，而终之以正，亦如相如之讽也"[②]。

刘琬有《神龙赋》和《马赋》，为咏物赋中描写动物的赋作，似无深意，纯为咏物而言。

桓彬有《七说》为残篇，从现存残句来看为关于饕餮饮食的描写。

马芝有《申情赋》，不存。仅《后汉书·列女传》存目。

蔡邕的赋作，据《全汉赋评注》所载为十六篇[③]，涉及题材众多，如《述行赋（并序）》《汉津赋》《短人赋》《瞽师赋》《青衣赋》《笔赋》《弹琴赋》《弹棋赋》《伤胡栗赋》《蝉赋》《团扇赋》《协和婚赋》《霖雨赋》《检逸赋》《玄表赋》《释诲（并序）》。由于蔡邕本人与孔

---

① 龚克昌等评注：《全汉赋评注·后汉》，华山文艺出版社2003年版，第786页。
② ［南朝宋］范晔撰：《后汉书》卷80《边让列传》，中华书局1965年版，第2640页。
③ 龚克昌等评注：《全汉赋评注·后汉》，华山文艺出版社2003年版，第816页。

融、曹操、阮瑀、王粲等人均有文学上的深入往来，不可避免地对建安辞赋创作产生一定的影响。蔡邕的赋作多为小赋，重在抒情。从其现存的辞赋作品来看，其中的《协和婚赋》《团扇赋》《霖雨赋》《弹棋赋》《述行赋》《检逸赋》等在建安辞赋中多有同题之作，如关于述征的赋，就有曹丕《述征赋》、曹植《述行赋》《述征赋》、王粲《初征赋》、徐幹《从征赋》、阮瑀《纪征赋》、繁钦《述征赋》《述行赋》等。《汉津赋》是现存最早完整描写大江大河的赋作。其《青衣赋》行文中，受《诗经》影响的痕迹明显：如"窈窕"源于《诗经·周南·关雎》；"盼倩""硕人"源于《诗经·卫风·硕人》；"青衣"有"关雎之洁"，转引《诗经·关雎》咏"后妃之德"，形容青衣端庄正派；"伊何"出自《诗经·小雅·頍弁》；"河上逍遥"出自《诗经·郑风·清人》；"惄焉且饥"出自《诗经·周南·汝坟》。蔡邕多用《诗经》中之语言形容出身低微的婢女，以应其"宜作夫人，为众女师"的赞颂。龚克昌先生以为《青衣赋》"同情妇女，歌颂妇女"，并对后世曹丕、王粲、曹植等人大量创作《寡妇赋》《出妇赋》《感婚赋》《神女赋》等女性题材之作具有"开启之功"。①其《短人赋》从侏儒的出身、地域、种族入手，极尽讽刺之能事，陈赋以"引譬比偶，皆得形象"，以鸡、鹭鹈、鹘鸠、戴胜等鸟作比，以蝗、即且等昆虫作比，以鼙鼓、椎、枘、捣衣杵等小器物作比，来"视短人兮形如斯"。《协和婚赋》中所谓"长枕横施，大被竟床。莞蒻和软，茵褥调良。粉黛弛落，发乱钗脱"②等语极为露骨，龚克昌先生以为"是一篇极大胆的描绘男女新婚及新婚之夜两性生活的作品"③。

张超针对蔡邕《青衣赋》而作《诮青衣赋》，批蔡邕为"彼何人斯"。但其作明显从传统女性观出发，再唱"祸福之阶，多有孽妾淫妻"之论

---

① 龚克昌等评注：《全汉赋评注·后汉》，华山文艺出版社2003年版，第839页。
② 龚克昌等评注：《全汉赋评注·后汉》，华山文艺出版社2003年版，第865页。
③ 龚克昌等评注：《全汉赋评注·后汉》，华山文艺出版社2003年版，第865页。

调。从"婚姻无媒,宗庙无主"之理,导出"生女为妾,生男为虏",其文思想保守,于今难容。

张纮《瑰材枕赋》为咏物赋,所咏之物为枕头。

郑玄《相风赋》,非如宋玉之《风赋》也,乃赋测风仪器相风乌之咏物赋也。

祢衡现存《鹦鹉赋(并序)》。《隋书·经籍志》载《祢衡集》二卷,久佚。今存作品详见严可均《全上古三代秦汉三国六朝文》。从现存的作品来看,祢衡虽性格偏执而傲人,但其所崇之先辈为孔子、颜子、张衡、伯夷、叔齐、商山四皓等古之贤人。所谓"训夷皓之风",叹"骋骐骥于闾巷",大概其多感生平压抑,故性情常乖张放诞。祢衡《鹦鹉赋》本为黄射宴会娱宾的即兴之作,但祢衡借鹦鹉以自喻,情深意长,表达自己生逢乱世的怀才不遇及万千感慨。赋末之言尤其感人,其曰:"托轻鄙之微命,委陋贱于薄躯。期守死以抱德,甘尽辞以效愚。恃隆恩于既往,庶弥久而不渝。"此虽两汉《不遇赋》之余波,但其借物抒情,实有万千块垒充塞胸中之抑郁,千载之后仍令人为之叹惋。

繁钦,赋体作品现存十三篇,分别为《暑赋》《抑检赋》《明门赋》《愁思赋》《弭愁赋》《述征赋》《述行赋》《避地赋》《征天山赋》《建章凤阙赋》《三胡赋》《桑赋》《柳赋》。其赋多余残句,较为完整者如《愁思赋》是一篇悲秋之作;《弭愁赋》为闲愁赋,描写所恋之女的美;《征天山赋》为军戎赋;《建章凤阙赋》是都邑宫殿赋类的咏物赋作,极写建章凤阙之巨观。总之,繁钦为诗赋大家,曹丕《典论·论文》未言,然鱼豢《典略》述繁钦"既长于书记,又善为诗赋"①,则为史家之定论。

邯郸淳现存赋作一篇,即《投壶赋》,是为游戏咏物之作,恐与曹魏诸子之《弹棋赋》为同类作品。

吴质,现存残赋一篇《魏都赋》,仅余两句:"我太祖鸿飞兖、豫。英

---

① [晋]陈寿撰,[南朝宋]裴松之注:《三国志》卷21《繁钦列传》,中华书局1959年版,第602页。

雄响附。"

丁仪现存《励志赋》一篇。所谓励志更多为聊表心迹之作，全篇笼罩着怀才不遇的悲愤与苦闷之情，"恨骡驴之进庭，屏骐骥于沟壑"的对比式比喻充斥文中。

丁廙现存《蔡伯喈女赋》《弹棋赋》二篇。《蔡伯喈女赋》，曹丕有同题之作，《弹棋赋》，则蔡邕、曹丕、王粲诸人亦有同题之作。此二赋恐为当时游宴竞技之作。其所不同者，丁廙之《蔡伯喈女赋》为通篇六言体，类骚体赋而以"之"字代"兮"；其《弹棋赋》则又全为四言体。

丁廙妻赋作一篇，为《寡妇赋》。此《寡妇赋》恐为曹丕"命王粲等并作"哀阮瑀妻之作品。

卞兰有《赞述太子赋（并表）》、《许昌宫赋》、《七牧》（残篇，余"翻放袂而赴节"一句）等赋作。

缪袭有《喜霁赋》、《藉田赋》、《许昌宫赋（并序）》、《嘉梦赋》（余残句二）、《青龙赋（并序）》等赋作。

杨修，今存赋作有《节游赋》《出征赋》《许昌宫赋》《神女赋》《孔雀赋》等。杨修诸赋，时多有同题之作。《孔雀赋》更为曹植"命及"之作。另张应斌先生根据王国维《水经注校》发现杨修佚文《五湖赋》残篇①，曰："头首无锡，足蹄松江。负乌程于背上，怀太吴于当胸。笪岭崔嵬，穿隆纡曲，大雷小雷，湍波相逐。"

曹操之赋②，仅有佚文三篇：《鹖鸡赋序》《沧海赋》《登台赋》，今仅存残句。

曹丕之赋现存完整的有二十六篇，佚文二篇，具体为《临涡赋（并序）》《述征赋（并序）》《沧海赋（并序）》《济川赋》《浮淮赋（并序）》《戒盈赋（并序）》《感离赋（并序）》《悼夭赋（并序）》《寡妇赋（并序）》《感物赋（并序）》《登台赋（并序）》《迷迭赋（并序）》《槐赋（并

---

① 张应斌：《杨修文学三题》，《贵州文史丛刊》2006年第3期，第15页。
② 曹操：《曹操集》，中华书局1959年版。

序)》《玛瑙勒赋(并序)》《柳赋(并序)》《莺赋(并序)》《车渠碗赋(并序)》《哀己赋》《离居赋》《登城赋》《校猎赋》《蔡伯喈女赋序》《玉玦赋》《弹棋赋》《永思赋》《出妇赋》《愁霖赋》《喜霁赋》，共计二十八篇。

曹植，《三国志》载："年十岁余，诵读诗、论及辞赋数十万言，善属文。"[1]他在《文章序》说："余少而好赋，其所尚也，雅好慷慨，所著繁多，虽触类而作，然芜秽者众，故删定别撰，为《前录》七十八篇。"[2]

曹植赋，依傅亚庶先生《三曹诗文全集译注》统计，现存作品中以赋名篇者共计五十四篇，分别为《静思赋(并序)》《九华扇赋(并序)》《离思赋(并序)》《释思赋(并序)》《离缴雁赋(并序)》《酒赋(并序)》《鹞赋(并序)》《宝刀赋(并序)》《迁都赋(并序)》《怀亲赋(并序)》《洛神赋(并序)》《叙愁赋(并序)》《东征赋(并序)》《神龟赋(并序)》《登城赋》《娱宾赋》《愁霖赋》《归思赋》《鹦鹉赋》《感婚赋》《出妇赋》《橘赋》《游观赋》《蝉赋》《闲居赋》《述行赋》《车渠碗赋》《迷迭香赋》《槐赋》《芙蓉赋》《节游赋》《喜霁赋》《白鹤赋》《玄畅赋(并序)》《九愁赋》《蝙蝠赋》《鹞雀赋》《秋思赋》《感节赋》《临观赋》《潜志赋》《幽思赋》《慰子赋》《藉田赋》《悲命赋》《感时赋》《宴乐赋》《洛阳赋》《射雉赋》《扇赋》《述征赋》《憨志赋(并序)》《登台赋》《大暑赋》等。马积高先生于《赋史》中指出，其赋今存六十一篇(包括《诰咎文》《释愁文》《七启》《七咨》《九咏》《遥逝》《骷髅说》等七篇)[3]。曹植之赋涉及生活的方方面面，情之所及，赋之所在。曹植之赋，无论是数量还是质量，从整体来看当为汉魏变革之际赋家第一。其赋作中最为称道者为《洛神赋》，是当时"神女赋"系列的巅峰之作。

---

[1] [晋]陈寿撰，[南朝宋]裴松之注：《三国志》卷19《曹植列传》，中华书局1959年版，第557页。

[2] [唐]欧阳询撰，汪绍楹校：《艺文类聚》卷55《杂文部》，中华书局1965年版，第996页。

[3] 马积高：《赋史》，上海古籍出版社1987年版，第153页。

建安七子中，除了孔融没有赋作流传，其余六子均有赋作存世。据清末严可均《全后汉文》和吴云等《建安七子集校注》所辑，建安七子现存赋作共七十二篇。其中王粲二十六篇，陈琳十二篇，阮瑀四篇，徐幹十篇，刘桢六篇，应玚十四篇。

王粲赋，曹丕在《典论·论文》中说"王粲长于辞赋……如粲之《初征》、《登楼》、《槐赋》、《征思》，幹之《玄猿》、《漏卮》、《圆扇》、《橘赋》，虽张、蔡不过也"。马积高先生《赋史》称王粲"诗赋成就为七子之冠。其赋今存二十七篇，（包括《七释》及《吊夷齐文》）然多残"①。《全后汉文》录赋，主要有《大暑赋》《游海赋》《浮淮赋》《闲邪赋》《出妇赋》《伤夭赋》《思友赋》《寡妇赋》《初征赋》《登楼赋》《羽猎赋》《酒赋》《神女赋》《投壶赋（并序）》《围棋赋（并序）》《弹棋赋（并序）》《迷迭赋》《玛瑙勒赋》《车渠碗赋》《槐树赋》《柳赋》《白鹤赋》《鹖赋》《鹦鹉赋》《莺赋》等二十五篇。吴云先生《建安七子集校注》补录《征思赋》，共计二十六篇。这些作品多为与曹丕、曹植、陈琳、应玚等人游宴同题之作。如《大暑赋》，曹植、陈琳、刘桢、繁钦等均有同题之作。如《游海赋》《浮淮赋》《寡妇赋》《出妇赋》《迷迭赋》《玛瑙勒赋》《柳赋》《投壶赋》等作品亦多同题之作。就其内容而言既有描写战争的军戎生活之赋，也有咏物（动植物、器物）之赋，同时也有对妇女问题的关注之作。

徐幹，如王粲一样也是写赋的高手，正如曹丕于《典论·论文》中所论："王粲长于辞赋，徐幹时有齐气，然粲之匹也。……幹之《玄猿》、《漏卮》、《圆扇》、《橘赋》，虽张、蔡不过也。"徐幹现存赋十篇，《全后汉文》录为《嘉梦赋序》《齐都赋》《西征赋》《序征赋》《哀别赋》《冠赋》《团扇赋》《车渠碗赋》《七喻》等九篇。吴云《建安七子集校注》中补录赋作《从征赋》，而把《七喻》放入文类。

陈琳现存赋作共计十二篇。《全后汉文》录十篇，为《大暑赋》《止

---

① 马积高：《赋史》，上海古籍出版社1987年版，第149页。

欲赋》《武军赋（并序）》《神武赋（并序）》《神女赋》《大荒赋》《迷迭赋》《玛瑙勒赋（并序）》《柳赋》《鹦鹉赋》。吴云《建安七子集校注》补录《车渠碗赋》《悼龟赋》两篇，共计十二篇。

刘桢赋六篇，为《大暑赋》《黎阳山赋》《鲁都赋》《遂志赋》《清虑赋》《瓜赋》。其中《瓜赋》创作的背景是"桢在曹植坐，厨人进瓜，植命为赋，促立成"[①]。

阮瑀，现存赋作《纪征赋》《止欲赋》《筝赋》《鹦鹉赋》，计四篇。

应场赋作，据《全后汉文》统计为十四篇，分别为《愁霖赋》《灵河赋》《正情赋》《撰征赋》《西征赋》《西狩赋》《驰射赋》《校猎赋》《神女赋》《车渠碗赋》《竦迷迭赋》《杨柳赋》《鹦鹉赋》《愍骥赋》。加上吴云《建安七子集校注》另录《赞德赋》残篇（余"抗六典之崇奥，辨九籍之至言"两句）计十五篇。其中《愍骥赋》为感士不遇赋，为应场"悲当世之莫知"之情的直接抒发。

汉魏变革之际的赋作从体制上而言，舍"润色鸿业"的大赋体制，而沿袭抒情小赋一路发展，赋作创作方向呈现以下三个特点。

第一，抒情小赋占据主流，且俳赋（骈赋）出现并开始增多。赋家多强调自我情感的抒发和对生活感受的表达。汉大赋以都邑苑猎赋最为代表，如《天子游猎赋》《两都赋》等。汉魏变革之际的都邑苑猎赋现存很少且多为残篇，如徐幹的《齐都赋》、刘桢的《鲁都赋》，汉魏大赋虽有沿袭承继，但后者没有了前者的行文问答模式，行文中缺少了"劝百讽一"的效果，显得更为流畅。赋作从体制规模而言大部分均为小赋，字数多在数百，或为狩猎，或为军旅，或为游览登楼，或为哀女怜妇之作，或为寄情山水之咏叹，均为思绪所及、逸兴遄飞之抒情之作，如《羽猎赋》《神武赋》《沧海赋》《临涡赋》《神女赋》《寡妇赋》《霖雨赋》《喜霁赋》等。抒情小赋多如曹丕《感物赋·序》所言，见庭中甘蔗"涉夏历秋，先盛后衰，悟兴废之无常，慨然永叹，乃作斯赋"。同时也出现了大量的以女性

---

① 吴云主编：《建安七子集校注》，天津古籍出版社2005年版，第607页。

为题的赋作,如《止欲赋》《神女赋》《正情赋》《洛神赋》《闲邪赋》《出妇赋》《寡妇赋》《离居赋》等。

第二,咏物小赋的发展有壮大之势。咏物之赋自汉以来不乏其作,如西汉枚乘《笙赋》《柳赋》,邹阳与杨雄的《酒赋》,路乔如《鹤赋》,羊胜与刘安的《屏风赋》,刘歆与冯商的《灯赋》,东汉傅毅《琴赋》《扇赋》,班超《蝉赋》,马融《长笛赋》《围棋赋》,皇甫规《芙蓉赋》,侯瑾《筝赋》。汉魏变革之际的咏物赋集中于蔡邕,其作品以《笔赋》《蝉赋》《弹棋赋》《团扇赋》为代表。至于曹丕《迷迭赋》《槐赋》《玛瑙勒赋》《柳赋》《莺赋》《车渠碗赋》《玉玦赋》《弹棋赋》。曹植有《九华扇赋》《离缴雁赋》《酒赋》《鹖赋》《宝刀赋》《神龟赋》《鹦鹉赋》《橘赋》《蝉赋》《车渠碗赋》《迷迭香赋》《槐赋》《芙蓉赋》《白鹤赋》《蝙蝠赋》《鹖雀赋》《扇赋》等。他们所赋之物既有前人所赋之旧物,如琴、扇,又有前人未赋之物,如迷迭香、车渠碗、玛瑙勒、蝙蝠、神龟等新事物。从其数量上也明显可以看出汉魏变革之际咏物赋的创作数量远超前代。建安六子所作咏物赋有三十一篇,几乎占他们赋作总数的一半。

从艺术角度来看,此时的赋作也呈现出精致化、娱乐化、小品化的特点和趋势。赋家之心,也从"苞括宇宙"转向了对自我心灵的描写和对身边人、物的关注刻画。

第三,很多赋具有娱乐性和竞技逗才的成分在里面,多为应酬之作,故同题之作为多。汉魏变革之际的辞赋创作非常繁荣,尤其是邺下文人集团把辞赋创作推到了一个高潮,他们不仅把辞赋创作当作自身抒发情感的方式,并且在游宴之时,常常彼此以辞赋唱和,同题而作,从而产生了大量的同题诗赋,形成了一个独特的风景[①]。如曹丕《玛瑙勒赋·序》所载:"玛瑙,玉属也,出自西域……余有斯勒,美而赋之。命陈琳、王粲并作……"其他如曹丕《登台赋》序曰"建安十七年春游西园,登铜雀台,命余兄弟并作",《寡妇赋》序则曰"陈留阮元瑜与余有

---

① 林大志:《建安代言体诗赋论略》,《西北师大学报》2013年第3期,第42页。

旧，薄命早亡，每感存其遗孤，未尝不怆然伤心，故作斯赋。以叙其妻子悲苦之情，命王粲并作之"。由于当时曹操、曹丕父子主持邺下文坛，兼曹氏父子喜欢辞赋又常常与建安诸子游宴聚会，故产生了大量的同题赋作。如创作《大暑赋》的有曹植、陈琳、王粲、刘桢；创作《愁霖赋》的有曹丕、曹植、王粲、应玚；创作《喜霁赋》的有曹丕、曹植、王粲、缪袭；创作《述征赋》的有曹丕、曹植、王粲、徐幹、阮瑀、繁钦；创作《神女赋》的有陈琳、王粲、应玚、杨修；创作《槐赋》的有曹丕、陈琳、王粲、应玚；创作《鹦鹉赋》的有曹植、陈琳、王粲、阮瑀、应玚；创作《车渠碗赋》的有曹丕、曹植、陈琳、王粲、徐幹、应玚。此外，如《西征赋》《浮淮赋》《登台赋》《校猎赋》《节游赋》《寡妇赋》《出妇赋》《酒赋》《弹棋赋》《白鹤赋》《孔雀赋》《鹮赋》《莺赋》《玛瑙勒赋》《橘赋》《悼夭赋》等赋作也都是同题创作篇目。同时进行都城赋创作的，有徐幹的《齐都赋》、刘桢的《鲁都赋》、吴质的《魏都赋》。在此基础上，我们反观陈琳、王粲、应玚、杨修等人创作的《神女赋》，大有直接承袭宋玉《神女赋》的影子。曹植的《洛神赋》亦是《神女赋》影响下的产物，不宜过多解读。

    汉魏之际作家林立，赋作亦多，可惜现在所见多为残缺不全之节录，有许多赋作我们只能依稀地推测它的题材与主旨，有的则连主旨也无法了解了，但整体给人的印象却是"气格遒上，意绪绵邈，骚人情深"。

# 第五章　汉魏变革之际文学思潮转变

汉魏变革之际的东汉王朝已经处于分崩离析的边缘。从军事上而言，由于东汉王朝长年与周边民族的战争从未平息过，各地的农民起义，尤其是后期黄巾起义给东汉王朝以摧枯拉朽式的沉重打击。从政治上来看，朝廷的昏庸腐败，宦官专权，以及统治阶级上层与党人你死我活的斗争不断上演。从经济上来看，土地兼并十分严重，自然灾害频繁发生造成了大量的流民。从文化上来看，汉末三帝轻视长期以来处于统治地位的儒家思想，而对胡文化及其文艺形式情有独钟，从而轻太学而设鸿都门学以取士。自两汉以来，辞赋创作从未如此兴盛，而文学、书法等艺术形式从未如此堂而皇之成为朝廷选拔人才的课试内容。

由此可知，自汉武帝"独尊儒术"以来，至汉末三帝之际在诸多方面都产生了重大变革，其代表性文化事件就是鸿都门学的设立，而此期间正是汉魏思想史上的重大转折时期，也是儒学渐向艺术及道家之学的转化期。这种思想、文化意义上的巨变，必然引起文学领域的变化，故这一时期的文学思想较之以前大有不同。

## 一、辞赋之士完成了由"俳优"到"封侯赐爵"的转变

文学的自觉当始于汉代，表现之一为作家的自觉。詹福瑞先生认为作

家的自觉是"文人开始把著文作为一种生活的目标或理想"①。这种作家的自觉，不仅体现在作家自我意识和追求上，同时也体现在后世对其身份和成就的评价和归属上。我们今天所认为的这种作家的自觉很大程度上源于汉代史学家对文学家的定位与评价上。作家或被称为"文章之士"，或被称为"辞赋之士"，或被称为"言语侍从之臣"。以司马相如为例，无论是司马迁还是班固为其作传时均对其两次出使西南略写，对其创作辞赋之事则大加称颂，甚而不惜笔墨录其全文，似乎其可堪称者唯有辞赋之事，故司马迁把司马相如定位为辞赋家而不是政治家。《汉书·枚皋传》载："从行至甘泉、雍、河东，东巡狩，封泰山，塞决河宜房，游观三辅离宫馆，临山泽，弋猎射驭狗马蹴鞠刻镂，上有所感，辄使赋之。"②《汉书·严助传》"其（汉武帝）尤亲幸者：东方朔、枚皋、严助、吾丘寿王、司马相如。相如常称疾避事，朔、皋不根持论，上颇俳优畜之"。汉武帝待文章之士"未尝肯与公卿国家之事"，汉宣帝虽设文学侍从之臣，也只是为了娱悦耳目。针对此，扬雄才有"辞赋小道"的言论③，这一切均由文章之士所处的俳优地位所决定。此种状况一直持续到汉桓帝时期才有所改变。

汉灵帝设鸿都门学，类似于"武、宣之世，乃崇礼官，考文章内设金马、石渠之署，外兴乐府、协律之事"④（班固《两都赋序》），但两者的目的却截然不同。武帝、宣帝之设金马、石渠，其目的在于"润色鸿业"，而鸿都门学的设立，则使"尺牍词赋及工书鸟篆"俨然成为朝廷选拔人才的重要内容。同时，选拔出的人才的结局不同于前者沦为俳优、侍

---

① 詹福瑞：《从汉代人对屈原的批评看汉代文学的自觉》，《文艺理论研究》2000年第5期，第77页。詹先生认为："关于文学的自觉，其标志似有以下三个方面：其一，是观念的自觉，即从认识上可辨清文学与非文学；其二，是创作的自觉，作家对文学作品的艺术特征有了比较清醒的认识，并能成为比较自觉的追求；其三，是作家的自觉，文人开始把著文作为一种生活的目标或人生的理想。"

② ［汉］班固撰，［唐］颜师古注：《汉书》卷51《枚皋传》，中华书局1962年版，第2367页。

③ ［汉］扬雄：《法言》，华夏出版社2002年版，第16页。《法言》卷2《吾子》："或问：吾子少而好赋？曰：然。童子雕虫篆刻。俄而曰：壮夫不为也。"

④ 龚克昌等评注：《全汉赋评注·后汉》，花山文艺出版社2003年版，第206页。

从,而是"或出为刺史、太守、入为尚书、侍中,乃有封侯赐爵者"。阳球在《奏罢鸿都文学》中谈道:"伏承有诏敕中尚方为鸿都文学乐松、江览等三十二人图象立赞,以劝学者。"① 可见,鸿都门学的设立在我国人才选拔制度上是一次重大的改革,同时也开启了文人参政时代的来临。此时的辞赋之士不再是朝廷的附庸、侍从、俳优了,而成为政治的重要参与者。如果说前者表现出文学是经学的附庸,如公孙弘、董仲舒等人因经学入仕就是最好的明证,那么乐松、江览等三十二人图象立赞,并与孔子同列鸿都门就足以显示:文学与经学处于平等的地位,起码在朝廷是这样认为的。何况当时的官方经学,尤其是太学中的经学教育已经走向了"博士倚席不讲"的边缘。在汉灵帝的大力倡导下,辞赋的创作达到了汉赋发展史上继武帝宣帝之后的第二次高潮。这种高潮的来临,是伴随着辞赋之士政治地位的利禄诱导而来的。辞赋不仅是作家个人的抒情写意行为,更是作家积极参与政治、参与社会、实现自我价值的行为。辞赋在东汉政府利禄导引下不可避免地走向了繁荣。这种繁荣是在政府制度的感召与作者个体的创作冲动下共同作用促成的。

## 二、鸿都门文学取代歌颂文学成为文学的主要内容

汉桓帝以前的文学大致来说是以诗赋为主的雅文学时代,包含这样几方面的内容。首先,西汉和东汉中前期的文学创作者多为贵族与上层知识分子,如汉武帝刘彻、赵王刘友、城阳王刘章、汉宣帝刘询、李陵等贵族,司马相如、枚乘等人则是游走于朝廷的上层知识分子。这样的一群人构成了文学创作的主体队伍,其作品也必然是表达其阶层的意愿和思想。其次,作品内容也明显有描写宫廷生活的倾向。四言诗则以《诗经》中《雅》《颂》为模仿的对象,追求"经夫妇,成孝敬,厚人伦,美教化"的风化目的。辞赋也多为进谏或献谀天子之作,如枚乘的《梁王菟园赋》,司马相如的《天子游猎赋》《大人赋》《长门赋》《美人赋》,扬雄的《蜀

---

① [南朝宋]范晔撰:《后汉书》卷77《阳球列传》,中华书局1965年版,第2499页。

都赋》《甘泉赋》,刘歆的《甘泉宫赋》等作品。最后,雅文学时代的表达方式明显有逞才炫技的特点,多讲究对声貌的形容,呈现铺张扬厉的特点。如以司马相如为代表的汉大赋,其行文语句的表达中语言的佶屈聱牙成为一大特征,似乎非此不能显其博学。

东汉安帝以后,经学中烦琐的解经方式和谶纬之学的渗入大大削弱了经学的生命力,太学中"博士倚席不讲"成为常态。虽经政府的多次倡导,经学始终没有在太学,或说官方发展起来。时至汉末三帝时期,由于帝王对音乐、文学、书法等艺术形式的极度喜爱,这些艺术门类获得了空前的发展。其成为选拔内容也为工尺牍鸟篆和辞赋之士打开仕进之门。历来研究汉末曹魏文学者往往忽略了鸿都门学设立在其中所起的作用。笔者认为鸿都门学的设立是我国制度史和文学史上一次具有里程碑意义的大事,它的设立至少说明以下问题:鸿都门学的设立昭示了辞赋、书法等艺术形式和经学获得了同样的政治地位;鸿都门学的设立,标志着自东汉以来儒家诗教说开始衰退,以"方俗闾里小事"为主要内容的俗文学正式地登上历史舞台;鸿都门学以辞赋尺牍为内容所录取之士多为来自社会中下层的汉族人士。据此,我们可以认为:汉灵帝时期的文学主流是以鸿都门文学的创作为主。当然这个问题还有很大的探讨空间。

鸿都门文学尚俗的特点概括起来表现在两个方面:一是鸿都门学生创作的大量辞赋,二是以乐府民歌形式出现的乐府诗歌。鸿都门学生辞赋创作的记载资料不是很多,《后汉书》中有这样几条记载。

> 案松、览等皆出于微蔑,斗筲小人,依凭世戚,附托权豪,俯眉承睫,徼进明时。[①]
>
> 阳球《奏罢鸿都文学》
>
> 而诸生竞利,作者鼎沸。其高者颇引经训风喻之言;下则连偶俗语,

---

[①] [南朝宋]范晔撰:《后汉书》卷77《阳球列传》,中华书局1965年版,第2499页。

有类俳优；或窃成文，虚冒名氏。①

蔡邕《上封事陈政要七事》

通过以上史料，我们可以对鸿都门学生创作集团作一个大致的推测。首先，鸿都门学生出身"微蔑"，是"斗筲之人"。通俗地讲，就是他们来自社会中下层的"浊流"一派。其次，鸿都门学生的辞赋创作有两个特点：一是辞赋"引经训风喻"者少，二是"连偶俗语"为其语言的主要表现形式。两者相较，恐怕是后者占据更大的比例，不然不会引起蔡邕等人如此大的强烈不满。何为"俗语"呢？恐怕不仅仅是指作品的语言充满了浓郁的民歌色彩，而且指其内容有着大量的类似"荡子行不归，空床难独守"赤裸裸的低俗表达。鸿都门学生的辞赋作品就内容而言已经与传统的《诗大序》中诗教传统相背离了。他们的诗歌不再以《诗大序》为创作宗旨，而是以表达个人的邪意和私欲为旨归了。鸿都门学生的辞赋作品因为资料的缺失我们已经很难去印证，但是我们仍可以从同时期的其他作品来得到证明。

就辞赋而言，汉魏易代之际的其他作品也呈现出尚俗的倾向。所谓尚俗就是作品具有浓厚的生活化、世俗化、人情化的特点。以蔡邕为例，其赋体作品今存十五篇，其中《青衣赋》就是对一个地位低下的婢女进行贵妇人式的刻画与歌颂，从容貌到才能都进行了一系列的描绘，最后称其"宜作夫人，为众女师"②。张超马上作《诮青衣赋》来斥责蔡邕"志鄙意微"，因为蔡邕关注青衣之态度与"荡子行不归，空床难独守"所表达的倡女渴望有着相似的旨趣。《弹棋赋》则以当时宫廷社会比较流行的游戏——弹棋来构思成篇。《协和婚赋》中"色若莲葩，肌如凝蜜。长枕横施，大被竟床。莞蒻和软，茵褥调良。粉黛施落，发乱钗脱"③，此段可谓是对男女新婚及新婚之夜两性生活极大胆和赤裸裸的色情描写。基于

---

① [南朝宋]范晔撰：《后汉书》卷60《蔡邕列传》，中华书局1965年版，第1996页。
② 龚克昌等评注：《全汉赋评注·后汉》，花山文艺出版社1991年版，第833页。
③ 龚克昌等评注：《全汉赋评注·后汉》，花山文艺出版社1991年版，第865页。

此，钱锺书先生才提出"谓蔡氏为淫媒文字始作俑者，无不可也"①。蔡邕作为一个颇有造诣的经学家，竟然着力于女性的外貌、男女床笫描写，可见东汉末年文人审美意识已经发生了很大的变化，带有明显的世俗性了，而且他们对世俗生活观察入微，往往通过节候、花草果木等生发自己的感慨，这和曹丕《典论·论文》中对文章"经国之大业，不朽之盛事"②的定位相去甚远。

### 三、"连偶俗语"取代"质木无文"成为文学追求

钟嵘《诗品·序》中认为："自王、扬、枚、马之徒，词赋竞爽，而吟咏靡闻。从李都尉迄班婕妤，将百年间，有妇人焉，一人而已。诗人之风，顿已缺丧。东京二百载中惟有班固《咏史》，质木无文。"③此段文字旨在说明两点：一是钟嵘时代，两汉的诗歌作品已经保存很少了，以至于钟嵘以为诗人缺丧；二是两汉仅存的五言诗作品，其风格大致可以用"质木无文"来概括。"质木无文"不仅可以用来形容班固之《咏史》，推而言之，亦可为两汉诗歌创作之概括。《咏史》俨然就是以诗歌作为历史评论的载体。

汉末三帝时期，由于汉灵帝"躬秉艺文"，提倡以辞赋、书篆取士，诗赋等艺术得到了长足的发展。单就诗歌而言，不仅在形式上突破了骚体诗、四言诗的格式，形成了以五言为诗歌的主要艺术形式，而且就其艺术性而言得到了极大的发展。蔡邕在《上封事陈政要七事》其五中曾如此评价鸿都门学生的作品："其高者颇引经训风喻之言，下则连偶俗语。"④所谓"连偶俗语"可以分开来讲：连偶为对偶、骈句，俗语为百姓日常口语。"连偶俗语"的语言形式是蔡邕所批判的，"引经训风喻"的作品内容则是蔡邕所肯定的。换句话说，在蔡邕的文学观中接受"引经训风喻"的作品，不接受"连偶俗语"的作品。他在文学艺术评论中更加注重作品

---

① 钱锺书：《管锥编》，中华书局1979年版，第1018页。
② 夏传才、唐绍忠校注：《曹丕集校注》，河北教育出版社2013年版，第233页。
③ ［南朝梁］钟嵘著，曹旭集注：《诗品集注》，上海古籍出版社1994年版，第11页。
④ ［南朝宋］范晔撰：《后汉书》卷60《蔡邕列传》，中华书局1965年版，第1996页。

的思想教化性,而对作品修辞性的艺术表达则给予否定,甚而对民间语言给予否定。这种否定中包含了一个传统的儒家知识分子对儒家经典的崇拜,以及对当时口语白话的鄙弃。就蔡邕本人来说,其作品仍有对骈文体裁的偏嗜,表现了他尚文爱美的理论倾向。刘勰《文心雕龙·丽辞》:"自扬马张蔡,崇盛丽辞,如宋画吴冶,刻形镂法,丽句与深采并流,偶意共逸韵俱发。"① 即是对蔡邕等追求形式美、爱用骈俪之句的概括。当时上自帝王,下至庞大的鸿都门学生的创作均以"连偶俗语"为追求。我们可以从汉末古诗来进行印证。我们很难从《古诗十九首》中找到"引经训风喻"的内容,随处可见的是离人与闺妇之间的相思,如"相去日已远,衣带日已缓"② "愿为双鸿鹄,奋翅起高飞"③ "同心而离居,忧伤以终老"④,甚而有赤裸裸的性饥渴的呐喊,如"荡子行不归,空床难独守"⑤ 这样的诗歌语言,真的俗之又俗,却真得不能再真了,如秀才家常话,情语真实而极具生活色彩。

连偶,或称为对偶、骈句,这是语言修辞的一种形式。我们可以选取两首有代表性的作品予以比较。

三王德弥薄,惟后用肉刑。太苍令有罪,就递长安城。

自恨身无子,困急独茕茕。小女痛父言,死者不可生。

上书诣阙下,思古歌鸡鸣。忧心摧折裂,晨风扬激声。

圣汉孝文帝,恻然感至情。百男何愦愦,不如一缇萦。⑥

班固《咏史》

---

① [南朝梁]刘勰著,范文澜注:《文心雕龙注》,人民文学出版社1962年版,第588页。
② 马茂元:《古诗十九首初探》,陕西人民出版社1981年版,第105页。
③ 马茂元:《古诗十九首初探》,陕西人民出版社1981年版,第62页。
④ 马茂元:《古诗十九首初探》,陕西人民出版社1981年版,第69页。
⑤ 马茂元:《古诗十九首初探》,陕西人民出版社1981年版,第112页。
⑥ 逯钦立辑校:《先秦汉魏晋南北朝诗》,中华书局1988年版,第170页。

去者日以疏，来者日以亲；出郭门直视，但见丘与坟。

古墓犁为田，松柏摧为薪；白杨多悲风，萧萧愁杀人。

思还故里闾，欲归道无因。①

《古诗十九首·去者日以疏》

班固《咏史》一诗鲜见对偶，全诗重在讲述缇萦救父的故事本末。《去者日已疏》则有多句对偶，分别为"去者日以疏，来者日以亲""古墓犁为田，松柏摧为薪""出郭门直视，但见丘与坟"。此种现象在汉末古诗中随处可见，即便是对"连偶"批评者蔡邕也写出了"枯桑知天风，海水知天寒"和"上有加餐食，下有长相忆"等运用对偶修辞方式的诗句。

"连偶俗语"已经成为汉末三帝时期文学创作的一种不自觉地对诗文形式"丽"的美学创作追求。这种对语言形式美的追求不外如下原因。一是儒家思想在汉末三帝时期已经崩溃，"引经训风喻"的时代已经过去。鸿都文士的兴起是以经学的式微为条件的。鸿都门选才的标准不是经学，是辞赋、尺牍、书法等艺术形式。二是我们应该承认，当时的文学创作最大的群体是鸿都门学生群。这一部分作者来自中下层社会，他们较汉末清流士大夫阶层而言，更加了解下层社会的生活和语言形式，"连偶俗语"自是其家常话语。三是"连偶俗语"的追求，也是汉末作家对文艺自身的追求的结果，或说是文学自觉的结果。王符在《潜夫论·务本》中道："今学问之士，好语虚无之事，争著雕丽之文，以求见异于世。"② "连偶俗语"也可视作对扬雄"诗人之赋丽以则，辞人之赋丽以淫"中对"丽"的语言美的追求的结果。就影响而言，这或许是曹丕"诗赋欲丽"的一个先声吧。

---

① 马茂元：《古诗十九首初探》，陕西人民出版社1981年版，第94页。
② ［汉］王符著、张广宝注释：《潜夫论》，华夏出版社2002年版，第159页。

## 第六章　汉魏变革之际文人生活经历和社会活动

汉魏变革之际，起于公元146年汉桓帝刘志登基，止于公元239年魏烈祖曹叡离世，包括九十余年的时间。其间文人众多，详见范晔《后汉书》卷八十《文苑列传》和陈寿《三国志》卷二十一《王卫二刘傅传》。

蔡邕，字伯喈，陈留圉人。事母甚孝。师胡广，"好辞章、数术、天文，妙操音律"。桓帝时，中常侍徐璜等闻蔡邕善鼓琴，招之不来。建宁三年，司徒桥玄辟，后召拜郎中，校书东观。熹平四年，蔡邕等"奏求正定《六经》文字。灵帝许之，邕乃自书丹于碑，使工镌刻立于太学门外"。后汉灵帝设鸿都门学，蔡邕上封事以反对。中平六年，司空董卓辟之为祭酒，补侍御史。后董卓被诛，王允杀蔡邕。蔡邕作品"因李傕之乱，湮没多不存。所著诗、赋、碑、诔、铭、赞、连珠、箴、吊、论议，《独断》《劝学》《释诲》《叙乐》《女训》《篆执》，祝文、章表、书记，凡百四篇，传于世"①。蔡邕与当时名士，如边让、郦炎、孔融、曹操、路粹、王粲、阮瑀、顾雍、王匡等人均有交往：蔡琰与孔融情深，蔡邕死后孔融常追念；同郡路粹、阮瑀均曾师事蔡邕；王粲曾受蔡邕提携，受赠所藏书籍；顾雍亦曾师事蔡邕学过琴书。毫不夸张地说，蔡邕的学术影响几乎覆盖整个汉魏变革之际。

蔡琰，字文姬。"博学有才辩，又妙于音律"②。初嫁河东卫仲道，夫亡归宁，被掳走嫁给南匈奴左贤王，居胡中十二年之久，后曹操遣使者持

---

① ［南朝宋］范晔撰：《后汉书》卷60《蔡邕列传》，中华书局1965年版，第1979页。
② ［南朝宋］范晔撰：《后汉书》卷84《蔡琰列传》，中华书局1965年版，第2800页。

金璧赎回重嫁屯田都尉董祀。蔡琰归汉后应曹操邀请，凭记忆书写蔡邕文章四百余篇，自作诗文多篇，为汉魏女性诗人中之佼佼者。

曹操，字孟德。曹操少年时期受清议之风的影响，非常重视自己的风评。他曾拜访梁国桥玄、南阳何颙、许邵，并且得到了这些清议领袖的高度评价，①尤其是桥玄甚至将妻子托付给曹操。曹操二十岁举孝廉开始步入仕途，这时的曹操明显地表现出"治世之良臣"的素质来。他初任洛阳北部尉，迁顿丘令，后征拜议郎，及黄巾起，拜骑都尉，后迁济南相。曹操从政期间均有不俗的政治表现。所到之处"奸宄逃窜，郡界肃然"。此时曹操奋斗的目标是"以建立名誉，使世士明知之"②（《让县自明本志令》），在他的作品中亦有反映，如在中平元年（公元184年）他三十岁时作《对酒》诗："对酒歌，太平时，吏不呼门。王者贤且明，宰相股肱皆忠良。咸礼让，民无所争讼。三年耕有九年储，仓谷满盈。班白不负戴。雨泽如此，百谷用成。却走马，以粪其上田。爵公侯伯子男，咸爱其民，以黜陟幽明。子养有若父与兄。犯礼法，轻重随其刑。路无拾遗之私。囹圄空虚，冬节不断。人耄耋，皆得以寿终。恩德广及草木昆虫。"③这首诗描绘了一幅太平盛世的图景，这也是曹操政治理想的完美体现。虽然曹操所处的时代已经是病入膏肓，但这并不影响曹操对自己政治理想的追求。在诗中，曹操对君王、诸侯、官吏、百姓的行为与生活都作了理想的刻画，可谓是一幅盛世的全景图，这也是他在建安之前的整个精神追求所在。当时三公倾邪，货贿并行，政教日乱，豪猾益炽，曹操见其"不可匡正，遂不复献言"，而后曹操开始生发"天不厌高，海不厌深。周公吐哺，天下归

---

① ［晋］陈寿撰，［南朝宋］裴松之注：《三国志》，中华书局1959年版，第2页。《三国志》桥玄谓太祖曰："天下将乱，非命世之才不能济也，能安之者，其在君乎！"裴松之注引《魏书》曰："太尉桥玄，世名知人，睹太祖而异之，曰：'吾见天下名士多矣，未有若君者也！君善自持。吾老矣！愿以妻子为托。'由是声名益重。"《世语》载："太祖乃造子将，子将纳焉，由是知名。尝问许子将：'我何如人？'子将不答。固问之，子将曰：'子治世之能臣，乱世之奸雄。'"

② ［三国］曹操：《曹操集》，中华书局1959年版，第41页。

③ ［三国］曹操：《曹操集》，中华书局1959年版，第4页。

心"的壮志与雄心了。

孔融,字文举,鲁国人,孔子二十世孙,《后汉书》卷七十有传。孔融比曹操大两岁,与曹操有着共同的时代背景。孔融为孔子二十世孙,可谓出身名门,有异才,性好学,博涉多该览,为李膺所赏识,曾因掩护逃亡的张俭而显名于世。他性格傲岸,以匡扶汉室为己任,先"辟司空掾,拜中军候。在职三日,迁虎贲中郎将。会董卓废立,融每因对答,辄有匡正之言。以忤卓旨,转为议郎。时黄巾寇数州,而北海最为贼冲,卓乃讽三府同举融为北海相"①。孔融在北海重教化,"立学校,表显儒术,荐举贤良郑玄、彭璆、邴原等"②。同时他轻武备多败亡,正如范晔所论:"融负其高气,志在靖难,而才疏意广,迄无成功。"③虽如此,但孔融多奖掖后进,故于士林有崇高声誉。孔融因其高气与何进、董卓、曹操诸当权者不让,终被曹操以不孝罪下狱弃市。"魏文帝深好融文辞,每叹曰:'杨④、班俦也。'募天下有上融文章者,辄赏以金帛。所著诗、颂、碑文、论议、六言、策文、表、檄、教令、书记凡二十五篇。"⑤现存诗八首、文四十四篇及失题文若干。

王粲,字仲宣,山阳高平人,传记见《三国志》。王粲曾祖王龚于汉顺帝时为太尉,有高名于天下;祖父王畅于汉灵帝时为司空;父王谦曾为大将军何进长史。献帝为董卓所挟西迁长安时,王粲往长安拜见蔡邕,蔡邕奇之曰:"有异才,吾不如也。吾家书籍文章,尽当与之。"十七岁时王粲被诏黄门侍郎不就,往荆州依附刘表。刘表以王粲貌寝而体弱通脱,不甚看重,王粲于荆州郁闷而有《登楼赋》抒怀。建安十三年,曹操征荆州,王粲以劝刘琮降曹操有功,赐爵关内侯,辟为丞相掾,后迁军谋祭酒、侍

---

① [南朝宋]范晔撰:《后汉书》卷70《孔融列传》,中华书局1965年版,第2263页。
② [南朝宋]范晔撰:《后汉书》卷70《孔融列传》,中华书局1965年版,第2263页。
③ [南朝宋]范晔撰:《后汉书》卷70《孔融列传》,中华书局1965年版,第2264页。
④ [南朝宋]范晔撰,[唐]李贤注:《后汉书》,中华书局1965年版,第2279页作"杨",此处"杨、班"当指代汉赋名家扬雄和班固。故此处的"杨"应为扬雄之"扬",为传抄之误。
⑤ [南朝宋]范晔撰:《后汉书》卷70《孔融列传》,中华书局1965年版,第2279页。

中等职位。魏国初建，王粲多负责诸多礼仪制度的制定。随后与曹丕在邺下多有唱和之作，随曹操征战之时亦多从军之作。王粲与当时文人徐幹、陈琳、阮瑀、应玚、刘桢、曹丕、曹植等人均友善。曹丕《典论·论文》以为王粲"长于辞赋"。建安二十二年，王粲随军征战吴国途中病逝，时年四十一。王粲现存作品有诗歌二十四首及失题诗若干，赋二十六篇，文二十四篇及失题文若干。

徐幹，字伟长，山东人，著有《中论》及诗赋若干。他曾为司空军谋祭酒，建安十六年为五官将文学，生平事迹不详。曹丕《典论·论文》中指出建安七子"唯（徐）幹著论，成一家言"，当指其学术著作《中论》。无名氏《中论序》可略窥其生平事迹，序曰："世有雅达君子者，姓徐名幹，字伟长，北海剧人也。其先业以清亮臧否为家，世济其美，不陨其德，至君之身十世矣。君含元休清明之气，持造化英哲之性，放口而言，则乐诵九德之文；通耳而识，则教不再告，未志乎学，盖已诵文数十万言矣。年十四，始读五经，发愤忘食，下帷专思，以夜继日。父恐其得疾，常禁止之，故能未至弱冠，学五经悉载于口，博览传记，言则成章，操翰成文矣。此时灵帝之末年也，国典隳废，冠族子弟，结党权门，交援求售，竞相尚爵号。君病俗迷昏，遂闭户自守，不与之群，以六籍娱心而已。"①通过以上的史料描述，我们可以对徐幹的青少年时期作一个大致的推测。首先，徐幹出生于世代"清亮臧否"之家。清亮者，为人品行高尚，有节操；臧否者，品评褒贬，明察秋毫。徐幹本人对此种家风有明显的继承和体现。其次，徐幹幼而好学，夜以达旦，六经为本，博览群书。最后，徐幹治学无常师，不为世俗浮名左右，能"秉正独立"。这种独立的人格和治学精神成为徐幹迥异于他人的特异之处，读其《中论》最能体会这一点，故曹丕于七子当中独推徐幹"成一家之言"。徐幹现存作品统计如下：诗歌五首，赋九篇，文二篇，学术著作《中论》存世。

陈琳，字孔璋，广陵射阳人，《三国志·张昭传》载张昭"弱冠察孝

---

① [清]严可均辑：《全三国文》，商务印书馆1999年版，第567页。

廉，不就，与（王）朗共论旧君讳事，州里才士陈琳等皆称善之"①。据此，我们可以推断陈琳为广陵郡射阳（今江苏省宝应县）人。此处以陈琳之称善来凸显张昭之才，也可见陈琳为州里才士中翘楚。公元189年之前在洛阳任职，何进谋诛宦官之时，陈琳为何进主簿，曾入谏何进召外兵。《后汉书·何进传》载："主簿陈琳入谏曰：《易》称'即鹿无虞'，谚有'掩目捕雀'。夫微物尚不可欺以得志，况国之大事，其可以诈立乎？今将军总皇威，握兵要，龙骧虎步，高下在心，此犹鼓洪炉燎毛发耳。夫违经合道，天人所顺，而反委释利器，更征外助。大兵聚会，强者为雄，所谓倒持干戈，授人以柄，功必不成，只为乱阶。"②何进不从陈琳意见，一意孤行，终致覆亡。在这个问题上，陈琳与曹操的意见惊人地相似，可见陈琳当时在政治上已经非常成熟了。其后陈琳归附曹操之后，军国书檄多陈琳所作，徙门下督。他与曹丕、曹植兄弟多唱和之作，为邺下文人集团成员。建安二十二年，染疾疫而逝。陈琳现存诗六首，赋十二篇，文十五篇。

阮瑀，字元瑜，陈留人，少年师从蔡邕学。"建安中都护曹洪欲使掌书记，瑀终不为屈。太祖并以琳、瑀为司空军谋祭酒，管记室，军国书檄，多琳、瑀所作也。"后为魏仓曹掾属。建安十七年病卒，曹丕等人哀其妻子之孤独，作《寡妇赋》与《寡妇诗》以哀之。阮瑀现存诗歌十一首，失题诗若干，赋四篇，文五篇。

应玚，字德琏，汝南南顿人。其祖为应奉，为当世之儒学宗师，官至司隶校尉。伯父应劭博学多识，曾为泰山太守，作《风俗通》传世。其父应珣曾为司空掾。应玚早年遭董卓之乱，"流离事故，颇有漂泊之叹"。应玚初为曹操辟为丞相掾属，转为平原侯庶子，后为五官将文学，建安二十二年因疾疫逝。其弟应璩，字休琏，曾官散骑常侍，后为大将军长史，亦能文赋。应玚现存作品有诗六首，赋十五篇，文六篇。

---

① ［晋］陈寿撰，［南朝宋］裴松之注：《三国志》卷52《张昭列传》，中华书局1961年版，第1219页。
② ［南朝宋］范晔撰：《后汉书》卷69《何进列传》，中华书局1965年版，第2250页。

刘桢,字公干,东平宁阳人。刘桢父刘梁,《后汉书·文苑传》有载:"(刘梁)少孤贫,卖书于市以自资。"汉桓帝时,举孝廉,为北新城长,赴任后"大作讲舍,延聚生徒数百人;朝夕自往劝诫,身执经卷,试策殿最,儒化大行"。刘梁著《破群论》《辩和同之论》,列传有节录。刘桢少以才学知名,能诵诗书辞赋数万言,著有《毛诗义问》十卷。刘桢后为曹操辟为丞相掾属,后任为五官将文学。因于宴会平视甄氏,曹操闻之乃收(刘)桢,减死输作。其事在《水经注》卷十六引《文士传》有载。后任平原侯庶子,复为五官将文学。曹丕以为刘桢"有逸气,但未遒耳。其五言诗之善者,妙绝时人"①。钟嵘列其诗为上品,以为"自陈思以下,桢称独步"②。刘桢现存诗约二十七首,赋六篇,文四篇及失题文若干。

祢衡(公元173—198年),字正平,平原(山东德平)人,其作品现存《鹦鹉赋(并序)》《鲁夫子碑》《颜子碑》《吊张衡文(并序)》《书》。孔融《荐祢衡疏》盛赞祢衡:"淑质贞亮,英才卓砾。初涉艺文,升堂睹奥,目所一见,辄诵于口,耳所暂闻,不忘于心。性与道合,思若有神。"③祢衡因与曹操不和,被曹操推荐到刘表处,刘表转荐祢衡到黄祖处,终为黄祖所杀,时年二十六岁。其为人"尚气刚傲,好矫时慢物",时人谓之狂士。事迹详见《后汉书·文苑传》。《隋书·经籍志》载《祢衡集》二卷,久佚。今存作品见严可均《全上古三代秦汉三国六朝文》。从现存的作品而看,祢衡虽性格偏执而傲人,但其所崇之先辈当以孔子、颜子、张衡、伯夷叔齐、商山四皓为先,行为有"夷皓之风"。

繁钦(?—公元218年),字休伯,汉末颍川(河南许昌)人。东汉末年他避乱于荆州刘表处。建安二年投奔曹操,为丞相主簿。现存诗八首,文二十二篇,其中四言诗《赠梅工明诗》《远戍劝诫诗》,五言诗《咏蕙诗》《生茨诗》《定情诗》《槐树诗》《杂诗》,还有七言残句"阴云起兮白雪

---

① 傅亚庶注译:《三曹诗文全集译注》,吉林文史出版社1997年版,第465页。
② [南朝梁]钟嵘著,曹旭集注:《诗品集注》,上海古籍出版社1994年版,第110页。
③ 吴云主编:《建安七子集校注》,天津古籍出版社2005年版,第39页。

飘"一句。仅从七言这一残句来看,该诗有屈原骚体诗句的影子。

曹丕(公元187—226年),字子桓。据《三国志·魏书·文帝纪》所载:"帝好文学,以著述为务,自所勒成垂百篇。"①又载:"文帝天资文藻,下笔成章,博闻强识,才艺兼该。"②曹丕《典论·自叙》云:"余是以少诵诗、论,及长而备历五经、四部,《史》《汉》、诸子百家之言,靡之毕览。"③建安二十五年,曹丕代汉自立为帝,改元为黄初元年,在位七年。曹丕是一位勤于著述的皇帝,留下了大量的作品,其中有七言诗、六言诗、五言诗、四言诗,计四十余首。诗歌句法多变,语言质朴,尤其是乐府诗清越有独特之处。其他作品,还有《典论》《列异记》等。

---

① [晋]陈寿撰,[南朝宋]裴松之注:《三国志》卷2《文帝纪》,中华书局1959年版,第88页。
② [晋]陈寿撰,[南朝宋]裴松之注:《三国志》卷2《文帝纪》,中华书局1959年版,第89页。
③ [晋]陈寿撰,[南朝宋]裴松之注:《三国志》卷2《文帝纪》,中华书局1959年版,第89页。

# 中编

## 鸿都门学与《古诗十九首》研究

两汉的诗歌可以从逯钦立先生所辑《先秦汉魏晋南北朝诗》中观其大略。然纵观汉诗十二卷,在骚体诗、四言诗、五言诗中,最终发展为后世"文学大观"的是五言诗,而两汉五言诗的最高成就又当以《古诗十九首》为代表。

《古诗十九首》自产生之初就产生了诗母的效果,成为后世五言诗创作之典范,虽经蔡邕、王粲、曹丕、曹植、陆机、左思、鲍照、沈约、钟嵘、刘勰、萧衍、萧统等人所推崇已经为学术所知,但关于其产生、经过却始终是谜一样的存在。"古诗眇邈,人事难详,推其文体,故是炎汉之制,非衰周之倡也"。后世诸多学者历经千年考证,关于《古诗十九首》之作者,大多倾向认为是东汉末年下层文人。笔者在读《后汉书·蔡邕列传》和《古诗十九首》之时发现鸿都门学的设立,以及鸿都门学生的诗赋创作,从内容旨趣到语言修辞都与《古诗十九首》在逻辑上有着千丝万缕的联系,是耶非耶,全在本篇所述。

# 第一章 鸿都门学概述

鸿都门学的设置,可供参考的史料主要有两条。一是东晋袁宏《后汉纪》载:"光和元年春二月辛亥朔,日有蚀之。己未,京师地震。初置鸿都门生,本颇以经学相招,后诸能为尺牍词赋及工书鸟篆者至数千人,或出典州郡,入为尚书侍中,封赐侯爵。"①二是范晔《后汉书》载:"光和元年春正月,合浦、交趾乌浒蛮叛,招引九真、日南民攻没郡县。太尉孟彧罢。二月辛亥朔,日有食之。癸丑,光禄勋陈国袁滂为司徒。己未,地震。始置鸿都门学生。"②

## 一、鸿都门学的设立背景

鸿都门学的设置究竟处于怎样的历史背景?恐怕还是出于政治因素的考虑。

以上两则史料中提起鸿都门学的设置时都安排了这样一个现实背景,那就是光和元年的"大疫""叛乱"和"地震"。翻开《后汉书》,尤其是在天人感应理论的影响下,东汉政府在灾异之后所采取的措施主要是三点:罢官、大赦和选拔人才。鸿都门学的设立就是在这样的一种历史背景下,汉灵帝依照历史上的政治惯例做出的一种政策抉择。当然,面对光和元年的灾异,汉灵帝没有像以前那样采取"诏公卿以下各上封事,及郡

---

① [东晋]袁宏撰,张烈点校:《后汉纪》卷24《孝灵皇帝纪》,中华书局2002年版,第466页。
② [南朝宋]范晔撰:《后汉书》卷8《孝灵帝纪》,中华书局1965年版,第340页。

国守相举有道之士各一人;又故刺史、二千石清高有遗惠,为众所归者,皆诣公车"①的方式是有特殊原因的。第一,汉灵帝自身喜爱文艺,这恐怕是设置鸿都门学的主观因素。虽然汉灵帝在"即位之初,先涉经术。听政余日,观省篇章,聊以游意"②,但不久其兴趣就发生了转变。正如蔡邕所言,"初,帝好学,自造《皇羲篇》五十章,因引诸生能为文赋者。本颇以经学相招,后诸为尺牍及工书鸟篆者,皆加引召,遂至数十人"③。第二,发生在建宁二年的党锢事件恐怕是鸿都门学设置的客观因素,或说是最重要的政治因素。汉灵帝建宁二年"冬十月丁亥,中常侍侯览讽有司奏前司空虞放、太仆杜密、长乐少府李膺、司隶校尉朱寓、颍川太守巴肃、沛相荀昱、河内太守魏朗、山阳太守翟超皆为钩党,下狱,死者百余人,妻子徙边,诸附从者锢及五属。制诏州郡大举钩党,于是天下豪杰及儒学行义者,一切结为党人"④。熹平元年,"宦官讽司隶校尉段颎捕系太学诸生千余人"⑤。由此可以看出:太学生因为和李膺等士林领袖关系密切,宦官势力在对李膺、杜密等人进行打击的同时,也极大地打击了太学生的势力。此时,汉灵帝设置鸿都门学的目的想必是用鸿都门学来取代太学势力被打击后造成的政治权力空虚。

据此,我们可以得到结论:鸿都门学的设置是一种政治行为。当然我们不可否认的是,汉灵帝设置鸿都门学对艺术的发展产生了深远的影响,这主要是由其选拔人才以"能为尺牍词赋及工书鸟篆"的考核内容来决定的。

## 二、鸿都门学的考核内容

鸿都门学生选拔的考核内容为"尺牍词赋及工书鸟篆"。所谓尺牍者,

---

① [南朝宋]范晔撰:《后汉书》卷8《孝灵帝纪》,中华书局1965年版,第329页。
② [南朝宋]范晔撰:《后汉书》卷60《蔡邕列传》,中华书局1965年版,第1996页。
③ [南朝宋]范晔撰:《后汉书》卷60《蔡邕列传》,中华书局1965年版,第1991页。
④ [南朝宋]范晔撰:《后汉书》卷7《孝桓帝纪》,中华书局1965年版,第330页。
⑤ [南朝宋]范晔撰:《后汉书》卷7《孝桓帝纪》,中华书局1965年版,第333页。

李贤注云:"《说文》曰:牍,书板也,长一尺。"①可见,尺牍并非什么文体的概念,而是文章书写的载体而已。至于尺牍上的内容恐怕就是"词赋"和"鸟篆"了。李贤注云:"《艺文志》曰:'六体者,古文、奇字、篆书、隶书、缪篆、虫书。'《音义》曰:'古文谓孔子壁中书也。奇字即古文而异者也。篆书谓小篆,盖秦始皇使程邈所作也。隶书亦程邈所献,主于从隶,从简易也。缪篆谓其文屈曲缠绕,所以摹印章也。虫书谓虫鸟之形,所以书幡信也。'"②可见,鸟篆只是书法的一种形式。至于词赋则不必过多解释了。综上,鸿都门学考核的主要内容为"或献赋一篇,或鸟篆盈简"③。

以辞赋作为选举的考核内容,这在中国历史上是继汉武帝以经学取士之后的第二次重大人才选拔制度变革。虽说在汉灵帝之前也有人通过献赋的方式来获得仕进,但那只是个人行为,如《史记》所载司马相如"赋奏,天子以为郎"④。而设置鸿都门学来大批量选拔人才的方式则是政治制度方面的巨大变革,可以说此举开隋唐科举取士之先声。这上千的鸿都门学生,甚至更多的人进行辞赋的创作,其数量之大可想而知,即便他们的动机是"出典州郡,入为尚书侍中,封赐侯爵",但受帝王奖掖、政治制度引导,辞赋创作得到极大程度地发展,同时也造成了"词赋竞爽,而吟咏(指写诗)靡闻"⑤的文学局面,也使此时的辞赋创作俨然成为汉赋继武帝、宣帝之世后的第二次高峰。

那么,鸿都门学生所献之赋需要具备怎样的特点呢?现今我们已经不能看到当时的任何作品了,但我们可以从蔡邕等人对鸿都门学生作品的批评中略窥一二。《后汉书·蔡邕列传》对鸿都门学生的作品进行了如下描述:"憙陈方俗闾里小事。"⑥这种评价似乎是就辞赋内容而言,言

---

① [南朝宋]范晔撰:《后汉书》卷60《蔡邕列传》,中华书局1965年版,第1992页。
② [南朝宋]范晔撰:《后汉书》卷60《蔡邕列传》,中华书局1965年版,第1992页。
③ [南朝宋]范晔撰:《后汉书》卷77《阳球列传》,中华书局1965年版,第2499页。
④ [汉]司马迁:《史记》卷117《司马相如列传》,中华书局1957年版,第3043页。
⑤ [南朝梁]钟嵘著,曹旭集注:《诗品集注》,上海古籍出版社1994年版,第11页。
⑥ [南朝宋]范晔撰:《后汉书》卷60《蔡邕列传》,中华书局1965年版,第1992页。

其多以"方俗间里小事"为主。胡士莹先生在《话本小说概论》中提出："这些'方俗间里小事'，似乎是社会新闻一类的东西，它必然是采用民间口头语言来演述的，所以蔡邕攻击诸生所写的辞赋说：'下则连偶俗语，有类俳优。'"① 笔者感觉更多的应该是一种说理方式的变化，赋作不再对所谓的天子游猎、都城豪奢来予以讽谏铺陈，而是采取民间故事或新闻的方式来进行说理劝谏。传统的汉赋就其内容而言，在西汉以天子游猎赋为主，作品则以司马相如的《子虚赋》《上林赋》为代表；东汉虽有抒情小赋产生，但班固、张衡之《两都赋》与《二京赋》也皆为参与政治热点问题讨论、抒发己见的作品。两汉的赋作基本上是属于高大上的，而鸿都辞赋在内容上专注于"方俗间里小事"。从这点上而言，蔡邕是想对鸿都辞赋的表达方式和描写对象进行否定。

鸿都门学生赋作"高者颇引经训风喻之言；下则连偶俗语，有类俳优"②。其"颇引经训风喻之言"的作品自不必说是符合传统汉赋"风谏"追求的，与司马相如《上林赋》"卒章归之于节俭，因以风谏"③的旨归是一致的，蔡邕所肯定的就是这点。蔡邕批评的重点在辞赋的"连偶俗语"上。如果把"连"解释为"连珠"的话，明人徐师曾以为："连珠者，假物陈义以通讽谕之词也。连之为言贯也，贯穿情理，如珠之在贯也。……其体辗转，或二或三，皆骈偶有韵。故工于此者，必使义明而词净，事圆而音泽，磊磊自转，乃可称珠。"④ 就徐师曾的解释，"连珠"这一文体是"假物陈义以通讽谕之词"，这点和传统赋作卒章显劝谏之志的目的是一致的。如果把"连偶"从修辞的角度解释为排偶则更为合适，这和后面的"俗语"都是在语言修辞方面的批评。因此我们可以释"连偶俗语"为以通俗而有韵律的语言达成骈偶或说排偶的修辞方式，即多用俚

---

① 胡士莹：《话本小说概论》，中华书局1980年版，第7页。
② [南朝宋]范晔撰：《后汉书》卷60《蔡邕列传》，中华书局1965年版，第1996页。
③ [汉]司马迁：《史记》卷117《司马相如列传》，中华书局1959年版，第3002页。
④ [明]徐师曾著，罗根泽校点：《文体明辨序说》，人民文学出版社1962年版，第139页。

语、俗语等富有民间文学特色的语言形式。综上我们可以对鸿都辞赋作如下概括：鸿都辞赋是那些在内容上采用民间故事或新闻，在语言上多采用生动的民间语言以构成排偶的、押韵修辞形式的辞赋作品。

我们来看蔡邕的辞赋创作。现存的十六篇赋作当中，如果仅就其创作内容的"俗"而言，大致论述如下。

蔡邕《青衣赋》行文中，受《诗经》影响的痕迹明显，如"窈窕"源于《诗经·周南·关雎》，"盼倩""硕人"源于《诗经·卫风·硕人》。青衣有"关雎之洁"，《关雎》咏"后妃之德"，形容青衣端庄正派。"伊何"出自《诗经·小雅·頍弁》，"河上逍遥"出自《诗经·郑风·清人》，"惄焉且饥"出自《诗经·周南·汝坟》。蔡邕多用《诗经》中之语言形容出身低微的婢女，对其加以"宜作夫人，为众女师"的赞颂。同时，诗人在赋中还清晰地表达了自己对青衣的爱意。龚克昌先生提出此篇"同情妇女，歌颂妇女"，并对后世曹丕、王粲、曹植等人大量创作《寡妇赋》《出妇赋》《感婚赋》《神女赋》等女性题材之作具有"开启之功"。①龚克昌先生此论是从赋作关注女性的角度而言的，指出女性形象成为赋体文学创作的主角，开启了女性赋的创作。但他们笔下的女性与女性是不同的。蔡邕笔下的青衣是出身低微的婢女，作品进行了品质高贵之描写，是一种爱慕情感的倾诉表达，具有一种反传统的立意。曹丕、曹植、王粲等人笔下的女性关注的则是妇女问题，或为"出妇"或为"寡妇"，此处出妇或为将军刘勋之前妻王宋，寡妇则是阮瑀之妻，正如曹丕所言，因"阮元瑜与余有旧，薄命早亡。每感存其遗孤，未尝不怆然伤心。故作斯赋，以叙其妻子悲苦之情，命王粲并作之"。此为对寡妇的哀怜。曹丕《蔡伯喈女赋》也因"家公与蔡伯喈有管鲍之好，而命使者周近持金璧于匈奴，赎其女还。以妻屯田都尉董祀"而作。曹、王等人之赋其关注点皆在妇女问题和对妇女的同情。与"青衣赋"的情感表达有相似之处的是建安赋作中的"神女赋"，但"神女赋"中神女又突出一个"神"字，与"青衣"格格不入。如果

---

① 龚克昌等评注：《全汉赋评注·后汉》，华山文艺出版社2003年版，第839页。

深究创作主旨或动机,或许是蔡邕以"青衣"自喻,表达自己出身低微而具有"为众女师"之才德。此为蔡邕借"青衣"而作的政治抒情赋。但同时的张超并不这样认为,他从"历观古今,祸福之阶,多有孽妾淫妻"论起,作《诮青衣赋》对蔡邕进行讥诮。

蔡邕《短人赋》从侏儒的出身、地域、种族入手,极尽讽刺、调侃之能事,此赋以"引譬比偶,皆得形象",以鸡、鹭鹈、鹘鸠、戴胜等鸟作比,以蝗、即且(蜈蚣的别称)等昆虫作比,以鼙鼓、椎、枘、捣衣杵等小器物作比,来"视短人兮形如斯",其文格调卑下,有失身份。

《协和婚赋》中所谓"长枕横施,大被竟床。莞蒻和软,茵褥调良。粉黛弛落,发乱钗脱"①等语,对床笫描写极为露骨。龚克昌先生认为"是一篇极大胆的描绘男女新婚及新婚之夜两性生活的作品"②。此赋可与《古诗十九首·青青河畔草》相结合而读,所谓"青青河畔草,郁郁园中柳。盈盈楼上女,皎皎当窗牖。娥娥红粉妆,纤纤出素手。昔为倡家女,今为荡子妇。荡子行不归,空床难独守"也用大胆的笔触,抒发了倡女"空床难独守"的寂寞。《青青河畔草》的倡女寂寞,《协和婚赋》中洞房之夜的旖旎描写,似乎都在突出一个士大夫不愿启齿的主题,即女人、性、寂寞、夜、难眠等作品的主题,概而言之谓"俗",满满的世俗生活气息。

综上所述,蔡邕的《协和婚赋》《青衣赋》《短人赋》等作品,与其经学大家的身份不相符,如张超所批评,"彼何人斯,悦此艳姿"。而这样的作品,正具有其所批判的鸿都门学生的辞赋之作中"方俗闾里小事""连偶俗语,有类俳优"的创作弊端。蔡邕的这部分作品与鸿都门学生赋作在内容与艺术上有诸多相似之处。虽没有证据表明蔡邕与鸿都门学有较密切的关系,但蔡邕在辞赋、书法、鸟篆等上面的才能却与鸿都门学生一样都契合了汉灵帝的审美和取士倾向。蔡邕之批判鸿都门学生的辞赋也

---

① 龚克昌等评注:《全汉赋评注·后汉》,华山文艺出版社2003年版,第865页。
② 龚克昌等评注:《全汉赋评注·后汉》,华山文艺出版社2003年版,第865页。

多是从内容、选材与语言的雅俗上做文章,这与阳球对鸿都门学生在出身门第与选拔舞弊上做文章有着根本的不同。

## 三、鸿都门学生身份分析

汉灵帝设置鸿都门学,其中"引诸生能为文赋者"竟达到千人之多。这么大的一个群体究竟是怎样构成的?我们主要依据以下史料对他们的身份进行分析:

> 初,帝好学,自造《皇羲篇》五十章,因引诸生能为文赋者。本颇以经学相招,后诸为尺牍及工书鸟篆者,皆加引召,遂至数十人。侍中祭酒乐松、贾护,多引无行趣势之徒,并待制鸿都门下,熹陈方俗间里小事,帝甚悦之,待以不次之位。①
>
> 《后汉书·蔡邕列传》

这段文字可以间接地反映出鸿都门学生的几个特点。

第一,鸿都门学生是"能为文赋"的人。从这点来看,他们这个群体可以称为文学群体,而非经学群体,因为"辞赋"为鸿都门学生招收的主要课试内容。在这里需要特别指出的是,我们说这个群体为文学群体,是指就面向的招收群体课试内容而言,而非汉灵帝设置鸿都门学的初衷及其目的。张新科先生提出"鸿都门学并不是一个文学集团,实质上它是东汉时期出现的一个颇为特殊的政治集团"②,孙明君先生则进一步指出,鸿都门学生是"灵帝对抗东观等清流士人势力和宦官势力的工具"③,或说是对抗太学的手段则更为合适。虽说鸿都门学生群体是某种政治集团无可厚非,但其从选拔方式到创作成就而言,带有浓郁的文学色彩。

---

① [南朝宋]范晔撰:《后汉书》卷60《蔡邕列传》,中华书局1965年版,第1991页。
② 张新科:《文学视角中的鸿都门学——兼论汉末文风的转变》,《陕西师范大学学报》2005年第1期,第106—108页。
③ 孙明君:《汉魏政治与文学》,商务印书馆2003年版,第104页。

第二，鸿都门学生的进阶途径，蔡邕认为是乐松、贾护的个人推荐。《蔡邕列传》中同样有这样一则材料："光和元年，遂置鸿都门学，画孔子及七十二弟子像。其诸生皆敕州郡三公举用辟召。"李贤注"鸿都门"时也持有相同观点："时其中诸生，皆敕州、郡、三公举召能为尺牍辞赋及工书鸟篆者相课试。"据以上材料可以做如下推断：乐松、贾护等人举荐的"能为文赋者"为设置鸿都门学之前的方式，设置鸿都门学之后则多通过各地州、郡政府或者三公的征举等官方途径来实现。

第三，鸿都门学生在鼎盛时虽说"作者鼎沸"，但有姓名可考者仅有"乐松、贾护、任芝、江览、梁鹄、郗俭、师宜官七人，而七人之中，生平事迹可详考者几无一人"①。因此，我们很难从具体的史料中来考察鸿都门学生的出身和品行。鸿都门学生多为"无行趣势之徒"，如乐松、江览等人。为此，阳球就把矛头直接对准了获得"图象立赞"的乐松、江览等，并指出他们"皆出于微蔑，斗筲小人，依凭世戚，附托权豪，俯眉承睫，徼进明时"②。蔡邕从品行方面对鸿都门学生予以否定，阳球则从乐松、贾护等人出身"微蔑"来否定鸿都门学生，这恐怕是由阳球"家世大姓冠盖"的原因吧。一个品德论，一个出身论，可以说代表了当时否定鸿都门学生主流意见，我们同样可以从这两种反对意见对鸿都门学生得出如下结论：一是从出身上讲，他们有着"微蔑"的出身，而非世家大族，这种批评和陈琳在《为袁绍檄豫州》一文中批评曹操为"赘阉遗丑"一样为出身论；二是鸿都门学生得到选拔的标准是严格地按照"辞赋"和"鸟篆"等课试内容而来，而非以前所常用的德行、孝廉等品德标准。这两点也同时说明汉灵帝设置鸿都门学选拔人才的标准不再是门第和德行，这对自汉武帝以来以德行选拔人才为本并延及孝廉、方正、敦朴的用人思想是一次重大的变革。就这点而言，鸿都门学在选拔人才上的方式对后世产生直接影响的恐怕是曹操的"唯才是举"论了。

① 杨继刚：《汉灵帝鸿都门学研究》（博士学位论文），华中师范大学，2012年。
② [南朝宋]范晔撰：《后汉书》卷77《阳球列传》，中华书局1965年版，第2499页。

第四，鸿都门学生的作品"憙陈方俗闾里小事"，这说明他们有着丰富的"闾里"生活体验。鸿都门学生中优秀者是懂得赋体文学的旨归"劝百讽一"的，这是就宗旨而言，而所谓"下"者则是指"连偶俗语，有类俳优"，这恐怕只能说明语言的粗俗而招致其有"俳优"之嫌了。蔡邕的批评源于其本人对俳优等职业的歧视，如其赋作《短人赋》可为明证。

综上，我们可以对鸿都门学生做这样的一个描述：他们"能为文赋"说明受到过很好的文化教育；辞赋作品"憙陈方俗闾里小事"则说明他们对社会底层有深刻的了解，对民间文学有接触；他们是由"州、郡三公举召"的，说明他们虽出身"微蔑"但在当地并非普通人家；他们遭受来自世族代表阳球和士林代表蔡邕等人的强烈反对，说明他们没有显赫的出身。

### 四、"作者鼎沸"的背景与原因

鸿都门学设立的政治背景是太学的荒芜、党锢事件的影响和宦官阶层的壮大。"安帝览政，薄于艺文，博士倚席不讲，朋徒相视怠散，学舍颓敝，鞠为园蔬，牧儿荛竖，至于薪刈其下"①是当时的社会现实。太学荒芜，"儒者之风盖衰矣"是鸿都门学迅速发展的政治背景。此外，当时的宦官势力在建宁元年九月诛杀"太傅陈蕃、大将军窦武"②等士林领袖，次年十月丁亥，"中常侍侯览讽有司奏前司空虞放、太仆杜密、长乐少府李膺、司隶校尉朱寓、颍川太守巴肃、沛相荀昱、河内太守魏朗、山阳太守翟超皆为钩党，下狱，死者百余人，妻子徙边，诸附从者锢及五属。制诏州郡大举钩党，于是天下豪杰及儒学行义者，一切结为党人"③。熹平元年七月，"宦官讽司隶校尉段颎捕系太学诸生千余人"④。这些都说明当时太学势力和士林阶层遭到极大的打击，而宦官势力达到极盛。鸿都门学

---

① ［南朝宋］范晔撰：《后汉书》卷79《儒林列传》，中华书局1965年版，第2547页。
② ［南朝宋］范晔撰：《后汉书》卷8《孝灵帝纪》，中华书局1965年版，第329页。
③ ［南朝宋］范晔撰：《后汉书》卷8《孝灵帝纪》，中华书局1965年版，第330页。
④ ［南朝宋］范晔撰：《后汉书》卷8《孝灵帝纪》，中华书局1965年版，第333页。

之所以形成"作者鼎沸"的局面,就主观因素而言,还是由于汉灵帝的重视和大力支持。汉灵帝非常重视鸿都门学的设置,并为其发展和壮大做了大量的工作。

第一,汉灵帝在文化政策上对鸿都门学生进行大力宣传。"光和元年,遂置鸿都门学,画孔子及七十二弟子像"①。同时,阳球在《奏罢鸿都文学》中提到,"有诏敕中尚方为鸿都文学乐松、江览等三十二人图象立赞,以劝学者"②。这两则材料很明显地说明,鸿都门学生中优秀者可以得到与圣人孔子一样"图象立赞"的待遇,这种待遇打破了长期以来"独尊儒术"的局面。同时对"乐松、江览等三十二人进行图象立赞",其目的是"以劝来者",可以说汉灵帝的这种目的达到了。李贤注"鸿都"时说:"三公举召能为尺牍辞赋及工书鸟篆者相课试,至千人焉。"③所谓"至千人"的说法,恐怕并不足以形容当时鸿都门学生的人数众多,蔡邕所谓"作者鼎沸"④的局面也并非虚言。乐松等三十二人"图象立赞",与汉武帝立公孙弘为丞相相互呼应,与"罢黜百家,独尊儒术"相背离。

第二,汉灵帝还在仕途上对鸿都门学生进行大量的提拔"以劝来者"。正如蔡邕所言:"其诸生皆敕州郡三公举用辟召,或出为刺史、太守,入为尚书、侍中,乃有封侯赐爵者。"汉灵帝对鸿都门学在政治上以高官厚禄为诱惑,在文化上以"图象立赞"来引导,从而造成鸿都门学的空前繁荣。

鸿都门学在汉灵帝的重视下得到空前的发展,但在当时的政治局面中却受到了来自多方的批评。其一是针对鸿都门学课试内容层面的批评,这主要来自蔡邕。光和元年七月,即鸿都门学设置后不久,汉灵帝因当时"妖异数见,人相惊扰"而"召(蔡)邕与光禄大夫杨赐、谏议大夫马日䃅、议郎张华、太史令单飏诣金商门,引入崇德殿,使中常侍曹节、王

---

① [南朝宋]范晔撰:《后汉书》卷60《蔡邕列传》,中华书局1965年版,第1998页。
② [南朝宋]范晔撰:《后汉书》卷77《阳球列传》,中华书局1965年版,第2499页。
③ [南朝宋]范晔撰:《后汉书》卷7《孝桓帝纪》,中华书局1965年版,第341页。
④ [南朝宋]范晔撰:《后汉书》卷60《蔡邕列传》,中华书局1965年版,第1996页。

甫就问灾异及消改变故所宜施行"。蔡邕借机上书批评了鸿都门学"以小文超取选举,开请托之门,违明王之典,众心不厌,莫之敢言"①。这种批评是由蔡邕"书画辞赋,才之小者,匡国理政,未有其能"的文艺观所决定的。就这点而言,他和扬雄所持辞赋为"童子雕虫篆刻"而"壮夫不为"②的思想是一致的。其二是针对鸿都门学生家庭出身方面的批评,这主要来自出身世家大族的尚书令阳球。他直接上书皇帝要求"奏罢鸿都文学"③,并指出鸿都门学生"出于微蔑,斗筲小人,依凭世戚,附托权豪,俯眉承睫,徼进明时"④。可以说鸿都门学的设置受到了当时掌握社会主流话语权阶层的强烈反对,但这种反对的声音并没有收到什么效果,这与汉灵帝和宦官阶层的大力扶持相关。鸿都门学在以后的历史中同样遭受到批评和非议,如马端临就是其代表,他认为:"太学公学也,鸿都学私学也,学乃天下公,而以为人主私,可乎?是以士君子之欲与为列者,则以为耻。公卿、州郡之举辟也,必敕书强之,人心之公,可诬也。"⑤可见马端临所谓的公学与私学的关键区别还是经学与文学的区别,其思想根源还是经学治国、辞赋小道的思想。就这点而言,阳球认为有太学在、宜罢黜鸿都门学的立场,与马端临和蔡邕等人否定鸿都门学是有相通的理论基础的。

---

① [南朝宋]范晔撰:《后汉书》卷60《蔡邕列传》,中华书局1965年版,第1999页。
② [汉]扬雄:《法言》,华夏出版社2002年版,第16页。
③ [南朝宋]范晔撰:《后汉书》卷77《阳球列传》,中华书局1965年版,第2499页。
④ [南朝宋]范晔撰:《后汉书》卷77《阳球列传》,中华书局1965年版,第2499页。
⑤ [元]马端临撰:《文献通考》卷40《学校一》,浙江古籍出版社1988年版,第387页。

# 第二章 鸿都门学生与《古诗十九首》

《古诗十九首》的作者和产生年代向来是学界争论的热点。就其产生年代而言,大致有这样几种说法:刘勰持两汉说,严羽持西汉说,钟嵘《诗品》赞同曹植、王粲的旧说,李善持存疑态度,李昉持东汉说,朱彝尊持梁代《文选》编者改编说,杨慎持非一人一时说。近年木斋先生发表论文称:《古诗十九首》为"建安十六年(公元211年)至魏明帝景初年间(约公元239年)之间的作品,其作者不可能是东汉下层文人"[①],因而推断多为曹植所作。众说纷纭,欲辨明《古诗十九首》的作者还需从汉末古诗说起。

## 一、《古诗十九首》与汉末古诗

刘勰《文心雕龙·明诗》曰:"古诗佳丽,或称枚叔,其《孤竹》一篇,则傅毅之词,比采而推,两汉之作乎?"[②]钟嵘《诗品·序》认为:"古诗眇邈,人世难详。推其文体,固是炎汉之制,非衰周之倡也。"[③]《诗品上·古诗》曰:"(古诗)虽多哀怨,颇为总杂,旧疑是建安中曹、王所制。"[④]萧统在编选《文选》时采录了十九首,加上萧统等人也无法推测其作者,故在《杂诗》中列于苏、李诗之上,至此才有了"古诗十九首"这

---

① 木斋:《略论〈古诗十九首〉的产生时间和作者阶层》,《山西大学学报》2005年第4期,第28—32页。
② [南朝梁]刘勰著,范文澜注:《文心雕龙注》,人民文学出版社1962年版,第66页。
③ [南朝梁]钟嵘著,曹旭集注:《诗品集注》,上海古籍出版社1994年版,第8页。
④ [南朝梁]钟嵘著,曹旭集注:《诗品集注》,上海古籍出版社1994年版,第75页。

一说法。刘勰、钟嵘、萧统三者大致处于同一时代，可见在当时，对《古诗十九首》的作者、时代等问题已经很难考了。"古诗"俨然已经成了无名五言诗的代名词，而且在当时已经成为五言诗的典范了。马茂元先生这样界定："古诗指流传已久，难以确定其绝对年代的无主名的诗篇。"[①]

《文选》选录了陆机《拟古诗十二首》，其中《拟兰若生朝阳》和《拟东城一何高》显然不是拟《古诗十九首》之作。《诗品》云："陆机所拟十二首……其外《去者日以疏》四十五首，虽多哀怨，颇为总杂。"[②]这样算来，钟嵘所看到的陆机所拟的古诗就有五十七首之多，至于其他没有拟作的古诗则更多了。《文选》择取十九首，说明是有一定标准的。据此及刘勰、钟嵘所言可以推断：古诗不等于《古诗十九首》，但《古诗十九首》却混杂在古诗之中，为其精华所在。同时，我们亦可以看到，在陆机的时代，"古诗"已经很受诗人推崇，并且成为诗人创作模仿的范本了。我们也可以进一步推出：刘勰的两汉说、钟嵘的炎汉说并非专就《古诗十九首》而言，而是针对古诗所说的。《古诗十九首》本是混在无名古诗当中的，是萧统把它们遴选出来并加以组合。就这点来说，我们不能依据刘勰、钟嵘对众多古诗的判断来确定《古诗十九首》的作者和创作时代。想要推断《古诗十九首》的作者和时代，还需从作品自身的内容和风格入手。

## 二、《古诗十九首》作者与时代分析

《古诗十九首》的组合显然是萧统精心挑选的结果，从语言到风格都是古诗中的佼佼者。加上它们的风格相近，以至于这样的组合给人以浑然天成之感。那么作者的身份该如何判断，需从以下方面进行分析。

首先，《古诗十九首》就其内容而言，可分为思妇诗、羁旅愁怀诗。思妇之作有《行行重行行》《青青河畔草》《西北有高楼》《涉江采芙蓉》《明月皎夜光》《庭中有奇树》《迢迢牵牛星》《冉冉孤生竹》《明月何

---

① 马茂元：《古诗十九首初探》，陕西人民出版社1981年版，第1页。
② [南朝梁]钟嵘著，曹旭集注：《诗品集注》，上海古籍出版社1994年版，第75页。

皎皎》《客从远方来》等诗。羁旅愁怀诗,或为游子诗,有《青青陵上柏》《今日良宴会》《回车驾言迈》《去者日已疏》《生年不满百》《东城高且长》《驱车上东门》《凛凛岁云暮》《孟冬寒气至》等诗篇。这些诗篇的主题无非就是游子们在生活上的牢骚和不平。诗歌或为游子之歌,或为思妇之词,二者很自然地构成了相互关联的两个方面:一个是游子在外,一个是思妇在家。游子在外发人生之感慨,思妇居家生空闺之哀怨。这两者俨然是一副千里共相思的画卷,是一个问题的两个方面。

同时从《古诗十九首》中我们可以感受到诗人表达思念方式的不同。诗人所表达的不仅是情感上的一种思念,还有不少生理的需求和感受。前者在以往诗史中有见,如《国风》,后者则鲜有论述。《古诗十九首》中作者习惯采用通过身体的感受来表达内心情感的方式。如:

相去日已远,衣带日已缓。①

《古诗十九首·行行重行行》

荡子行不归,空床难独守。②

《古诗十九首·青青河畔草》

如果说"衣带日已缓"表明自己因为思念成疾已经使身体开始消瘦,那么这种强烈的思念造成的身体变化可能还有某种美学意义。但"空床难独守"则是赤裸裸地对摆脱寂寞的一种呐喊了。独守空房,情难独守的何止是思妇,游子何尝不是如此?这种吟咏到近代仍为王国维等人所大力批判,何况是在当时呢?据此我们可以推断,有胆量如此赤裸裸地通过生理的需求表达思念,或说习惯于用生理需求表达思念的,断然不会是受过良好经学教育的人,而是来自社会下层,或说是受过民间文学(包括乐府等民歌)影响的人。他们的思想中还带有对生命需求的原始渴望与痕迹。

① 马茂元:《古诗十九首初探》,陕西人民出版社1981年版,第105页。
② 马茂元:《古诗十九首初探》,陕西人民出版社1981年版,第112页。

可见，诗人本身既是文人，又是思想自由、没有受到儒家经学强力束缚的人。具体一点说，诗人不会是太学生，也不会是来自经学世家或士族的人，而是接近社会底层而又超出社会底层的寒族文人。

其次，《古诗十九首》所涉及的地方大致可考据者只有三处，而这三处都在洛阳。

《青青陵上柏》曰："驱车策驽马，游戏宛与洛。洛中何郁郁，冠带自相索。"①这里的"游戏宛与洛"，洛，指的是洛阳，东汉都城；宛，指宛县，东汉南阳郡郡治，二者均为当时政治经济中心城市。虽然"宛""洛"并举，实际上指的还是"洛"，因为只有"洛"具有"长衢罗夹巷，王侯多第宅。两宫遥相望，双阙百余尺"②的建筑和繁华。《驱车上东门》里"驱车上东门，遥望郭北墓"③中的"上东门"和"郭北墓"都是实指洛阳的地名。上东门是洛阳东城三门中最近北的城门，郭北墓则指洛阳城北的北邙山，因东汉王侯卿相多葬于此，故称之。《东城高且长》曰："东城高且长，逶迤自相属。"④"东城"，洛阳东城，参照"逶迤自相属"的城池建设，也尽显都城景象。故马茂元先生认为，"所谓'东城'可能就是洛阳城东三门的总称，也非泛指"⑤。由此我们几乎可以断定，诗中的游子所处的地点应该是在洛阳。那么思妇身在何处呢？看下面的诗句："相去万余里，各在天一涯。道路阻且长，会面安可知。"⑥"胡马依北风，越鸟巢南枝。"⑦"涉江采芙蓉，兰泽多芳草。"⑧"西北有高楼，上与浮云齐。交疏结窗绮，阿阁三重阶。"⑨由以上诗句我们可以得到如下信息：妻子居

---

① 马茂元：《古诗十九首初探》，陕西人民出版社1981年版，第49页。
② 马茂元：《古诗十九首初探》，陕西人民出版社1981年版，第49页。
③ 马茂元：《古诗十九首初探》，陕西人民出版社1981年版，第89页。
④ 马茂元：《古诗十九首初探》，陕西人民出版社1981年版，第84页。
⑤ 马茂元：《古诗十九首初探》，陕西人民出版社1981年版，第19页。
⑥ 马茂元：《古诗十九首初探》，陕西人民出版社1981年版，第105页。
⑦ 马茂元：《古诗十九首初探》，陕西人民出版社1981年版，第105页。
⑧ 马茂元：《古诗十九首初探》，陕西人民出版社1981年版，第69页。
⑨ 马茂元：《古诗十九首初探》，陕西人民出版社1981年版，第62页。

住之家离丈夫所在之洛阳很远，由"越鸟"和"江"可推断为长江流域的南方；"阿阁三重阶"，三重凸出来的房檐又是南方住宅建筑的特色，则更增加了佐证。据此，可推断出妻子居住地当在南方的长江之滨。同时，我们从全部十九首诗歌内容来看，多相思而没有战乱，也可以推知其时应该在汉末动乱之前。正如赵敏俐先生所言："《古诗十九首》为代表的汉代文人五言诗的产生，基本上和汉末战乱没有什么关系，而是汉代社会文化思潮的产物。"①

综上所述，我们大致可以推断《古诗十九首》的产生需要符合这样两个条件：其一，繁华的洛阳聚集了大量的游子；其二，长江上下游处于统一的和平状态。符合这两个条件的时代至迟在汉灵帝时代或之前。因为汉灵帝崩少帝即位后便爆发了董卓之乱，出现了焚烧洛阳的战乱局面。

最后，从作者的情况来看，《古诗十九首》虽然内容上可分为思妇诗与游子诗，但实际上是在谈一个内容——相思的两个方面：思妇念游子，游子怀故乡。"其中思妇词不可能是本人所作，也还是出于游子的模拟。"② 既然如此，我们只需要搞清楚游子的身份就可以了。我们先从《青青河畔草》说起，诗曰："青青河畔草，郁郁园中柳。盈盈楼上女，皎皎当窗牖；娥娥红粉妆，纤纤出素手。昔为倡家女，今为荡子妇；荡子行不归，空床难独守。"③ 此诗告诉我们如下信息：第一，该诗中男主人公家经济条件很好，如《西北有高楼》中"西北有高楼，上与浮云齐。交疏结绮窗，阿阁三重阶"的房屋建筑俨然是富贵人家；第二，该诗中女主人公出身为"倡"，"倡"多有着良好的音乐素养和文学功底，如《西北有高楼》中作者就是通过楼上的"弦歌声"来推测女主人的悲欢；第三，男主人公为"荡子"漂泊在外，这点在多数诗篇中都可以得到印证。综上所述，我们大致描述如下：家庭经济条件很好的男主人公娶了一个曾经为"倡"的女

---

① 赵敏俐：《论汉代文人五言诗与汉代社会思潮》，《社会科学战线》1994年第4期，第199页。
② 马茂元：《古诗十九首初探》，陕西人民出版社1981年版，第18页。
③ 马茂元：《古诗十九首初探》，陕西人民出版社1981年版，第112页。

人，自己为了某种目的远离家乡，致使女人独守空房。详其诗歌中之女性形象，以《青青河畔草》中的女子最具代表性，她本为"倡家女"，而今嫁为"荡子妇"。"倡"，是歌女、舞女，是出入于上流社会、繁闹场合的艺人。而今"荡子行不归"，生发"空床难独守"之叹是最为直接、大胆和合乎身份的了。还有一条就是男主人公有文化，喜欢用诗歌表达自己的思想。

什么人可以娶倡为妻呢？在《后汉书·列女传》中，我们很难找到娶倡为妻的例子，倒是很多世家大族与经学大家之间的联姻比比皆是。如袁隗与马融的女儿马伦结婚，班昭与曹世叔结婚，鲍宣娶师傅桓氏之女，阴瑜与荀爽之女荀采结合。我们似乎可以得到如下结论，一般世家大族或说清流之家的娶妻很注重对方的家世与道德声誉。当然也有婚姻结合中的例外者，如荀彧。荀彧是一代名士，只因为娶中常侍唐衡之女而饱受讥议。可见，娶妻的问题对于当时的士人来说是一个关系名节的大事。但纳倡为妾的例子我们在《三国志》中倒发现一例。《三国志·后妃传》："武宣卞皇后，瑯邪开阳人，文帝母也。本倡家，年二十，太祖于谯纳后为妾。"①按当时曹操的身份和条件而言似乎很符合《青青河畔草》中男主人公的身份。曹操之所以敢纳倡为妾，其原因无外乎自己的出身和喜好。曹操出身宦官，为浊流一派，没有过多地受到儒家思想和文化的影响。另外，曹操家虽然有丰厚的经济条件，但却没有较高的社会地位与声誉，这也是他长期被袁绍等世家大族瞧不起的原因。正因为受出身条件影响，他在娶妻纳妾问题上没有诸多限制，所以他敢纳倡做妾。同时，曹操喜欢音乐和乐府，和倡女在艺术上有共同的追求。如此，他就有能力通过诗歌的形式表达自己和倡妾之间的心理感受。那么《青青河畔草》的作者会是曹操吗？答案是否定的。曹操几乎每次打仗都喜欢携妻带子，所以荡子和思妇之间的那种相思的苦闷、漂泊的苦楚不是曹操的主流情感。综观曹操留存下来的诗篇，他的诗歌几乎与女性无关。曹操好色，喜欢美女，但

---

① ［晋］陈寿撰，［南朝宋］裴松之注：《三国志》卷5《武宣卞皇后》，中华书局1961年版，第156页。

这一切他从没有带入自己的作品中。既然如此，从以上分析中，我们可以认为《青青河畔草》的作者出身寒族，依据是他纳倡为妾。

由《古诗十九首》我们可以看到，这么多首诗歌都在咏叹游子思妇这同一个主题。诗中有"昔我同门友，高举振六翮；不念携手好，弃我如遗迹"①，可见，游子并不是一个具体的人，而是一个群体，在这个庞大的群体中，幸运者推举入官，余下的大多数依旧漂泊求宦了。类似《青青河畔草》，其男主人公的遭遇不是一个人的遭遇，而是一个庞大群体的集体遭遇。这样的群体在两汉会是怎样的一个群体呢？

马茂元先生在《古诗十九首初探》中提到，汉质帝时太学生达到三万人之多，但选举制度推选出来的人数有限，那么就产生了很多滞留洛阳寻求出路的游子。"《古诗十九首》里的游子，就是这样背井离乡、漂流异地的。"②换言之，《古诗十九首》的作者就是没有被推选做官而滞留在京城的太学生了，这种说法值得商榷。首先太学里面是有五经博士在讲授经学，经学注重的是品德。其次，当时清议之风已经产生，三君、八俊、八厨等人物已经声名显赫，成为士大夫、太学生等追捧和仿效的道德与处世楷模。在经学教育和评议之风下，一个没有功名的太学生怎么可以因纳倡为妾而影响自己的风评呢？

既然这样一个庞大的游子群体不是太学生，那么又是什么样的一个群体呢？

从前面的分析我们可以总结出《古诗十九首》产生的时代和作者的大致情况。《古诗十九首》产生的时代为汉质帝以后、汉少帝之前。其作者不是太学生，而是来自寒族人士，他们是能诗文、喜欢音乐、聚集京城谋求功名的一群人。这样的一个群体会是谁呢？以上种种迹象表明这个创作群体与鸿都门学有关。《后汉书·孝灵帝纪》有这样的记载："光和元年（公元178年），始置鸿都门学生。"（李贤注："鸿都，门名也，于内置

---

① 马茂元：《古诗十九首初探》，陕西人民出版社1981年版，第73页。
② 马茂元：《古诗十九首初探》，陕西人民出版社1981年版，第19页。

学。时其中诸生,皆敕州、郡、三公举召能为尺牍辞赋及工书鸟篆者相课试,至千人焉。"①)《后汉书·阳球传》:"伏承有诏敕中尚方为鸿都文学乐松、江览等三十二人图象立赞,以劝学者。案松、览等皆出于微蔑,斗筲小人,依凭世戚,附托权豪,俯眉承睫,徼进明时。或献赋一篇,或鸟篆盈简,而位升郎中,形图丹青。"②

由以上材料我们可以得到下面信息:鸿都门学的设立在光和元年的汉灵帝时期;鸿都门学生皆有"尺牍词赋"之长;鸿都门学生人数众多,"至千人"。鸿都门学生出身非名门豪族,所谓的"微蔑,斗筲小人"指代当时没有什么政治地位的寒族。鸿都门学是与太学、东观相并列的国家储备培养人才的机构。如果说太学注重经学教育的话,鸿都门学则注重"尺牍词赋及工书鸟篆"之学。太学之士以经学取胜,鸿都门学生则以文学、书法为先,类似的记载在《蔡邕列传》中也有:"初,帝好学,自造《皇羲篇》五十章,因引诸生能为文赋者。本颇以经学相招,后诸为尺牍及工书鸟篆者,皆加引召,遂至数十人。侍中祭酒乐松、贾护,多引无行趣执之徒,并待制鸿都门下,憙陈方俗闾里小事,帝甚悦之,待以不次之位。又市贾小民,为宣陵孝子者,复数十人,悉除为郎中、太子舍人。"③

从以上蔡邕对鸿都门学的批判中,我们可以逆推得知:第一,鸿都门学生凭自己的才学和帝王的赏识,可以得到"不次之位",即功名;第二,鸿都门学生的作品内容上多"陈方俗闾里小事",就是说内容少政治教化,多以下层社会的生活为内容;第三,作品从艺术上讲,"连偶俗语"则是说文章的语言多用对偶和民间语言(如谚语、歌谣之类)。

结合鸿都门学生的各项特点,我们会惊奇地发现,《古诗十九首》作者的身份与鸿都门学生的身份几乎完全吻合。马茂元先生曾具体为"《古诗十九首》产生于东汉末年桓、灵之际"④。再结合前辈学者所论证的

---

① [南朝宋]范晔撰:《后汉书》卷8《孝灵帝纪》,中华书局1965年版,第341页。
② [南朝宋]范晔撰:《后汉书》卷77《阳球列传》,中华书局1965年版,第2499页。
③ [南朝宋]范晔撰:《后汉书》卷60《蔡邕列传》,中华书局1965年版,第1991页。
④ 马茂元:《古诗十九首初探》,陕西人民出版社1981年版,第16页。

《古诗十九首》的作者为东汉末期下层文人的说法,我们基本可以得出结论:《古诗十九首》的作者为鸿都门学生。

### 三、《古诗十九首》作者的佚失及其传播

《古诗十九首》的作者为鸿都门学生,这里很难具体到某个具体的人,而只能确定是这一群体的创作可能性最大。既然知道鸿都门学生为《古诗十九首》的作者,那么《古诗十九首》这么优秀的作品怎么会没有留下作者名字呢?

这个问题,笔者认为主要有三个原因。首先,《古诗十九首》作者为寒族、浊流,为当时掌握话语权的清流士大夫阶层所瞧不起。如蔡邕、阳球等人谈及鸿都门学生时以"无行趣执之徒"和"出于微蔑,斗筲小人"为指称。虽然当时鸿都门学生号称"作者鼎沸",其时"皆敕州、郡、三公举召能为尺牍辞赋及工书鸟篆者相课试,至千人焉"[①]。但我们今天有史料可查的仅有八人,可见当时,鸿都门学生在政治上遭受到来自士族阶层的强烈鄙视。其次,由于桓、灵时期帝王的大力提倡,鸿都门学的设立掀起了一个辞赋创作的高潮。这次高潮延续到魏明帝时期,是继武帝、宣帝之后的第二次辞赋创作高潮。保存下来的作品主要是以曹丕兄弟为首的曹魏文人的辞赋,而其他辞赋之士的作品都没有流传下来,诗歌又怎么会得到当时文化界的认同呢?最后,由于董卓之乱,国家的典籍文献在战祸兵燹中毁灭殆尽,鸿都门学生的大量作品(以及之前大量的两汉文献),同样也所剩无几。《后汉书·儒林传》载:"及董卓移都之际,吏民扰乱,自辟雍、东观、兰台、石室、宣明、鸿都诸藏典策文章,竞共剖散,其缣帛图书,大则连为帷盖,小乃制为縢囊。及王允所收而西者,裁七十余乘,道路艰远,复弃其半矣。后长安之乱,一时焚荡,莫不泯尽焉。"[②]试想,即便是当时的文坛领袖蔡邕,也没有作品得以保留。我们今天看到的蔡

---

① [南朝宋]范晔撰:《后汉书》卷8《孝灵帝纪》,中华书局1965年版,第341页。
② [南朝宋]范晔撰:《后汉书》卷79《儒林列传》,中华书局1965年版,第2548页。

邕文集,是蔡邕去世多年后,由曹操特意从匈奴手中把蔡文姬赎回,让她去整理其父蔡邕作品,这才使蔡邕作品传世。当时,即便是身处荆州和平之境并得到蔡邕大量藏书的王粲都没有时间和精力整理搜集蔡邕的作品,更何况是没有得到士族文人认可的鸿都门学生的作品呢?其作品流失也很正常。

《古诗十九首》产生后的传播史大致分为以下几个层次。

《古诗十九首》在鸿都门学生群体中的传播为第一层次,即情感的共融与情绪的抒发阶段。鸿都门学生这一群体是庞大的,这个庞大的游宦队伍在长期的漂泊过程中自然而然生发出的宦游感情,也就是对仕途偃蹇境况的感慨和对故乡妻子的思念。由于他们来自浊流,受经学的熏陶较浅,所以他们的诗歌作品没有咏史的感叹,没有言志的抱负,没有"经夫妇,成孝敬,厚人伦,美教化"的风化内容,而只是感叹游子漂泊之苦,抒发人生无常彷徨无奈,以及描写空床难独守之煎熬。这些诗歌内容不是板着面孔的经学之士所能为。同时因为这些诗篇道出了大家共同的心声和心路历程,所以在他们中间得以广泛的流传。这种传播主要是因为《古诗十九首》道出了这一群体的共同情感,而彼此间生发的传唱及彼此间创作中的相互影响我们很难考察。蔡邕五言诗歌《饮马长城窟行》与《古诗十九首》之《孟冬寒气至》无论是立意还是语言都有很大的相似性,或说模拟性,这恐怕就是一个明证。

《古诗十九首》在魏晋时期的传播为第二层次,即诗歌范式的学习及模仿阶段。曹魏三祖时期的诗人,如"三曹七子"等人因为距《古诗十九首》创作年代很近,故受其影响最深,所以他们的诗歌带有浓郁的《古诗十九首》的"味道"和痕迹。同时,《古诗十九首》中很多诗篇道出了世人对人生的普遍感叹和认识,表达了世人对人生、游宦、离别、相思的情感抒发,又兼有口语式的语言表达,更容易激起人们的情感互动。最为明显的是曹魏诸子的诗歌无论是从句型结构的设置上,还是从高频词汇及意象的使用上均与《古诗十九首》有很高的相似度。如《驱车上东门》诗云

"服食求神仙,多为药所误"①,所表达的对求仙的否定和对生命的达观思想对曹魏文人有很大的影响。曹操、曹丕、曹植均有类似的思想表达,如曹丕《折杨柳行》曰:"王乔假虚辞,赤松垂空言。达人识真伪,愚夫好妄传。"②(详见中编第四章"曹魏诸子诗歌与《古诗十九首》句式与词汇对照表"。)西晋时期,诗人群体对《古诗十九首》的接受主要体现了对其诗歌范式的整体模仿与学习。如陆机创作了十二首拟作,如《拟行行重行行》《拟今日良宴会》《拟迢迢牵牛星》《拟涉江采芙蓉》《拟青青河畔草》《拟明月何皎皎》《拟兰若生春阳》等。这种拟作的风气延续很久,刘宋时期何偃有《拟冉冉孤生竹》一首,鲍照有《拟青青陵上柏》一首。《玉台新咏》中收入拟《古诗十九首》还有荀昶《拟青青河边草》一首、刘铄《代行行重行行》四首、梁武帝《拟明月照高楼》二首、谢惠连《拟客从远方来》等诗。

《古诗十九首》在文学批评史上逐渐为后世尊崇,是为第三个层次,即作为经典的确立阶段。《古诗十九首》产生后影响深远,还要从南朝开始。南朝梁刘勰《文心雕龙》认为,《古诗十九首》"实五言之冠冕"。钟嵘《诗品》认为它"文温以丽,意悲而远,惊心动魄,可谓几乎一字千金"。宋代范晞文《对床夜语》认为"《古诗十九首》可与《三百篇》并驱"。明代胡应麟《诗薮》认为"诗之难,其《十九首》乎!蓄神奇于温厚,寓感怆于和平,意愈浅愈深,词愈近愈远,篇不可句摘,句不可字求。盖千古元气,钟孕一时"。综上,可见《古诗十九首》在后世被称为经典的地位更加尊崇。

---

① 马茂元:《古诗十九首初探》,陕西人民出版社1981年版,第89页。
② 夏传才、唐绍忠校注:《曹丕集校注》,河北教育出版社2013年版,第41页。

## 第三章　鸿都门学的设置对曹魏文学的影响

鸿都门学的设立在两汉文学向曹魏文学转变的过程中起着重要的作用,近代学者多有论及。刘师培指出:"汉之灵帝,颇好俳词,下习其风,益尚华靡;虽迄魏初,其风未革。"①刘师培点出了汉灵帝好"俳词"对当时文学"华靡"特点的影响,其实鸿都门学的整体影响仍有很大的思考空间。鸿都门学的设立对于"彬彬之盛"的曹魏文学之肇始,对于曹魏文学,或说后世文学产生了多方面的影响。

### 一、以"尺牍辞赋"取士促使文学地位提高

鸿都门学以"尺牍辞赋"为课试内容,可以说当与汉灵帝本人爱好辞赋有关。所谓"上有所好,下必甚焉",有如此帝王,更兼如此选拔人才的方式,出现上千人汇聚鸿都门的盛况也不足为奇了。"尺牍辞赋"之士大量涌进鸿都门,"或出为刺史、太守,入为尚书、侍中,乃有封侯赐爵者"。阳球在《奏罢鸿都文学》中谈道:"伏承有诏敕中尚方为鸿都文学乐松、江览等三十二人图象立赞,以劝学者。"②可见,当时的辞赋之士不仅可以获得升官进爵的机会,还可以享受到"图象立赞"的荣誉。在汉代能够"图象立赞"的人物为两种:一是西汉宣帝时霍光、张安世、苏武等十一位大臣;二是东汉明帝对建国将军邓禹、吴汉等二十八位将军,号称"云台二十八将"。汉灵帝此举表明,文艺之士与文能治国之贤臣、武能安邦

---

① 刘师培著,舒芜校点:《中国中古文学史》,人民文学出版社1959年版,第11页。
② [南朝宋]范晔撰:《后汉书》卷77《阳球列传》,中华书局1965年版,第2499页。

之良将处于同一地位。如此的取士方法，如此"光明"的前途，势必引起文学、艺术地位的急剧上升。这一时期可谓是文艺之士的黄金时代，直接影响就是文学地位的提高。鸿都门学对文艺地位的高度重视对汉末曹魏文学产生了深刻的影响。这种影响可以在文学理论和文学创作两个方面得到印证。

　　文学家，或说辞赋之士在两汉时期一直处于"俳优"的地位，这从西汉的司马相如、枚乘、扬雄等人的遭遇可见一斑。西汉扬雄《法言》载："或问扬雄曰：'吾子少而好赋？'雄曰：'然。童子雕虫篆刻，壮夫不为也。'"①扬雄后悔年少时学习司马相如创作了大量辞赋，晚年的扬雄开始转向经学，并模仿《论语》编著了《法言》一书，这是经学在政治地位上压倒辞赋的直接后果。鸿都门学的设立表明文艺的地位已经取代了经学的地位，起码在人才的选拔上是这样。蔡邕和扬雄的观点一致，他从政治的角度出发，认为"书画辞赋，才之小者，匡国理政，未有其能"②。扬雄、蔡邕提出"辞赋小道"时没有听到什么反对意见，但当曹植提出来的时候，反对者众多。曹植在《与杨德祖书》中提出"辞赋小道，固未足以揄扬大义，彰示来世也"③的观点。杨修《答临淄侯笺》中则对此进行了反驳，直接批评了扬雄"老不晓事，强著一书，悔其少作"，接着提出文章应"不忘经国之大美，流千载之英声，铭功景钟，书名竹帛"④的作用。曹丕在《典论·论文》中更直接地提出"盖文章经国之大业，不朽之盛事"⑤的观点。杨修、曹丕的观点是对长期以来视"辞赋为小道"的否定，是对鸿都门学以"尺牍辞赋"取士思想的继承。曹丕重新给立德、立功、立言之"三不朽"进行了排序，之前位于第三位的立言俨然已经跃居第一位了。

---

① ［汉］扬雄著，汪荣宝义疏：《法言义疏》，中华书局1987年版，第45页。
② ［南朝宋］范晔撰：《后汉书》卷60《蔡邕列传》，中华书局1965年版，第1996页。
③ ［晋］陈寿撰，［南朝宋］裴松之注：《三国志》，中华书局1959年版，第559页。
④ ［晋］陈寿撰，［南朝宋］裴松之注：《三国志》，中华书局1959年版，第560页。
⑤ 夏传才、唐绍忠校注：《曹丕集校注》，河北教育出版社2013年版，第238页。

从文学创作上而言,汉魏变革之际文学迎来了我国诗歌创作史上的第一个高潮。将文学地位上升到"经国之大业"的高度,这一高潮也是在文章之士可以出将入相的政策感召下产生的。用钟嵘的话来说就是:"降及建安,曹公父子笃好斯文;平原兄弟,郁为文栋;刘桢、王粲,为其羽翼。次有攀龙托凤,自致于属车者,盖将百计。彬彬之盛,大备于时矣。"①

## 二、鸿都门学影响着文学走向通俗

鸿都门学生至千人,所录之人如"松、览等皆出于微蔑、斗筲小人",其所献之书,后之论者称为"浅短之书",其内容多为"方俗闾里小事"。可见这千余人的出身不是以经学立身的世家大族,而多是来自民间下层或说寒族的知识分子。既然选录的标准不是经学了,那么"方俗闾里小事"的内容又是什么呢?蔡邕指斥鸿都门学生之文为"下则连偶俗语,有类俳优",阳球亦有"笔不点牍,辞不辩心,假手请字,妖伪百品"之论。可见,鸿都门学生的辞赋之作多是来自民间的,带有街巷故事内容的,语句多用俗语、对偶等形式,且体例短小的文学样式。一句话,鸿都门辞赋结束了两汉以庙堂经学为主的雅文学时代,开辟了以"闾里小事"为内容的俗文学时代。汉灵帝设置的鸿都门学,不但宣扬了纯粹的艺术观,而且在艺术形式上倡导和汲取了民间艺术形式及风格。在汉末政治的影响下,鸿都门学的创作带有明显的尚俗倾向。

鸿都门学生掀起的这股"尚俗"的风气对曹魏文学亦有巨大的影响。一方面,一些民间文学艺术的地位得到了提高和流行。《三国志》记载了曹植初见邯郸淳时的情况,曹植"因呼常从取水自澡讫,傅粉。遂科头拍袒,胡舞五椎锻,跳丸击剑,诵俳优小说数千言讫"②。邯郸淳为当世名士,曹植为贵公子,二者相见乃为雅事。可是胡舞"五椎锻"、跳丸、击

---

① [南朝梁]钟嵘著,曹旭集注:《诗品集注》,上海古籍出版社1994年版,第17页。
② [晋]陈寿撰,[南朝宋]裴松之注:《三国志》,中华书局1959年版,第559页。

剑、俳优小说,这些都是来自民间的艺术形式。可见,当时这些民间艺术已经在贵族上层流行开来。同时,曹植在《与杨德祖书》也表示:"夫街谈巷说,必有可采,击辕之歌,有应风雅,匹夫之思,未易轻弃也。"[1]至此,我们可以肯定地说,在汉末曹魏时代的大多作家基本上已经认识到民间文学艺术的重要性,并且有意识地去学习了。

另一方面,对民间文学的重视还体现在文学创作上。俗文学时代的来临,为汉末曹魏的文学兴盛解放了思想。无论是文人乐府诗内容和风格的变化,诗、辞赋的尚俗倾向,还是志人志怪小说的出现,无不是在这种思潮下发展起来的。曹魏文学相对两汉文学来说无论是形式还是内容都有一个质的变化。小说方面,产生了纯以取乐谈笑为主的邯郸淳的《笑林》,以杂记种种怪异故事的曹丕的《列异传》,还有描写汉末英雄故事的王粲的《英雄记》。反观一下两汉学者的著作——贾谊之《贾子》、扬雄之《法言》、桓谭之《桓子新论》、王充之《论衡》、仲长统之《昌言》,两相对比,我们可以清晰地感受到曹魏文人已经完全背离了两汉作品政治化、经学化、学术化的道路,而走上了一条通俗化、民间化、娱乐化的道路。关于辞赋,蔡邕这样评价鸿都赋作,"尚方工技之作,鸿都篇赋之文,可且消息,以示惟忧","憙陈方俗闾里小事"。从蔡邕的批评中我们可以看到鸿都门赋作中有不少是描写下层生活的俗体赋,如曹植的《鹞雀赋》《蝙蝠赋》为其遗风。曹丕的作品内容上多取材"闾里小事",其感叹劳人思妇之作与乐府"感于哀乐,缘事而发"的精神相一致,如《与清河见挽船士新婚与妻别一首》等作。不止曹丕、曹操,其他如陈琳等作家也如此。如陈琳《饮马长城窟行》之诗曰:"生男慎莫举,生女哺用脯。君独不见长城下,死人骸骨相撑拄",就是对民歌"生男慎勿举,生女哺用脯。不见长城下,尸骸相支柱"[2]的直接引用。再如曹操《短歌行》"越陌度阡,枉用相存"中的"越陌度阡"亦为俚语。

---

[1] [晋]陈寿撰,[南朝宋]裴松之注:《三国志》,中华书局1959年版,第559页。
[2] 吴云主编:《建安七子集校注》,天津古籍出版社2005年版,第128页。

两汉的乐府一直以民间乐府最为流行，直到汉末曹魏时代这种状况才得到改变。以曹操为代表的汉末曹魏作家努力沿着民间乐府向文人乐府的方向转变，最终确定了文人乐府与文人五言诗时代的来临，这种转变在中国诗史上具有划时代的意义。据统计，曹操、曹叡留下的诗篇全为乐府诗，曹丕、曹植诗歌中乐府诗也超过了一半。从这个角度而言，鸿都门学对汉末曹魏文学实有开创之功。

### 三、鸿都门学影响着文学走向华靡

范文澜《文心雕龙·时序》注："东汉辞质，建安文华，鸿都门下诸生其转易风气之关键。"①汉灵帝喜欢俳词，尤其是对鸿都学士的选拔当是导致社会上崇尚华靡文风的重要原因，以至于陈寅恪得出了"阉宦尚文辞"的论断。当"质木无文"的汉代诗文已经引起诗人审美疲劳的时候，提倡一下华靡的文风不失为一种新的方法。

尚华靡文风的形成是以儒家经学在东汉走向僵化为背景的。《后汉书·儒林传》载："本初元年，梁太后诏曰：'自是游学增盛，至三万余生。然章句渐疏，而多以浮华相尚，儒者之风盖衰矣。'"②儒者之风渐衰的表现是儒家经学琐碎的章句治学之法走向僵化，正因为解经的僵化，出现了太学中"博士倚席不讲"的局面。其直接的后果就是汉灵帝一改以前以明经为课试内容的选举，开始以"尺牍辞赋"为内容进行人才选拔。鸿都学士的辞赋又多是"连偶俗语"式的语言。这种"连偶俗语"式的对偶句式的大量出现，相对于"质木无文"的东汉诗文而言当然是华靡生动的。

尚华靡的文风出现，是时代风气和帝王提倡的双重结果。这种尚华靡的风气对汉末曹魏文学而言，是从思想到创作的解放。在理论上，曹丕提出"诗赋欲丽"的命题就是尚华靡思潮的直接产物。诗赋欲丽，这不

---

① ［南朝梁］刘勰著，范文澜注：《文心雕龙注》，人民文学出版社1962年版，第681页。
② ［南朝宋］范晔撰：《后汉书》卷88《儒林传》，中华书局1965年版，第2547页。

仅是对诗、赋二者文体形式美的要求,也是汉魏文学新变的具体表现。这种新变是较之于东汉尚质朴而言的。钟嵘在《诗品》中评论班固《咏史》"质木无文",评论曹植之诗"辞采华茂",这不仅是两人五言诗歌的区别,也是两个时代的区隔。曹丕"诗赋欲丽"观点的提出,用我们今天的眼光来看,是文学自觉意识的高度体现。在创作上,我们也能清晰地看到曹魏文学尚华靡的特点。以曹植《洛神赋》为例,文中对洛神的描摹如下:

> 其形也,翩若惊鸿,婉若游龙。荣曜秋菊,华茂春松。仿佛兮若轻云之蔽月,飘飖兮若流风之回雪。远而望之,皎若太阳升朝霞;迫而察之,灼若芙蕖出渌波。秾纤得衷,修短合度。肩若削成,腰如约素。延颈秀项,皓质呈露。芳泽无加,铅华弗御。云髻峨峨,修眉联娟。丹唇外朗,皓齿内鲜。明眸善睐,靥辅承权。瑰姿艳逸,仪静体闲。柔情绰态,媚于语言。奇服旷世,骨像应图。披罗衣之璀粲兮,珥瑶碧之华琚。戴金翠之首饰,缀明珠以耀躯。践远游之文履,曳雾绡之轻裾。微幽兰之芳蔼兮,步踟蹰于山隅。①

这段外貌描写可谓是倾尽华丽之词,把洛神形貌刻画得淋漓尽致,美奂绝伦。两汉的赋作,扬雄称"靡丽",班固则称"虚辞滥说"。汉之大赋,或为铺陈景物,堆砌学问,而曹植此赋有学问之堆砌而显轻盈,有丽句之连缀而显绝伦,故后世评论家称曹植为千古豪华诗人之祖。非赋独然,诗歌亦然,以曹植的《杂诗》为例:

> 转蓬离本根,飘摇随长风。何意回飙举!吹我入云中。
>
> 高高上无极,天路安可穷!类此游客子,捐躯远从戎。

---

① [清]严可均辑,马志伟审定:《全三国文》,商务印书馆1999年版,第126页。

毛褐不掩形，薇藿常不充。去去莫复道，沉忧令人老。①

从本诗的韵脚来看，"风""中""穷""戎""充"皆为"东"韵，可见曹植已经在有意地寻求诗歌韵律的和谐了。我们不能说曹植的时代已经有了成熟的声律理论，但使用押韵的方式来增强韵律的节奏感则应该是自觉的。曹魏文学尚华丽，是整个时代的风尚和创作追求，非独曹植如此，当时文人之作尽皆如此。

### 四、鸿都门学影响着作家"才艺兼该"

鸿都门学对曹魏文学的影响不仅体现在作家的创作和文学风气的转变，而且对文学家自身的修养。汉末曹魏时期的文学家，一个最大的特点就是"才艺兼该"，许多人把这看作曹魏文学兴盛的重要原因。究其根源，我们不能不追溯到鸿都门学的课试内容上来。当"尺牍辞赋及工书鸟篆"成为政府课试人才的内容时，无疑也将成为士人所追逐的才艺。加上汉灵帝爱好音乐，这也掀起了对音乐、书法等艺术形式的追求。当然对辞赋、书法、音乐等才艺的追求并不是始于鸿都门学，但曹魏时代如此众多的学者文人具有多才多艺的才能，鸿都门学无疑起着助推和催化的作用。

我们可以毫不夸张地说，曹魏时期几乎每个文人都是艺术家，他们对艺术的追求也体现在不同方面，如文学、书法、音乐、围棋等方面，他们几乎代表了那个时代的最高才艺水平。据胡旭先生统计，王粲、曹植具备五种才艺，孔融、曹操、曹丕具备四种主要艺术门类的才能。②《三国志》注引张华《博物志》载："汉世，安平崔瑗、瑗子寔、弘农张芝、芝弟昶并善草书，而太祖亚之。桓谭、蔡邕善音乐，冯翊山子道、王九真、郭凯

---

① 赵幼文校注：《曹植集校注》，人民文学出版社1984年版，第393页。
② 胡旭：《鸿都门学、曹氏家风与汉魏文艺的繁荣》，《厦门大学学报》2006年第4期，第67页。

等善围棋,太祖皆与埒能。"①从张华的记载中,我们看到曹操在书法、音乐、围棋等方面具有杰出的才能。正是他们自身有着"才兼众艺"的艺术修养,能够贯通各种艺术的奥秘,客观上有利于文学创造的繁荣。

　　以音乐为例,蔡邕、阮瑀、祢衡、王粲都可称得上是音乐家了,曹操、曹植、曹丕则是对音乐情有独钟。《后汉书》记载蔡邕"妙操音律"并撰有《琴操》。王粲为《俞儿舞歌》填新词,《俞儿舞歌》原是刘邦让人根据秦中舞曲制作的,年岁久远,歌词已读不大通,王粲听过巴渝人的演唱,配合着乐曲,写下了歌颂曹魏的新歌词。阮瑀琴技则求学于蔡邕,且"善解音,能鼓琴",其作《琴歌》就是即席而作的,他还作有《筝赋》。《三国志》载有祢衡被曹操罚做鼓吏,"衡击为《渔阳参挝》,容态不常,音节殊妙。坐上宾客听之,莫不慷慨"②。曹丕之母、曹操之妻卞氏"本倡家",自然精通音律。

　　曹魏文人的音乐才能对文学创作的影响,大致有以下两个方面。

　　一是由于曹魏文人秉具音乐素养,成功地把两汉乐府诗改造为文人乐府诗。两汉乐府来自民间,原本可以歌唱。曹操"好音乐,倡优在侧,常以日达夕"③,"登高必赋,及造新诗,被之管弦,皆成乐章"④。曹操的作品大多是能够歌唱的乐府诗篇。但事实不仅仅如此,曹操等人还对乐府诗进行了改造:或借用汉乐府旧题、旧曲而改变内容,如《薤露行》本为送葬王公贵人的挽歌,曹操却用来描写乱世;或有直接改变乐府诗题的,如曹植借曹操《薤露行》中"惟汉二十二世,所任诚不良"⑤句,改乐府旧

---

① [晋]陈寿撰,[南朝宋]裴松之注:《三国志》卷1《武帝纪》,中华书局1959年版,第54页。
② [晋]陈寿撰,[南朝宋]裴松之注:《三国志》卷10《荀彧传》,中华书局1959年版,第312页。
③ [晋]陈寿撰,[南朝宋]裴松之注:《三国志》卷1《武帝纪》,中华书局1959年版,第54页。
④ [晋]陈寿撰,[南朝宋]裴松之注:《三国志》卷1《武帝纪》,中华书局1959年版,第54页。
⑤ [三国]曹操:《曹操集》,中华书局1959年版,第3页。

题《薤露行》为《惟汉行》；或依乐府旧曲而改题材和内容的作品，如曹植《鼙舞歌五篇》序曰："依前曲，改作新歌五篇。"①这种对汉乐府诗歌进行的从歌诗到徒诗、从诗题到内容的大规模改造取得了显著成果。曹操、曹植等人对乐府诗歌的改造，使我国的诗歌发展进入一个文人诗的时代。

二是出现了大量以音乐为描写对象的文学作品，如：王粲的《俞儿舞歌》四首，曹植的《鼙舞歌》五篇、《箜篌引》，阮瑀的《琴歌》和《筝赋》，傅玄《琴赋》，等等。曹丕诗中多次谈到以美酒歌舞招待宾客的场景，如《于谯作诗》：

清夜延贵客，明烛发高光。丰膳漫星陈，旨酒盈玉觞。

弦歌奏新曲，游响拂丹梁。余音赴迅节，慷慨时激扬。

献酬纷交错，雅舞何锵锵。罗缨从风飞，长剑自低昂。

穆穆众君子，和合同乐康。②

又如阮瑀的《筝赋》：

惟夫筝之奇妙，极五音之幽微。苞群声以作主，冠众乐而为师。禀清和于律吕，笼丝木以成资。身长六尺，应律数也；弦有十二，四时度也；柱高三寸，三才具位也。故能清者感天，浊者合地，五声并用，动静简易。大兴小附，重发轻随。折而复扶，循覆逆开。浮沉抑扬，升降绮靡。殊声妙巧，不识其为。平调定均，不疾不徐。迟速合度，君子之衢也。慷慨磊落，卓砾盘纡，壮士之节也。曲高和寡，妙妓虽工，伯牙能琴，于兹为朦。蹴怿禽纯，庶配其踪。延年新声，岂比能同？陈惠、李文，曷能是逢？③

---

① 赵幼文校注：《曹植集校注》，人民文学出版社1984年版，第323页。
② 傅亚庶注译：《三曹诗文全集译注》，吉林文史出版社1997年版，第291页。
③ 吴云主编：《建安七子集校注·阮瑀集校注》，天津古籍出版社2005年版，第456页。

曹丕的诗作中俨然将音乐作为宴会的背景而描写，既有对音乐艺术的刻画，又有对以音乐所造成的欢悦气氛的衬托，描绘了一种宾主愉悦的场景。阮瑀之作，则纯然是对筝所产生的各种美感进行身心体验和妙笔刻画了。假如没有深厚的音乐艺术造诣，万万不会产生如此深刻而又丰富的体验和阐发。作家的才艺兼该不仅丰富了他们的人生，更对他们的文学创作产生了深刻的影响。

# 第四章 《古诗十九首》对曹魏文学的影响

《古诗十九首》在中国诗歌史上被称为"风余"或"诗母",是五言诗歌创作的典范和中国诗歌的主流创作形式,其根本原因在于它为文人五言诗的创作树立了母版和创作范式,成为后世文人创作与模仿的范本。受《古诗十九首》影响最直接的莫过于曹魏文学了,可以毫不夸张地说,曹魏的诗歌创作几乎都是在《古诗十九首》创作范式的影响下进行的。《古诗十九首》对曹魏三祖时期的诗歌创作影响是多层次的,主要包括以下几个方面。

## 一、从词汇和句式上为曹魏文学确立了新的形式美学

《古诗十九首》因其"文温以丽,意悲而远"而在东汉"词赋竞爽,而吟咏靡闻"的文坛中显得独树一帜,成为后世诗坛取法的对象。依据《先秦汉魏晋南北朝诗》来考察两汉与曹魏时期的五言诗创作,我们发现,曹魏文坛诸子的五言诗歌创作基本没有脱离《古诗十九首》等古诗的创作范式,尤其是在重点词汇的选择与经典句式的使用上有着诸多相似之处与模仿痕迹。

在词汇的选择上,大致包括这样几种情况。

一是对叠词的选择和使用。叠词的使用在《诗经》中已经涉及二百余首,到《古诗十九首》中则有十三首使用叠词,如"郁郁、盈盈、纤纤、皎皎、娥娥、磊磊、戚戚、浩浩、历历、冉冉、迢迢、悠悠、札札、脉脉、

茫茫、萧萧、杳杳、凛凛、区区"①。尤其以《青青河畔草》与《迢迢牵牛星》为代表，如《青青河畔草》曰："青青河畔草，郁郁园中柳。盈盈楼上女，皎皎当窗牖。娥娥红粉妆，纤纤出素手。"此诗"一连六句，皆用叠字，今人必以为句法重复之甚。古诗正不当以此论之也"②。我们翻看《全魏诗》，可发现在曹魏诸子也多有意或无意重视对叠词的运用，如曹操《短歌行》："青青子衿，悠悠我心"；王粲《从军行》其五："悠悠涉荒路，靡靡我心愁"；刘桢《赠五官中郎将》："霜气何皑皑""飞鸟何翩翩"。曹丕和曹植诗中叠词更是随处可见，如曹丕《见挽船士兄弟辞别》中"郁郁河边树，青青野田草"则直接模仿"青青河畔草，郁郁园中柳"，曹植"行行将复行，曲曲适西秦"则直接源于"行行重行行"。

二是对《古诗十九首》中常用词汇的选择和袭用，如"弃置（弃捐）""令人老""驱车""慷慨""人生"等词汇。其中"慷慨"一词在汉魏之际诸文士诗中共计使用八次，包括陈琳"收念还寝房，慷慨咏坟经"，曹丕《于谯作诗》"余音赴迅节，慷慨时激扬"，曹植《弃妇诗》"慷慨有余音"等六处。此八处用"慷慨"，但其意不一，陈琳用"慷慨"意在表达感慨叹息，为沿用古意。两汉作品中用"慷慨"多表达此意，如《史记·高祖本纪》"高祖乃起舞，慷慨伤怀，泣数行下"，石子才《费凤别碑诗》曰"绝翰永慷慨，泣下不可止"，《上留田行》"回车问啼儿，慷慨不可止"。曹丕、曹植则用"慷慨"表达音乐，此源于《西北有高楼》"一弹再三叹，慷慨有余哀"；类似的表达在《李陵录别诗》中也可以找到，如"丝竹厉清声，慷慨有余哀""悲意何慷慨，清歌正激扬"。

《古诗十九首》的一些典型句式也成为汉魏诸子模仿和学习的典范。比较有代表性的句式列举如下。

如"愿为×××"句式，该句式源于《西北有高楼》"愿为双鸿鹄，奋

---

① 叶官谋：《〈古诗十九首〉之意象群刍论》，《太原师范学院学报》2013年第2期，第67页。

② [宋]严羽著，郭绍虞校释：《沧浪诗话校释》，人民文学出版社1961年版，第200页。

翅起高飞"。《古诗·步出城东门》有"愿为双黄鹄,高飞还故乡",《李陵录别诗》二十一首之《黄鹄一远别》"愿为双黄鹄,送子俱远飞",徐幹《于清河见挽船士新婚与妻别诗》"愿为双黄鹄,比翼戏清池",曹丕《清河作诗》"愿为晨风鸟,双飞翔北林"。此外,曹植《吁嗟篇》"愿为中林草,秋随野火燔",其《送应氏诗二首·其二》"愿为比翼鸟,施翮起高翔",其《杂诗·西北有织妇》"愿为南流景,驰光见我君",其《七哀诗》"愿为西南风,长逝入君怀"。

再如"昔为×××,今为×××"句式,源于《青青河畔草》"昔为倡家女,今为荡子妇"。《李陵录别诗·骨肉缘枝叶》有"昔为鸳与鸯,今为参与辰",曹植《种葛篇》"昔为同池鱼,今为商与参"。在此等句式下新产生的句式"朝××××,夕××××"也大量出现,如曹丕《善哉行》"朝游高台观,夕宴华池阴",曹丕《黎阳作诗·其一》"朝发邺城,夕宿韩陵",曹植《赠白马王彪诗》"清晨发皇邑,日夕过首阳"。

"驱车×××"句式在乐府古辞《长歌行》中有"驱车出北门,遥观洛阳城";《古诗十九首》中出现两处:一是《青青陵上柏》"驱车策驽马,游戏宛与洛",二是《驱车上东门》"驱车上东门,遥望郭北墓"。曹魏诸子中,曹丕《于玄武陂作诗》有句"兄弟共行游,驱车出西城",曹丕还有《于明津作诗》云"驱车出北门,遥望河阳城";曹植《孟冬篇》云"驱车布肉鱼,鸣鼓举觞爵"以及其《驱车篇》云"驱车掸弩马,东到奉高城"。

从汉末古诗及《古诗十九首》的基本词汇与基本句式来看,汉魏变革之际诸子的作品多有相似的部分。"少量的相似语句,从孔融、王粲、阮瑀、徐幹、刘桢开始,各有数句而已。曹丕的诗作中,与十九首相似的语句渐多……有十余句……主要集中在《燕歌行》等几篇之中,曹植诗作中与十九首和苏李诗相似的语句最多,达到三十句……其中更有许多句子完全相同。"①从这种相似句式和高频词汇出现的情况来看,大致可以说明两点。一是以《古诗十九首》为代表的汉末古诗创造了一个全新的五言

---

① 木斋:《〈古诗十九首〉与建安诗歌研究》,人民出版社2010年版,第156页。

诗歌范式，成为毋庸置疑的"诗母"和取法对象。孔融、王粲、阮瑀等人作品中相似语句少大概是因为，他们生活的年代距离《古诗十九首》等作品创作的时间间隔短，其"诗母"的效果还没有发挥出来。任何作品的出现都有一个被接受的过程，曹植兄弟作品与《古诗十九首》中诸多相似的地方更进一步说明彼时《古诗十九首》已经成为经典之作和取法对象。二是从以上的总结我们也可以看出，同样的句式和高频词汇的选择和运用方面，曹丕、曹植较之于王粲、阮瑀等人更为频繁、灵活和成熟。详见下表。

**曹魏诸子诗歌与《古诗十九首》句式与词汇对照表**[①]

| 序号 | 诗人 | 曹魏诸子诗 | 作品 | 古诗 | 来源 |
|---|---|---|---|---|---|
| 1 | 曹操 | 举翅万余里 | 《却东西门行》 | 相去万余里 | 《行行重行行》 |
| 2 | 曹操 | 行行日已远 | 《苦寒行》 | 相去日已远 | 《行行重行行》 |
| 3 | 孔融 | 浮云翳白日 | 《临终诗》 | 浮云蔽白日 | 《行行重行行》 |
| 4 | 孔融 | 浸渍解胶漆 | 《临终诗》 | 以胶投漆中 | 《客从远方来》 |
| 5 | 徐幹 | 展转不能寐，长夜何绵绵 | 《室思》其四 | 长夜不能眠，伏枕独展转 | 秦嘉《赠妇诗》 |
| 6 | 王粲 | 独夜不能寐 | 《七哀》 | 忧愁不能寐 | 《明月何皎皎》 |
| 7 | 王粲 | 摄衣起抚琴 | 《七哀》 | 揽衣起徘徊 | 《明月何皎皎》 |
| 8 | 王粲 | 此愁当告谁 | 《从军行》 | 愁思当告谁 | 《明月何皎皎》 |
| 9 | 徐幹 | 愿为双黄鹄 | 《为挽船士与新娶妻别》 | 愿为双黄鹄 | 苏武《别诗·步出城东门》 |
| 10 | 徐幹 | 各在天一方 | 《室思》 | 各在天一涯 | 《行行重行行》 |
| 11 | 徐幹 | 与君结新婚 | 《于清河见挽船士新婚与妻别诗》 | 与君为新婚 | 《冉冉孤生竹》 |
| 12 | 徐幹 | 君去日已远 | 《室思》 | 相去日已远 | 《行行重行行》 |
| 13 | 阮瑀 | 堂上生旅葵 | 《失题诗》 | 井上生旅葵 | 《十五从军征》 |

---

[①] 李景华：《建安文学述评》，首都师范大学出版社1994年版，第80页。附有《建安文人同题篇目表》。另见，木斋《〈古诗十九首〉与建安诗歌研究》之第十章《从词汇语句角度考量十九首与建安诗歌的关系》。

续表

| 序号 | 诗人 | 曹魏诸子诗 | 作品 | 古诗 | 来源 |
|---|---|---|---|---|---|
| 14 | 阮瑀 | 出圹望故乡，但见蒿与莱 | 《七哀诗》 | 出郭门直视，但见丘与坟 | 《去者日以疏》 |
| 15 | 阮瑀 | 漂若河中尘 | 《怨诗》 | 奄若风飙尘 | 《今日良宴会》 |
| 16 | 曹丕 | 白露沾我裳 | 《杂诗》 | 白露沾野草 | 《明月何皎皎》 |
| 17 | 曹丕 | 郁郁河边树，青青野田草 | 《见挽船士兄弟辞别》 | 青青河畔草，郁郁园中柳 | 《青青河畔草》 |
| 18 | 曹丕 | 辗转不能寐 | 《杂诗》 | 忧愁不能寐 | 《明月何皎皎》 |
| 19 | 曹丕 | 行行到黎阳 | 《黎阳作》 | 行行重行行 | 《行行重行行》 |
| 20 | 曹丕 | 行行至吴会 | 《杂诗二首》其二 | 行行重行行 | 《行行重行行》 |
| 21 | 曹丕 | 行行游且猎 | 《游猎诗》 | 行行重行行 | 《行行重行行》 |
| 22 | 曹丕 | 弃置勿复陈 | 《杂诗二首》其二 | 弃捐勿复道 | 《行行重行行》 |
| 23 | 曹丕 | 与君媾新欢 | 《猛虎行》 | 与君为新婚 | 《冉冉孤生竹》 |
| 24 | 曹丕 | 明月皎皎照我床 | 《燕歌行》 | 明月何皎皎，照我罗床帏 | 《明月何皎皎》 |
| 25 | 曹丕 | 不觉泪下沾衣裳 | 《燕歌行》 | 引领还入房，泪下沾裳衣 | 《明月何皎皎》 |
| 26 | 曹丕 | 西北有浮云 | 《杂诗二首》其二 | 西北有高楼，上与浮云齐 | 《西北有高楼》 |
| 27 | 甄后 | 夜夜不能寐 | 《塘上行》 | 忧愁不能寐 | 《明月何皎皎》 |
| 28 | 曹植 | 明月照高楼 | 《七哀》 | 明月照高楼 | 李陵《别诗》 |
| 29 | 曹植 | 沉忧令人老 | 《杂诗》 | 思君令人老 | 《行行重行行》 |
| 30 | 曹植 | 去去莫复道 | 《杂诗》 | 弃捐勿复道 | 《行行重行行》 |
| 31 | 曹植 | 裁缝纨与素 | 《浮萍篇》 | 被服纨与素 | 《驱车上东门》 |
| 32 | 曹植 | 人生不满百 | 《游仙》 | 生年不满百 | 《生年不满百》 |
| 33 | 曹植 | 自顾非金石 | 《赠白马王彪》 | 人生非金石 | 《回车驾言迈》 |
| 34 | 曹植 | 人生处一世 | 《赠白马王彪》 | 人生寄一世 | 《今日良宴会》 |
| 35 | 曹植 | 人生如寄居 | 《仙人篇》 | 人生忽如寄 | 《驱车上东门》 |
| 36 | 曹植 | 弃置莫复陈 | 《赠白马王彪》 | 弃捐勿复道 | 《行行重行行》 |
| 37 | 曹植 | 行行将复行 | 《门有万里客》 | 行行重行行 | 《行行重行行》 |
| 38 | 曹植 | 行行将日暮 | 《圣皇篇》 | 行行重行行 | 《行行重行行》 |
| 39 | 曹植 | 行行日已远 | 《苦寒行》 | 行行重行行 | 《行行重行行》 |
| 40 | 曹植 | 置酒高殿上 | 《野田黄雀行》 | 置酒高堂上 | 阮瑀《公宴诗》 |

## 二、从意象选择上影响着曹魏诗歌的创作

袁行霈在《中国诗歌艺术研究》一书中提出,意象就是"融入了主观情意的客观物象,或者是借助客观物象表现出来的主观情意"①。胡应麟以为,"古诗之妙,专求意象"②,《古诗十九首》被称为"结体散文,直而不野,婉转附物,怊怅切情,实五言之冠冕也"③,与其对意象的使用和丰富有着直接的关系。《古诗十九首》在意象的使用及意象群落的构建上达到了当时的最高水平,对曹魏诸子的创作产生了积极的影响。

《古诗十九首》所使用的意象近百个,据叶官谋先生统计其意象的使用频率依次如下④:"长"十三次,"远""素""路""白"等各九次,"风"八次,"衣"七次,"返"七次,"别离""思(念、想)""视(观)"等各六次,"歌(曲)""草"六次。这诸多的高频意象对曹魏诸子的诗歌创作无疑提供了最好的资源,"建安诗人在意象构成上借用或化用《古诗十九首》句意者颇多"⑤。其中具有媒介性质的意象,如"河""水""梁""津"等尤其具有代表性。

"河""水""梁""津"等媒介性质的空间意象都与水有关,而"水"或"河"往往是阻隔和障碍设置的代名词,"梁"与"津"则成为沟通、连接"水"与"河"等障碍的有效桥梁和途径,所以四者分两组代表了阻隔与沟通这对矛盾的统一。"水"作为阻隔与障碍的意象出现在《诗经》中,常用来暗示男女双方感情沟通的不畅,如《诗经·蒹葭》曰:"所谓伊人,在水一方。"《古诗十九首》沿用了"水"的这一意象,如《迢迢牵牛星》"河汉清且浅,相去复几许。盈盈一水间,脉脉不得语"。《古诗·步出城东门》云:"我欲渡河水,河水深无梁。"诸如此类,汉末魏初诗人每

---

① 袁行霈:《中国诗歌艺术研究》,北京大学出版社1987年版,第53页。
② [明]胡应麟撰:《诗薮》,上海古籍出版社1979年版,第1页。
③ [南朝梁]刘勰著,范文澜注:《文心雕龙注》,人民文学出版社1962年版,第66页。
④ 叶官谋:《〈古诗十九首〉之意象群刍论》,《太原师范学院学报》2013年第2期,第66—89页。
⑤ 赵昌平:《建安诗歌与〈古诗十九首〉》,《江淮论坛》1984年第3期,第77—85页。

每沿用《古诗十九首》所传承的"河""水""梁""津"意象,如秦嘉《赠妇诗》"河广无舟梁,道近隔丘陆";曹操《苦寒行》"思欲一东归,水深桥梁绝";曹丕《广陵于马上作诗》"谁云江水广,一苇可以航",以及其《燕歌行》"尔独何辜限河梁",《杂诗二首》其一"愿飞安得翼,欲济河无梁";曹植《当墙欲高行》"君门以九重,道远河无津"。

如果从完整的诗歌来看,在意象上对《古诗十九首》进行化用或借用的也不在少数。胡应麟认为,"子建《杂诗》,全法《十九首》意象,规模酷肖,而奇警绝到弗如"①,尤以《杂诗·西北有织妇》对《西北有高楼》的师法更为明显,曹丕的《于清河见挽船士新婚与妻别》及《杂诗·漫漫愁夜长》则对《明月何皎皎》有明显的模仿痕迹,曹叡在诗歌创作中也多模仿和学习。现以《古诗十九首·明月何皎皎》与曹叡《昭昭素明月》为例来进行一下比较说明。

明月何皎皎!照我罗床帏。忧愁不能寐,揽衣起徘徊。

客行虽云乐,不如早旋归。出户独彷徨,愁思当告谁?

引领还入房,泪下沾裳衣。②

《古诗十九首·明月何皎皎》

昭昭素明月,辉光烛我床。忧人不能寐,耿耿夜何长。

微风冲闺闼,罗帏自飘飏。揽衣曳长带,屣履下高堂。

东西安所之,徘徊以彷徨。春鸟向南飞,翩翩独翱翔。

悲声命俦匹,哀鸣伤我肠。感物怀所思,泣涕忽沾裳。

---

① [明]胡应麟撰:《诗薮》,上海古籍出版社1979年版,第30页。
② 马茂元:《古诗十九首初探》,陕西人民出版社1981年版,第101页。

伫立吐高吟，舒愤诉穹苍。①

曹叡《昭昭素明月》

两首诗歌均以第一人称的手法叙述月夜难眠，愁思满怀而起身彷徨之情状，抒发月夜思人之情感。在意象的选择上，都择取了"明月""长夜""床帏""揽衣"等意象，从而构成一个特定的抒情环境。如果说这些意象在《诗经》中还处于兴的表达，即"先言他物以引起所咏之词"，那么到《古诗十九首》中这些意象则完全地与诗的意境融合起来。"《十九首》及诸杂诗，随语成韵，随韵成趣，辞藻气骨，略无可寻，而意象玲珑，意致深婉，真可以泣鬼神，动天地。"②《明月何皎皎》与《昭昭素明月》两诗在意象构建下的意境创造上也有一脉相承之感，从"忧愁不能寐"到"忧人不能寐"，从"揽衣起徘徊""出户独彷徨"到"揽衣曳长带，屣履下高堂。东西安所之，徘徊以彷徨"，从"愁思当告谁"到"伫立吐高吟，舒愤诉穹苍"，从"泪下沾裳衣"到"泣涕勿沾裳"。从以上四方面的对比来看，曹叡《昭昭素明月》几乎是《明月何皎皎》的翻版。二者在情感的表达上也有着惊人的相似之处，尤其是前四句简直如出一辙。清代吴淇评云："此篇从《明月何皎皎》翻出，俱是寐而复起，俱以'明月'作引，俱有'徘徊'、'彷徨'字，但彼于户内写'徘徊'，于户外写'彷徨'，态在'出户'、'入房'上。此则'徘徊'、'彷徨'俱在户外。明月烛床，已寝矣，忧人不寐，复起而离床也，离床而闺闼，回望床之罗帏也；揽衣已至堂矣，屣履已下阶矣，东西安之，已立于庭矣。'徘徊'、'彷徨'，乃立庭时之态也。'东西安所之'，莫我知也夫！'舒愤诉穹苍'，知我者其天乎！"这种模拟风气直接影响其后的阮籍《咏怀》八十一首，甚至掀起了太康文学的模拟之风。

---

① 逯钦立辑校：《先秦汉魏晋南北朝诗》，中华书局1983年版，第418页。
② [明]胡应麟撰：《诗薮·外编》，上海古籍出版社1979年版，第25页。

### 三、为曹魏诗歌走向文人五言诗奠定了基础

文人五言诗是相对于乐府五言诗的一个概念。两汉诗坛最大的亮点就是乐府诗歌的创作，自"孝武立乐府而采歌谣"①之后，乐府诗篇多由乐府机构直接采自民间，具有"感于哀乐，缘事而发"的色彩。如《枯鱼过河泣》《战城南》《十五从军征》《孤儿行》《陌上桑》等作品，"从内容上看，这些作品多描写爱情婚姻、战争徭役、孤儿病妇和感时伤世"②。从形式上来看，则三言、四言、五言、杂言均有，句数不等。文人五言诗在西汉基本没有，能够确认的最早的五言诗当为东汉班固的《咏史》，其后虽有张衡、辛延年等人的创作但成就不高，基本停留在"质木无文"的层次。鸿都门学生创作出以《古诗十九首》为代表的五言诗后才真正使得文人五言诗在艺术上达到成熟，这种成熟是指这十九首五言诗逐渐在汉乐府基础上而增加了诸多文人色彩。《古诗十九首》为曹魏五言诗的创作奠定了基础，在这点上文人五言诗对曹魏文学的影响大致如下。

第一，《古诗十九首》从民间乐府关注外部现实世界的"哀乐"内化为关注自身个体情感的抒发，这是对曹魏文人五言诗最大的影响。诗人自我情感的抒发主要是指他们开始通过诗歌来描写自己的内心世界，即从"诗言志"转向了"诗缘情"，突出表现在诗人通过诗歌来表达自我生命意识的觉醒及对功名思想的追求。

个体生命意识的觉醒在《古诗十九首》中已经有很明确的表达，如《生年不满百》"生年不满百，常怀千岁忧。昼短苦夜长，何不秉烛游"，《青青陵上柏》"人生天地间，忽如远行客"，《今日良宴会》"人生寄一世，奄忽若飙尘"，《回车驾言迈》"人生非金石，岂能长寿考"，《驱车上东门》"人生忽如寄，寿无金石固"。这种觉醒还停留在对人生苦短的哀叹，以及"不如饮美酒，被服纨与素"的消极情绪中。曹魏诸子在这方面

---

① ［汉］班固撰：《汉书》卷30《艺文志》，中华书局1962年版，第1756页。
② 李春详主编：《乐府诗鉴赏辞典》，中州古籍出版社1990年版，第3页。

基本上是接受了这种对"人生苦短"的认识,自此"人生×××"已然成为曹魏诗歌中的常见句式。孔融《杂诗》其一"人生有何常,但患年岁暮",《杂诗》其二"人生自有命,但恨生日希";王粲的《咏史诗》批判"秦穆杀三良"就源于对生命的尊重;徐幹《室思》其二"人生一世间,忽若暮春草。时不可再得,何为自愁恼";曹植《浮萍篇》"日月不恒处,人生忽若寓",《仙人篇》"人生如寄居",《赠白马王彪》"人生处一世,去若朝露晞"。

生命意识的觉醒逐渐和政治理想的追求结合起来。《今日良宴会》中"何不策高足,先据要路津"等思想正是汉末诗人对政治理想的抒发,并且他们对功名利禄有了清醒的认识,如《回车驾言迈》"奄忽随物化,荣名以为宝"。在这点上,功名意识更成为曹魏诗人群体的共同追求,他们希望通过建功立业来寻求生命的延续与升华。如王粲《从军诗》"服身事干戈,岂得念所私",陈琳《游览诗》二首其二"建功不及时,钟鼎何所铭",刘桢《赠从弟》其三"何时当来仪,将须圣明君",曹丕《广陵于马上作诗》"不战屈敌虏,戢兵称贤良",曹植《白马篇》"捐躯赴国难,视死忽如归"以及《赠徐幹》中的"惊风飘白日,忽然归西山。圆景光未满,众星灿以繁。志士营世业,小人亦不闲"。

第二,《古诗十九首》从语言上来看具有浓郁的文人气息,其诗对《诗经》的引用和大量用典影响着汉魏诗歌的创作。乐府古诗侧重现实生活的摹写与重现,而《古诗十九首》则彰显了文人的学问气息,如对《诗经》、"楚辞"等经典作品的学习。鸿都门学生的自身学养,在《古诗十九首》中不可避免地显现出来,其中有明显地化用《诗经》的痕迹,而这在乐府诗篇中则很少出现。其中如"道路阻且长"化用《诗经·蒹葭》"溯洄从之,道阻且长"[1];"泣涕零如雨",则直接引用《诗经·燕燕》中之"泣涕如雨"[2];"纤纤出素手"化用《诗经·葛屦》中之"掺掺女手,

---

[1] 褚斌杰注:《诗经全注》,人民文学出版社1999年版,第136页。
[2] 褚斌杰注:《诗经全注》,人民文学出版社1999年版,第28页。

可以缝裳"①。其他如对《诗经》篇目或者词语的引用也很常见，如《东城高且长》中"晨风怀苦心，蟋蟀伤局促"，《晨风》《蟋蟀》皆为《诗经》中之篇目。《古诗十九首》对《诗经》的引用大多集中在《蜉蝣》《晨风》《月出》《竹竿》《山有枢》《燕燕》等篇。"《古诗十九首》创造性的引诗方式为后代诗人做了垂范和启迪，影响深远。"②

汉魏诸子继承了《古诗十九首》这种引诗的方式。《榆溪诗话》提出："前汉诗不使事，至后汉郦炎《见志诗》，始有'陈平敖里社，韩信钓河曲'及'抱玉乘龙骥，不逢乐与和；安得孔仲尼，为世陈四科'之句。孔北海'吕望、管仲'两言耳，曹氏父子益张之。"③以曹植为例，其"引用《诗经》的100处之中，出自国风28处，小雅39处，大雅17处，颂7处"④。其他诸子在引诗时也大致呈现三种方式：其一，直接引用《诗经》句子，如徐幹《室思》其六"人靡不有初，想君能终之"⑤句出自《诗经·荡》"靡不有初，鲜克有终"⑥，曹植《赠白马王彪》中的"我马玄以黄"出自《诗经·卷耳》的"陟彼高冈，我马玄黄"⑦；其二，引用《诗经》词语，如阮瑀《杂诗》"鸡鸣当何时，朝晨尚未央"，引用《诗经·女曰鸡鸣》"女曰鸡鸣，士曰昧旦"；其三，引用《诗经》篇目的方式进行创作，如王粲《从军行》其二"哀彼东山人，喟然感鹳鸣"，曹丕《广陵于马上作诗》"岂如东山诗，悠悠多忧伤"，曹操《苦寒行》"悲彼东山诗，悠悠使我哀"，以上所引"东山"处皆源自《诗经·东山》。其他被引用的《诗经》意象有十几篇之多，集中在《鹿鸣》《黍离》《小弁》《式微》《黄鸟》《三良》《无衣》

---

① 褚斌杰注：《诗经全注》，人民文学出版社1999年版，第112页。
② 黄震云、韩宏韬：《〈古诗十九首〉引〈诗经〉考论》，《临沂师范学院学报》2006年第2期，第56页。
③ 郁贤皓、张采民：《建安七子诗笺注》，巴蜀书社1990年版，第9页。
④ 张振龙、张晓庆：《从用典看曹植对〈诗经〉的接受及其文艺思想》，《求索》2008年第5期，第181页。
⑤ 吴云主编：《建安七子集校注》，天津古籍出版社2005年版，第404页。
⑥ 褚斌杰注：《诗经全注》，人民文学出版社1999年版，第355页。
⑦ 褚斌杰注：《诗经全注》，人民文学出版社1999年版，第5页。

《螽斯》《蓼莪》等。

汉魏诸子在引用《诗经》的同时也开始引用《古诗十九首》。这说明他们扩展了引诗的范围，同时也体现了《古诗十九首》对曹魏诗歌创作产生了"诗母"式的示范效果。曹操《苦寒行》"行行日已远"引自《行行重行行》"相去日已远"；孔融《临终诗》"浮云翳白日"引自《行行重行行》"浮云蔽白日"，《临终诗》"浸渍解胶漆"引自《客从远方来》"以胶投漆中"；王粲《七哀》"独夜不能寐"引自《明月何皎皎》"忧愁不能寐"；徐幹《室思》"各在天一方"引自《行行重行行》"各在天一涯"；阮瑀《七哀诗》"出圹望故乡，但见蒿与莱"引自《去者日以疏》"出郭门直视，但见丘与坟"；曹丕《杂诗》"白露沾我裳"引自《明月何皎皎》"白露沾野草"，其《见挽船士兄弟辞别》"郁郁河边树，青青野田草"引自《青青河畔草》"青青河畔草，郁郁园中柳"；曹植《浮萍篇》"裁缝纨与素"引自《驱车上东门》"被服纨与素"。诸如此类例句，不一一列举。

引用典故也是文人诗歌的重要特征，这是由文人自身的文化知识背景所决定的。文人的作品区别于民间文学的一个重要特征就是对典故的大量使用。现存最早的五言诗是班固《咏史》，虽未使用典故，但其诗却是对历史故事的叙述与评论。《古诗十九首》中常用的典故主要有牵牛织女的故事，这一故事原型在《诗经·大东》中已经有了雏形。杞梁妻的典故源自刘向《列女传》，王子乔的典故源自刘向《列仙传》。牛郎织女典故的征引核心在于说明"盈盈一水间，脉脉不得语"的离别主题，随后汉魏时期的作家大多沿袭了该典故的这一倾向性解读。自曹丕《燕歌行》"牵牛织女遥相望，尔独何辜限河梁"之后，"文人学士，吟咏闺中思妇，也要以牵牛织女为喻"①。典故的广泛使用也是汉魏变革之际五言诗歌的一个重要特征，如孔融《临终诗》、王粲《咏史》、阮瑀《隐士》都是使用典故的典范，至于曹丕、曹植作品中典故更是随处可见。据统计，阮瑀诗歌

---

① 洪淑玲：《牛郎织女神话形成的脉络》，选自钟敬文等著《名家谈牛郎织女》，文化艺术出版社2006年版，第42页。

用典三十余次；曹植作品"引经据典有五百多处，引用书籍覆盖面极广，达五十种"①；曹丕《折杨柳行》"彭祖称七百，悠悠安可原？老聃适西戎，于今竟不还。王乔假虚辞，赤松垂空言"②更是集中以典故达意。

  第三，对音乐、游宴和闺阁妇人的重视和刻画成为文人五言诗篇的重要内容。音乐本为"六艺"之一，是古代儒者修身的重要技艺之一。两汉之际，文人赋作中已经出现了音乐因素，如枚乘《笙赋》、刘玄《簧赋》、马融《长笛赋》《琴赋》、侯瑾《筝赋》，但在五言诗歌中则很少涉及音乐，《古诗十九首》中有四处涉及对音乐的描写，这或许是在五言诗中大量介入音乐的开始。如《今日良宴会》"弹筝奋逸响，新声妙入神。令德唱高言，识曲听其真"；《西北有高楼》"上有弦歌声；音响一何悲。谁能为此曲，无乃杞梁妻。清商随风发，中曲正徘徊"；《东城高且长》"当户理清曲，音响一何悲"。诗歌中大量而集中地插入关于音乐的描写，始于《古诗十九首》并不新奇，因为其作者鸿都门学生就是以多才之艺取悦于汉灵帝的。汉灵帝时期的音乐教育也达到了历史上的一个新高，这点我们可以从当时文人的音乐艺术修养中看出，蔡邕即是当时最为著名的音乐家。受蔡邕影响，或者准确地说是受鸿都门学的影响下成长起来的曹操、阮瑀、祢衡、王粲、曹丕、曹植等人无不精通音乐，故其诗篇当中也不乏赏乐听曲的影子。曹操《短歌行》"我有嘉宾，鼓瑟吹笙"，曹丕《善哉行》"有客从南来，为我弹清琴"，《于谯作诗》"弦歌奏新曲，游响拂丹梁"，曹植《野田黄雀行》"秦筝何慷慨，齐瑟和且柔"，《弃妇诗》"抚节弹鸣筝，慷慨有余音"。大量音乐因素介入诗歌是文人创作诗歌的自然结果，这亦是受当时鸿都门学之风影响的必然结果。

  诗歌中介入音乐而延伸至游宴之作亦是诗歌由民间走向文人的标志之一。《古诗十九首》之前的乐府诗歌中给我们的直观感受多是对客观世界

---

① 张振龙、张晓庆：《从用典看曹植对〈诗经〉的接受及其文艺思想》，《求索》，2008年5月，第180页。
② 夏传才、唐绍忠校注：《曹丕集校注》，河北教育出版社2013年版，第41页。

的描摹,尤其是对民生疾苦的直接描述和刻画,我们很难找到宴会、游戏等明显带有文人雅集的影子。《古诗十九首》中《今日良宴会》则是游宴、赏乐、抒怀三者结合的先驱之作,这里的游宴恐怕是局限于鸿都门学生之间的宴会。曹魏时期的邺下在曹丕的组织下,大量的游宴成为文人的重要活动,从而也产生了大量的游宴之作,其内容以"怜风月,狎池苑,述恩荣,叙酣晏"①为中心。吴质曾不无感怀地说:"昔侍左右,厕坐众贤,出有微行之游,入有管弦之欢,置酒乐饮,赋诗称寿,自谓可终始相保,并骋材力,效节明主。"②至如王粲、刘桢、曹植等则均有《公宴诗》。

"代言体出现得相对较晚,是文人诗发展到一定阶段的产物。"③《古诗十九首》中出现了大量以女性为主体的诗篇,马茂元先生指出:"《十九首》的语言,篇篇都表现出文人诗的特点,其中思妇词不可能是本人所作,也还是出于游子的虚拟。在穷愁潦倒的客愁中,通过自身感受,设想到家室的离思,因而把同一性质的苦闷,从两种不同角度表现出来,这是很自然的事。"④《古诗十九首》中有八首代言体的作品,占全部诗作的42%,而《诗经》中关于女性的诗篇则仅有十二首,所占比例还不到4%。就女性的身份而言,《古诗十九首》中的女主人公不再如《诗经·苤苢》和《诗经·君子于役》等诗篇中多数女性一般,带有明显的农业文明的特征。她们的身份已经脱离了农业生产,甚至已经成为深闺中的妇人,如《青青河畔草》与《西北有高楼》中的女性俨然是闺阁贵妇了。深锁闺阁的贵妇们所特有的"空床难独守"和"但伤知音稀"也同样是在外宦游者的悲痛。可以说,正是"长别离"和"长苦辛"才使得作为男性的诗人开始用女性的视角来关注爱人,用自己的笔墨来书写女性的悲哀与痛苦。就这点而言,以《古诗十九首》为代表的文人五言诗影响着曹魏诸子的思考方向和创作主题,所以我们在曹魏诸子的作品中经常可以看到

---

① [南朝梁]刘勰著,范文澜注:《文心雕龙注》,人民文学出版社1962年版,第66页。
② [清]严可均辑:《全三国文》,商务印书馆1999年版,第308页。
③ 林大志:《建安代言体诗赋论略》,《西北师大学报》2013年第3期,第39—43页。
④ 马茂元:《古诗十九首初探》,陕西人民出版社1981年版,第18页。

对深闺女性的描写与刻画,其代表性作品有曹丕的《代刘勋妻王氏杂诗》《燕歌行》、曹植的《七哀诗》等。据统计,"现存建安时期的代言诗尚有约20首,此外,还有约10篇代言体辞赋"[①]。

总之,以《古诗十九首》为代表的古诗对汉魏文学,尤其是对诗歌的发展创造了新的范式,成为名副其实的五言"诗母",打开了曹魏诗歌创作的新天地,启迪着曹魏诗歌迈入了五言诗歌的殿堂,并且使得五言诗"成为中国诗歌的主流形式"[②]。这不得不说是《古诗十九首》对中国诗史的贡献,这同样也是汉魏诸子对《古诗十九首》学习和继承的结果与贡献。

---

[①] 林大志:《建安代言体诗赋论略》,《西北师大学报》2013年第3期,第39—43页。
[②] 曹旭撰:《〈古诗十九首〉与乐府诗选评》,上海古籍出版社2002年版,第4页。

# 第五章 《古诗十九首》的意象及写作手法

## 一、《古诗十九首》中意象的分类与内涵

意象,是中国古典诗歌的审美范畴之一。我国古代诗歌向来重视意象的塑造和使用,《诗经》和《楚辞》中的意象使用还处于发轫期,而汉末《古诗十九首》则是意象的成熟运用期。据黄文熙先生统计,《古诗十九首》中使用的意象大约有七十个[①],大致可以分为几大类:动物意象(蟋蟀、秋蝉、胡马、越鸟、双鸿鹄、鸳鸯等),植物意象(河畔草、园中柳、芙蓉、竹、兰花、白杨等),时间意象(明月、寒夜、朝露等)空间意象(路、道、河等)。在这众多的意象中,有体现游子思乡的,如"胡马"和"越鸟";有体现渴望团圆的,如"鸳鸯"和"鸿鹄";有用于自嘲的,如"驽马"和"晨风";有悲秋伤怀的,如"松柏"等。在这些意象中,最为引人注意的则是男性诗人笔下一些意象增加了女性化特征,从而给予这些意象以新的内涵,如"明月""鸿鹄""鸳鸯""窗""床""歌曲"等。

明月作为我国文学传统中重要的意象,被许多文人写入诗词。《诗经》中《月出》篇就是借助于明月的意象而为青年男女的约会和倾诉思慕进行了很好的环境营造,其中"月出皎兮,佼人僚兮"之句更是给我们留下了深刻的印象。《古诗十九首》中明月作为意象的表现力才得以加强,其内涵才得以丰富和发展。其中,具有明月意象的诗篇计有三首,分别为

---

[①] 黄文熙:《论〈古诗十九首〉对〈诗〉〈骚〉意象的因革》,《安徽文学》2011年第6期,第136—138页。

《明月皎夜光》《孟冬寒气至》《明月何皎皎》。这三首诗无一例外都把"明月"作为主要意象,并且在诗歌的创作中根据个体的生活体验和情绪给予"明月"以不同的内涵。

"明月"的意象在诗歌中首先是起到点明时间的作用,这也是《诗经》中明月意象的作用。《古诗十九首》的作者对季节的变化特别敏感,而明月的意象也逐渐由表明时间延伸到衬托气氛到抒发女性的相思上面。这在创作中,第一次把"明月""床帏""愁思""泪"等富有女性特质的意象结合在一起,从而成为女性文学成熟的标志,即便这种女性文学为拟女性化的创作。《孟冬寒气至》中"明月"意象引发的是游子思念闺妇之情,《明月何皎皎》中"明月"意象引发的则是思妇怀念游子之情。朱筠评论《明月皎夜光》时道:"大凡时序之凄清,莫过于秋;秋景之凄清,莫过于夜;故先从秋夜说起。"①《明月何皎皎》诗曰:"明月何皎皎!照我罗床帏。忧愁不能寐,揽衣起徘徊。客行虽云乐,不如早旋归。出户独彷徨,愁思当告谁?引领还入房,泪下沾裳衣。"②此诗是游子诗,明月意象在诗中的作用主要就是引起诗中的"忧愁不能寐"与结尾的"愁思当告谁"。这也就是说"明月"引起了女主人公的孤寂与愁思,月明之夜催生了身处异乡的宦游之人对家乡的思念之情,同时也进一步地引起了他的寂寞和孤独。《孟冬寒气至》则以"三五明月满,四五蟾兔缺"入手,引发女主人公对游子的"长相思",本诗同时也通过对女主人公"置书怀袖中,三岁字不灭"等细节的刻画,来体现女主人公"一心抱区区,惧君不识察"③的情怀,可以说这种小儿女心态的体现是需要有生活积累的,是生活细节的真实。我们从这些男性诗人对女性生活细节的细腻刻画中不仅能够感受到他们对女性身份的感知,同时也感知到他们对女性心理的真实把握。可以说,《孟冬寒气至》这首诗歌在整个十九首中是拟女性

---

① 隋树森编著:《古诗十九首集释》,中华书局1957年版,第54页。
② 马茂元:《古诗十九首初探》,陕西人民出版社1981年版,第101页。
③ 马茂元:《古诗十九首初探》,陕西人民出版社1981年版,第138页。

化创作最为成功的一篇。王国维在《人间词话》中说:"昔人论诗词有景语、情语之别。不知一切景语皆情语也。"①这些诗篇关于明月等自然环境的描写不可避免地带上了浓郁的情感成分。至于其后谢庄的"美人迈兮音尘阙,隔千里兮共明月"②(《月赋》),张九龄的"海上生明月,天涯共此时"③(《望月怀远》),李白的"举头望明月,低头思故乡"④(《静夜思》)等佳作,就其源头来看,无不源于此。但有一点需要说明的是,后人诗歌作品中的明月意象在表达异性相思的单一内涵方面进行了突破,开始表达无所不在的思念了,这一思念不再局限于异性之间,而是升华为人类的一种普遍情感。总之,《古诗十九首》中将月亮的圆缺来与夫妻间的团圆别离相联系,把相思情感与明月意象紧紧地联系起来。这种用"明月"以起兴相思的手法,同时也把"明月"用拟女性化的手法表现出来,在明月的意象中增添了女性怀远的意境,使明月这一意象呈现出其独特的文化内涵。

"鸟"的意象在先秦文学中可以找到渊源,其内涵十分丰富。"凤凰"在黄帝时曾经是图腾,"精卫鸟"在《山海经》中是征服自然的象征,"大鹏"在《逍遥游》中则是自由逍遥的代名词。至于对鸟的意象的广泛使用,在《诗经》中已经有了明显的体现。据晋陆玑《毛诗草木鸟兽虫鱼疏》统计,《诗经》中出现了三十九种鸟。当然,《诗经》中"鸟"的意象多用来表现男女之情。《古诗十九首》中,"鸟"在内涵上有了很大程度的丰富,其中有些是对以前意象的继承,有些则是丰富和发展。《古诗十九首》中共出现了九种动物意象,其中最为引人注意的鸟类意象有"飞燕""鸿鹄""鸳鸯"等,而这些意象在《古诗十九首》中带有明显的女性特征。

"鸿""鸳鸯""晨风""燕",本为《诗经》中的意象,《古诗十九

---

① 王国维:《人间词话》,浙江古籍出版社2011年版,第74页。
② [清]严可均辑佚:《全宋文》,商务印书馆1999年版,第336页。
③ [清]彭定求等编:《全唐诗》卷58《张九龄》,中华书局1980年版,第594页。
④ 刘开扬等选注:《李白诗选注》,上海古籍出版社1989年版,第209页。

首》丰富了其内涵。如"鸿"在《诗经》中多比喻男女择偶,如《诗经·新台》中的"鱼网之设,鸿则离之"。《古诗十九首》里的"鸿鹄"意象是成双的,如其五《西北有高楼》中有诗曰:"愿为双鸿鹄,奋翅起高飞。""燕""鸳鸯"亦是如此,如《诗经·燕燕》中的"燕燕于飞,差池其羽。之子于归,远送于野",此处的燕子比喻情人双飞双栖不受拘束地相处,成为起兴的意象,开启了后世诗文的无上法门。《东城高且长》中"思为双飞燕,衔泥巢君屋"句大有"愿为双鸿鹄"之意,都在表明男女主人公在苦苦相思后期待团圆的心情。《诗经·鸳鸯》曰:"鸳鸯于飞,毕之罗之。君子万年,福禄宜之。"①朱熹以为此处的"鸳鸯"就是用来起兴的②。而《客从远方来》诗曰"文彩双鸳鸯,裁为合欢被。著以长相思,缘以结不解",此处"双鸳鸯"意象表达的则是夫妻团圆之意。"晨风"意象在《古诗十九首》中出现了两次:一是《东城高且长》"晨风怀苦心,蟋蟀伤局促";二是《凛凛岁云暮》"亮无晨风翼,焉能凌风飞。""晨风"意象本源于《诗经·晨风》,诗曰:"鴥彼晨风,郁彼北林。未见君子,忧心钦钦。如何如何?忘我实多。"③晨风者,"鸟名,鹯类"④。《东城高且长》借"晨风"在秋天的高空中振翅飞翔,抒写文人自身因没有出路而郁郁不得排遣的苦闷。由此可见,《古诗十九首》把《诗经》中的"鸿""鸳鸯""燕"等意象经过艺术化加工而成为"双鸿鹄""双飞燕""双鸳鸯"了。可以这样说,以前《诗经》等作品中的"鸿""鸳鸯""燕"等意象的出现更多的是为了起兴,起到一个引起话题的作用,这些意象还停留在农业社会中自然与人和谐相处的状态,鸿、燕等动物意象还只是为塑造人物选择而铺设的自然景物的陪衬。《诗经·君子于役》,诗曰:"君子于役,不知其期。曷至哉?鸡栖于埘,日之夕矣,羊牛下来。君子于役,如之

---

① [宋]朱熹集注:《诗集传》,凤凰出版社2007年版,第187页。
② [宋]朱熹集注:《诗集传》,凤凰出版社2007年版,第188页。
③ 褚斌杰注:《诗经全注》,人民文学出版社1999年版,第139页。
④ 褚斌杰注:《诗经全注》,人民文学出版社1999年版,第140页。

何勿思？"①这里的"鸡""羊""牛"等动物对勾起抒情主人公的思念只是起着一个媒介的作用，而诗人并没有赋予"鸡""羊""牛"等意象以更多的内涵。而《古诗十九首》中"鸿""鸳鸯""燕"等意象都是成双结对地出现，不再是人物的风景陪衬，而是人物情感物化下的自然体现，或说这些鸟类意象已经完全地成为人物本身的情感化身了，从而也就具有了更多的内涵，这些内涵多是女主人公所赋予的。一个"双"字可谓境界全出，道出了守在空闺中"衣带日已缓"的思妇们的寂寞和对团圆的强烈渴望。这个"双"字，再往深处挖掘，就可以发现这是已婚女性的一种情感追求，所谓比翼双飞的夫妻生活对女性而言更为重要，因为在传统女性的心中丈夫才是她们的依靠和天。因此，我们可以说一个"双"字的出现对体现已婚女性对丈夫的强烈思念起到画龙点睛的作用。

"窗"作为诗歌意象在《古诗十九首》的出现，是对《诗经》和《楚辞》中这一意象的一个突破。"窗"作为一个女性化意象范畴，在《古诗十九首》中出现了两次。一是《青青河畔草》，诗曰："青青河畔草，郁郁园中柳。盈盈楼上女，皎皎当窗牖。娥娥红粉妆，纤纤出素手。昔为倡家女，今为荡子妇。荡子行不归，空床难独守。"二是《西北有高楼》，诗曰："西北有高楼，上与浮云齐。交疏结绮窗，阿阁三重阶。上有弦歌声，音响一何悲！谁能为此曲，无乃杞梁妻。清商随风发，中曲正徘徊。一弹再三叹，慷慨有余哀。不惜歌者苦，但伤知音稀。愿为双鸿鹄，奋翅起高飞。"这两首诗"从叙述的方式来看，这完全是男性作家创作的一篇女性代言作品"②。"窗""牖"在《说文解字》中解释为："在墙曰牖，在屋曰窗。"这里的窗牖，泛指安在墙上的窗子。尤其是在《西北有高楼》中，"窗"的女性视角更为明显。"交疏结绮窗"中"交疏"特指制造精致、栏杆纵横交错的窗格子，"绮"为有花纹的丝织品，"结绮"是说张挂着丝绸制造的

---

① ［宋］朱熹集注：《诗集传》，凤凰出版社2007年版，第50页。
② 吴从祥：《唐前文学作品中的女性形象研究》，山东大学博士学位论文，2006年，第95页。

窗帘，用于形容窗的装饰华美。这两首诗中带有装饰性的窗子所起的作用，一是衬托诗中的女主人公所住环境的豪华，二是用豪华的居住环境和高楼来反衬女主人公寂寞的心境。

"绮窗"与"高楼""歌""曲""空床""杞梁妻"等意象的有机组合给读者以更大的空间与听觉的冲击。在高楼华窗的环境中，女主人公因倡女出身而品尝的寂寞更为明显，她们在寂寞中的"弦歌声"也更加让人感到"慷慨有余哀"了。《西北有高楼》"是合乐的乐歌，其所合之乐是以赵音为主体的新声。赵音系郑卫之声的演化，是汉代包容性和感染力最强的新声"①。倡女，特指古代以歌舞为业的女子。寂寞深闺中的女人面对空房，只有靠"歌"与"曲"来排遣自己的寂寞，音乐本是她们最拿手的一种本事，可是歌曲虽美知音难觅，甚至连听众都没有的歌者则更为寂寞。"人生的出路到底在哪里？他们面临着巨大的痛苦和困惑。"②此时她的最大愿望是什么？是"愿为双鸿鹄，奋翅起高飞"。她的最大的苦闷是什么？是"但伤知音稀"。"双鸿鹄"，体现的似乎是女主人公对丈夫的思念和对夫妻比翼双飞的渴望，这点我们从"杞梁妻"和"清商曲"等意象可推知。而"但伤知音稀"体现的更多是"歌者苦"，这种苦似乎不应该是伤别离的苦，而是"伤知音"的苦。"知音"更多的是对知己的代称，伤知音，伤叹的更多应该是事业志向抱负上的知音，是"贫士失职而志不平"的愤慨，"设身处地，借口代言，诗歌常例，貌若现身说法，实是化身宾白"③。

综上，"窗"的意象应该是游子在外受到压抑后的苦闷与悲哀时的想象。从《西北有高楼》整首诗来看，作者在进行创作时，虽然刻意以女性的手法来抒怀，但仍然掩饰不住作为男性对建功立业的渴望。这或许也是拟女性化写作中所无法掩饰的一点，即拟女性化写作中女主人公的欲望也正是男性欲望与渴求的间接反映。

---

① 杨合林：《〈古诗十九首〉的音乐和主题》，《文学评论》2011年第1期，第28页。
② 章培恒、骆玉明：《中国文学史》（上），复旦大学出版社2000年版，第280页。
③ 钱锺书：《管锥编》，中华书局1979年版，第87页。

## 二、《古诗十九首》拟女性写作的原因

《古诗十九首》中拟女性代言体的写作特点,马茂元先生在《古诗十九首初探》一书中明确指出:"《十九首》的语言,篇篇都表现出文人诗的特点,其中思妇词不可能是本人所作,也还是出于游子的虚拟。在穷愁潦倒的客愁中,通过自身感受,设想到家室的离思,因而把同一性质的苦闷,从两种不同角度表现出来,这是很自然的事。"① 这种男性文人假托思妇之口,以女性视角创造作品的方式,我们称为拟女性写作。

《古诗十九首》中呈现拟女性写作的诗篇,马茂元先生以为共计八首,依次为《行行重行行》《青青河畔草》《冉冉孤生竹》《庭中有奇树》《迢迢牵牛星》《凛凛岁云暮》《孟冬寒气至》《客从远方来》等。赵东栓、孙少华等则认为还有《西北有高楼》《涉江采芙蓉》《生年不满百》《今日良宴会》《明月何皎皎》等诗。② 这些诗篇均为"感于哀乐,缘事而发"③之作。"《古诗十九首》成为文人拟女性写作的第一个高潮,同时也是拟女性写作集体意识化的表现。"④

拟女性创作,或说以女性视角来切入写作,原因大致包括以下几点。

首先,《古诗十九首》中拟女性化的作品大量出现是特定时代的产物。《古诗十九首》产生的时代自刘勰以来便鲜有定论。刘勰以为:"古诗佳丽,或称枚叔,其《孤竹》一篇,则傅毅之词,比采而推,两汉之作乎?"⑤ 钟嵘《诗品》则持怀疑态度,并提出"旧疑是建安中曹、王所制"⑥。马茂元先生认为"从文学发展的角度来看,综合现存的汉代诗歌来看,不到东汉末期,没有而且也不可能出现像《古诗十九首》这样成熟

---

① 马茂元:《古诗十九首初探》,陕西人民出版社1981年版,第18页。
② 赵东栓、孙少华:《〈古诗十九首〉的时代、作者与文体来源》,《中国社会科学院研究生院学报》2010年第2期,第101—107页。
③ [汉]班固撰:《汉书》卷39《艺文志》,中华书局1975年版,第1257页。
④ 唐玲:《从〈古诗十九首〉浅析拟女性写作》,《昆明大学学报》2007年第1期,第80—82页。
⑤ [南朝梁]刘勰著,范文澜注:《文心雕龙注》,人民文学出版社1962年版,第66页。
⑥ [南朝梁]钟嵘著,曹旭集注:《诗品集注》,上海古籍出版社1994年版,第75页。

的五言诗"①。东汉末期桓、灵之际，外戚与宦官交替专权，边境民族纠纷不断，农民起义此起彼伏，整个国家处于动荡状态。当时太学虽在，但两次党锢事件后处于"荒芜"境况。鸿都门学设立后，太学生仕进者寡，落魄者众。当时众多游宦无门的士子文人在裘敝金尽的情况下，过着"驱车策驽马，游戏宛与洛"②的落魄生活。此种情况下，唯一能够带给他们一点慰藉的恐怕就是对家中亲人尤其是对爱人的思念了。在艰辛的漂泊生活中，他们感受到了生活的艰难，同时他们也在对爱人的思念中逐渐走出自我的哀怨，开始设身处地思考起家中爱人的痛苦与哀怨了。

可以说，正是"长别离"和"长苦辛"才使得作为男性的诗人开始用女性的视角来关注女性，用自己的笔墨来书写女性的悲哀与痛苦。《古诗十九首》中多达九首的思妇诗无一不是抒发女性的哀怨和寂寞。如《行行重行行》诗曰："相去日已远，衣带日已缓。浮云蔽白日，游子不顾反。思君令人老，岁月忽已晚。弃捐勿复道，努力加餐饭。"分别既久，爱人因为思念自己而"衣带日已缓"，呈现出身体消瘦的变化，更能体现出她对离别爱人思念的炽热和强烈，以至于发出"思君令人老"的哀叹和"努力加餐饭"的自我安慰。《青青河畔草》中嫁为"荡子妇"的"倡家女"在"荡子行不归"的情况下发出"空床难独守"的呐喊。这种对寂寞情绪的赤裸呐喊"可谓是淫鄙之尤，然无视为淫词、鄙词者，以其真也。五代、北宋之大词人亦然。非无淫词，读之者但觉其亲切动人。非无鄙词，但觉其精力弥满"③。这样真实而大胆的描写，不仅是在写女性面临"空床难独守"，相信更是作为创作者的男性诗人在长期的忧患生活中"空床难独守"的真实写照，只不过是借助倡女的口来表达出自己难以启齿的生理渴望罢了。这些思妇的不幸遭遇表现在诗歌中，而作品背后则是诗人在宦游生涯中的落魄与苦辛。④《古诗十九首》中"游子"和"思妇"这两种

---

① 马茂元：《古诗十九首初探》，陕西人民出版社1981年版，第8页。
② 马茂元：《古诗十九首初探》，陕西人民出版社1981年版，第49页。
③ 王国维：《人间词话》，上海古籍出版社1992年版，第16页。
④ 刘迪才：《〈古诗十九首〉的审美意象》，《学术论坛》1992年第5期，第58—63页。

特殊的人物形象包含着诗人对于人生的良多感慨。从这个角度来看《古诗十九首》，我们就会明白内容上游子的感慨诗篇与思妇诗篇其实是一为二、二合一的关系。游子诗篇是诗人直接的自我抒情，拟女性的思妇诗篇则是其间接的自我表达。在这个层面上，拟女性的思妇诗中饱含了男性诗人对女性的同情和理解，这种同情和理解是在自我政治失意、宦游无果的人生体验之后而产生的。这也就是为什么这些诗篇如此真挚，如此动人，如此"惊心动魄"以致"一字千金"。①清人陈祚明在《采菽堂古诗选》中曾对《古诗十九首》有过这样的评价："《十九首》所以为千古至文者，以能言人同有之情也。"②

其次，拟女性化的写作是男性作家自身的一种情感慰藉。东汉末期，乱世中的文人士子在失落中，一方面是"不如饮美酒，被服纨与素"（《驱车上东门》）的消极情绪，另一方面又幻想着自己的爱人对自己忠贞不贰，并通过一系列的拟妇诗来表达自我的这种情感自慰。如：

> 上言长相思，下言久离别。置书怀袖中，三岁字不灭。一心抱区区，惧君不识察。
> 
> 《孟冬寒气至》

> 相去万余里，故人心尚尔。
> 
> 《客从远方来》

> 客行虽云乐，不如早旋归。
> 
> 《明月何皎皎》

宦游在外的士子文人通过拟女性化的手法把处于千里之外家中的爱人对自己的思念和忠贞通过诗句表现出来，其中不乏动人的细节描写，如

---

① ［南朝梁］钟嵘著，曹旭集注：《诗品集注》，上海古籍出版社1994年版，第75页。
② 陈祚明著，李金松点校：《采菽堂古诗选》，上海古籍出版社2000年版，第80—81页。

"置书怀袖中，三岁字不灭"。"三岁字不灭"，说明女主人接到这封信已经三年了，而且是三年来唯一的一封信，所以才会"置书怀袖中"以显示其珍贵，真可谓"家书抵万金"。"三年"言"远别离"的时间之久，"字不灭"又显"一心抱区区"的情感之真。书札，是爱情的象征，是丈夫"长相思"和"远别离"的见证。"置书怀袖中"是妻子对这份情感的珍重，更是对这份感情的坚守。在这种拟女性化的诗歌中，对忠贞女性形象的塑造也正是对游子的自我心灵慰藉过程。虽然他们也能体会到爱人在家"空房难独守"的寂寞，也能体会到她们对期待自己回家的希望落空后，可能生发的一系列如"浮云蔽白日，游子不顾反。思君令人老，岁月忽已晚"的情绪，但在他们的心灵深处，仍然期待着爱人怀着"同心而离居，忧伤以终老"的心态。这种拟女性写作的方式和抒情方式，给后人开辟了一条女性文学创作的新途径，对之后的建安文学、唐宋文学都产生了巨大的影响。曹植的《七哀诗》曰："明月照高楼，流光正徘徊。上有愁思妇，悲叹有余哀。借问叹者谁？言是宕子妻。君行逾十年，孤妾常独栖。君若清路尘，妾若浊水泥。浮沉各异势，会合何时谐？愿为西南风，长逝入君怀。君怀良不开，贱妾当何依？"①可以说，曹植的《七哀诗》在意境上是模仿《西北有高楼》最为成功的作品。王昌龄《闺怨》诗曰："闺中少妇不知愁，春日凝妆上翠楼。忽见陌头杨柳色，悔教夫婿觅封侯。"②王昌龄的《闺怨》虽减少了意境上的模仿，但在表达"愿为双鸿鹄"的情感上仍是一脉相承的。

总之，《古诗十九首》的思妇诗除了《青青河畔草》之外，其他都采用了拟女性写作的创作手法。这些男性借女性的视角，以女性化的笔触叙事抒情，表现出了女性的敏锐细致和文人的清雅与高贵，具有独特的审美意义。这种拟女性写作的手法为后世诗歌的抒情方式、书写角度开创了更加广阔的空间，思妇形象也在后世的文人作品中不断出现，成为诗

---

① 赵幼文校注：《曹植集校注》，人民文学出版社1984年版，第213页。
② [唐]王昌龄著，李云逸注：《王昌龄诗注》，上海古籍出版社1984年版，第148页。

歌艺术人物长廊中的重要组成部分。同时我们也应该看到，男性在进行拟女性化的诗歌创作时有这样的一个优势，那就是把自己的想法隐藏起来，而通过作品中所塑造的女性形象来曲折地再现自己的思想和情怀，这未尝不是对自我的一种保护或说超脱。"这种代人立言的拟作诗，也兴起于汉末古诗，到建安时期颇为流行，曹氏丕、植兄弟所尤多。"①

---

① 徐公持：《魏晋文学史》，人民文学出版1999年版，第54—55页。

# 第六章 《古诗十九首》与曹植关系考

历代学者对《古诗十九首》的作者的判定莫衷一是,或认为是枚乘,或认为是傅毅,或认为是蔡邕,或不确定而主张无名氏。近年来,木斋先生发表论文称:"《古诗十九首》应是建安十六年(公元211年)至魏明帝景初年间(约公元239年)之间的作品,其作者不可能是东汉下层文人"[1],据此而推断《古诗十九首》多为曹植所作。曹植的部分诗歌和《古诗十九首》相对比确有几分相似之处,尤其是在词语的运用上有诸多同样的高频词以及相同句式,但能否就此断定二者之间必然为作者与作品的关系呢?显然是不行的。为此笔者想先从认为曹植为《古诗十九首》作者的几条代表性观点入手来分析。

持《古诗十九首》部分作品为曹植所作者,大致立论依据如下。

第一,像《古诗十九首》这么优秀的五言诗必然为优秀的五言诗人所作。当时最优秀的诗人为曹植,故《古诗十九首》为曹植所作。其证据为钟嵘《诗品》记载:"其外《去者日以疏》四十五首,虽多哀怨,颇为综杂,旧疑是建安中曹、王所制。"[2]此处句读,有人断句为"曹王(曹植)",有人断为"曹、王",此处"曹"或为曹植、曹丕流,"王"多指王粲。这种模糊的观点即便是钟嵘本人都持怀疑态度,当时学者刘勰和萧统也都没有采用这种观点。运用此种逻辑得出结论的还有《孔雀东南飞》,因其序中

---

[1] 木斋:《略论〈古诗十九首〉的产生时间和作者阶层》,《山西大学学报》2005年第4期,第28页。

[2] [南朝梁]钟嵘著,曹旭集注:《诗品集注》,上海古籍出版社1994年版,第75页。

有"汉末建安中"之句故而推断为建安之作,进而推断为曹植之作。

第二,《古诗十九首》为曹叡所故意掩盖封杀的。原因是《古诗十九首》内容涉及曹植与甄后不伦之恋等皇家丑事,曹叡不如此封杀则死不瞑目,故在去世前一年完成。曹植去世在曹叡的前面,假如曹叡先去世呢,是否也如曹丕一样任曹植自由创作、自然死亡呢?这个问题后人就无法解释了。既然曹植与甄后之恋对曹叡父子造成如此大的心理阴影和恐慌,为什么不直接除掉曹植呢?如果说除掉曹植可能引起什么非议,那么,借这次整理曹植集子的机会直接删除这样的作品不是易如反掌吗?为何还让这样的作品保留下来呢?晋时曹植的儿子曹志还保存有曹植手定的作品目录,当年曹叡就不知道有此目录吗?还是在搜查的时候被曹志暗藏起来了呢?曹叡如此处理和自己父母声誉相关的重大问题时会这样手软吗?显然是不会的。再者,这种说法的立足点是以曹植与嫂子甄氏有不伦恋情为推理基础的。而曹植与甄氏的不伦爱情的传说自产生以来就一直不为学术界所认可,是小说家言。

第三,《古诗十九首》作者为曹植的说法是在假设曹植和甄后确实有恋情的基础上进行分析的。那么曹植与甄氏的恋情是事实吗?现存最早的记载是李善注《文选》引《记》曰:"魏东阿王,汉末求甄逸女,既不遂。太祖回与五官中郎将。植殊不平,昼思夜想,废寝与食。黄初中入朝,帝示植甄后玉镂金带枕,植见之,不觉泣。时已为郭后谗死。帝意亦寻悟,因令太子留宴饮,仍以枕赉植。植还,度轘辕,少许时,将息洛水上,思甄后。忽见女来,自云:我本托心君王,其心不遂。此枕是我在家时从嫁前与五官中郎将,今与君王。遂用荐枕席,欢情交集,岂常辞能具。为郭后以糠塞口,今被发,羞将此形貌重睹君王尔!言讫,遂不复见所在。遣人献珠于王,王答以玉珮,悲喜不能自胜,遂作《感甄赋》。后明帝见之,改为《洛神赋》。"①一切关于曹植和甄后恋情的故事均源于此。假如此事为真,"感甄"为赋题则为曹植公开宣称自己与甄后的爱情,这在黄

---

① [南朝梁]萧统编,[唐]李善注:《文选》,上海古籍出版社1986年版,第895页。

初三年严厉打击诸侯的政治环境下创作合适吗？即便曹植有胆量这样命名，但面对如此公开自己母亲感情出轨的作品，曹叡也只是改个名字吗？这太不像帝王的行事方式了。再退一步而言，如果像《感甄赋》这样直接宣称曹植与甄氏爱情的作品都能容忍，只是改一个名字而已，没有从曹植作品目录中删掉，那么像《涉江采芙蓉》这样的小诗篇还值得掩盖封杀吗？显然这种说法是讲不通的。何况当时辞赋的地位是明显高于诗歌的。李善引《记》是在曹植后400余年，掺入曹植与甄氏不伦之恋的故事。曹植后200年刘义庆在编纂《世说新语·惑溺》载："魏甄后惠而有色，先为袁熙妻，甚获宠。曹公之屠邺也，令疾召甄，左右白：'五官中郎已将去。'公曰：'今年破贼正为奴。'"这里记录的是曹操、曹丕与甄氏的故事，如果当时有曹植与甄氏的传说，《世说新语》当记载而不会舍弃吧。

因此，若李善注《记》中记载不实，那曹植与甄后的故事就是后代才子佳人故事的演绎了。所以，更不能以唐代的民间故事来推断魏朝的历史真实。

第四，曹叡在景初间有诏书言："撰录植前后所著赋颂诗铭杂论凡百余篇，副藏内外。"木斋先生推断原因有二：其一，对甄后、曹植恋情的问题进行一下作品审查；其二，隐藏《古诗十九首》作者是不想看到这样优秀的作品划归曹植名下增其声价。[①]众所周知，建安年间曹植是公子身份，曹丕登基后他是皇弟身份，曹叡称帝后他是皇叔身份。他本人也是建安文学的重要参与者与领导者，如果他有如此优秀的作品，相信流传得应当比任何人都快。木斋先生认为，"《今日良宴会》，作者可能是曹植，写作时间是建安十七年正月……《西北有高楼》和《青青河畔草》等女性题材之作，则是建安十七年女性题材写作潮流中的产物，其作者也是曹植"[②]。

---

[①] 木斋：《略论〈古诗十九首〉的产生时间和作者阶层》，《山西大学学报》2005年第4期，第28页。

[②] 木斋：《略论〈古诗十九首〉的产生时间和作者阶层》，《山西大学学报》2005年第4期，第28页。

如果说《西北有高楼》等作品产生于建安年间，那么依曹植贵公子的身份，兼有杨修、丁仪、丁廙等人的辅佐与宣扬，相信曹植作品的广泛传播根本不是问题，并且这种传播至少要持续到曹植去世。即使后来经由曹叡整理，但《西北有高楼》作品传播的深度与广度则绝非曹叡一个整理性的工作就能彻底封杀的，何况曹志手中还有曹植手定的作品及目录。曹志生活的时代跨越魏晋，即便他对曹植的作品经过"和谐"处理，但这时曹叡已经去世，这些作品又怎会如谜一般让人觉得朦胧不知所出呢？

从以上的逻辑和背景推理，显然不能从曹植与甄氏的恋情来解释一切，如《洛神赋》以及其他的相关思妇诗作，朱自清先生认为"断章取义，让'比兴'的信念支配一切。所谓'比兴'的信念，是认为作诗必关教化；凡男女思情，相思离别的作品，必有寄托的意旨——不是'臣不得于君'，便是'士不遇知己'。……于是他们便抓住一句两句，甚至一词两词，曲解起来，发挥开去，好凑合这个传统的信念。这不但不切合原作，并且常常不能自圆其说"①。这些话是应该引起我们警醒的。

曹魏三祖有整理已故作家作品的传统。曹操时代，为了搜集蔡邕的作品，不惜重金不远万里把蔡琰从匈奴手中赎回，就是为了让她整理蔡邕的文集。曹丕在"建安七子"去世后，也是大力搜集他们的作品予以整理，即便对父亲的对立者孔融也一视同仁。曹植自幼文才出众，少有"绣虎"之称，在建安年间已经为文人翘楚，何况建安之后，曹植为魏初文学最优秀者，在其死后整理他的文集自是理所当然。因此，我们不应该把这一惯例性的、事务性的工作给予宫廷秘闻般的过度解读。

综上所述，关于曹植为《古诗十九首》作者的论证不成立。那么曹植到底有没有可能创作《古诗十九首》呢？可以说，就曹植本人的诗学修养来说，创作出《古诗十九首》这样的作品是完全可能的，但有能力是一回事，是否创作则为另一回事。

---

① 朱自清：《朱自清说古诗十九首》，上海古籍出版社1999年版，第5页。

## 一、《古诗十九首》作者与曹植贵公子身份不符

《古诗十九首》的作者问题，我们在上节已经通过对作品本身的分析来得出作者为鸿都门学生的观点。鸿都门学生的身份明显具有如下特点：其一，出身于"微蔑斗筲"之人，即在政治上没有较高的地位；其二，在经济上，基本上属于比较富裕的家庭；其三，受到过教育，在音乐和辞赋方面具有良好的修养。曹植的身份如何呢？曹植出生于初平三年（公元192年），母卞氏。他出生时正值曹操领兖州牧。曹植虽然"生乎乱，长乎军"，但由于有曹操的庇护，他得到了良好的教育，及"年十岁余，诵读诗、论及辞赋数十万言，善属文"。"建安十六年，封平原侯。十九年，徙封临淄侯。"可以说，曹植一直是贵公子的身份，备受恩宠。《三国志·后妃传》："武宣卞皇后，琅邪开阳人，文帝母也。本倡家，年二十，太祖于谯纳后为妾。"①曹植会不会受父亲的影响娶倡为妻呢？曹丕敢于娶袁绍的儿媳妇甄氏为妻，史书没有曹植娶寡妇或倡的记载。《三国志》卷十二《崔琰传》载："植，琰之兄女婿也。"崔琰家为河北望族，曾经"就郑玄受学"。可见曹植之妻出身于名门望族而非倡门之家。假设曹植爱慕甄氏念念不忘是真的话，《洛神赋》中"远而望之，皎若太阳升朝霞；迫而察之，灼若芙蕖出渌波"②的描写还可以理解，因为这是把自己恋慕的女性描写成女神，大有"情人眼中出西施"的味道，但极少有人把自己爱慕的女性当"倡"来描写。而《青青河畔草》一诗的作者如果是曹植，他把爱慕的女性描写为倡，进而把已婚之倡面对丈夫宦游，发出"空床难独守"的呐喊，就不能让人理解了，况且这似乎也不符合曹植这样的贵公子身份，故可推断《古诗十九首》与曹植无关。

从现存的史料我们很难佐证《古诗十九首》的作者是曹植。即便主题与《古诗十九首》相似之甚，但曹植的诗歌表达方式更婉转。曹植《七

---

① ［晋］陈寿撰，［南朝宋］裴松之注：《三国志》卷5《武宣卞皇后》，中华书局1961年版，第156页。
② ［南朝梁］萧统编：《文选》，上海古籍出版社1986年版，第896页。

哀》虽有《西北有高楼》和《青青河畔草》二诗的影子，但有着截然不同的风格。《七哀》与《西北有高楼》，二诗从结构和叙事角度来看相似度很高，但《西北有高楼》重在以一个第三者的身份叙述听到楼上清商之乐后的猜测，重在叙述；《七哀》则以第一人称的身份展示了一段自问自答式的回顾，重在抒情。同时，后者的抒情采取了比喻的方式，把君与妾的夫妻比作毫无交集的"清路尘"和"浊水泥"，这样的作比，避免了直白的抒情呼喊，从而也更加显得含蓄与委婉。《七哀》与《青青河畔草》中思念的都是"荡子"，但《七哀》中的"宕子妻"怨而不怒，是屈原《离骚》中的美人之怨，有弃妇之哀，如看作政治抒情诗亦可，可理解为曹植借诗中"妾"之口向"君"表白其忠心。《青青河畔草》中的"荡子妇"无弃妇之哀而多思妇之情，纯为表达思念没有任何深意，很难作更深层次的延伸解读。这才是《七哀》与《青青河畔草》最为明显的区别。

### 二、《古诗十九首》不如曹植诗歌雅致

《古诗十九首》与曹植之作表达思念的方式存在较大差异。《古诗十九首》的表达不仅有情感上的一种思念，还有不少身体、生理的需求和感受，更习惯于通过身体、生理感受来表达内心的情感。曹植思妇诗的特点，一是数量少，二是有明显的文人气，已经看不到一丝市井气息了。如乐府中仅一首《美女篇》可算是女子欲求良人而嫁的言志诗，而非思妇诗。《美女篇》诗曰："佳人慕高义，求贤良独难。众人徒嗷嗷，安知彼所观？盛年处房室，中夜起长叹。"[①]此诗我们一眼就可以看出比兴的意思了。这与其说是在谈论美人迟暮、良人难依之事，不如说是抒发怀才不遇、知遇难求之情。就五言诗而言，则以其《杂诗》其一和《七哀诗》为代表：

  西北有织妇，绮缟何缤纷。清晨秉机杼，日暮不成文。

---

① 赵幼文校注：《曹植集校注》，人民文学出版社1984年版，第384页。

太息终长夜，悲啸入青云。妾身守空闺，良人行从军。

自期三年归，今已历九春。飞鸟绕树翔，嗷嗷鸣索群。

愿为南流景，驰光见我君。①

《杂言》其一

明月照高楼，流光正徘徊。上有愁思妇，悲叹有余哀。

借问叹者谁？言是宕子妻。君行踰十年，孤妾常独栖。

君若清路尘，妾若浊水泥。浮沉各异势，会合何时谐？

愿为西南风，长逝入君怀。君怀良不开，贱妾当何依！②

《七哀诗》

此二诗是与《古诗十九首》从内容到艺术水平最为接近的诗篇，但曹植的诗篇有三个特点。一是喜欢用比、兴的手法，如"君若清路尘，妾若浊水泥"为比，"飞鸟绕树翔，嗷嗷鸣索群"则为兴。二是喜欢把比的手法掺入"愿为×××"的句式当中，同时此等句式还能够表达一个完整的意思，如"愿为南流景，驰光见我君"，再如"愿为西南风，长逝入君怀。君怀良不开，贱妾当何依"。两个例子相比显然后一例当比前一例更为完整，从诗意上分析，《七哀诗》较《杂诗·西北有织妇》更为完整，比兴运用得也更为妥帖。三是有很明显的文人式抒情，语言已经变得雅致，《古诗十九首》语言则以直白为主。谢榛《诗家直说·卷三》云："《古诗十九首》，平平道出，且无用工字面。若秀才对朋友说家常话，略不作意。如'客从远方来，寄我双鲤鱼。呼童烹鲤鱼，中有尺素书'是也。及登甲科，学说官话，便作腔子，昂然非复在家之时。若陈思王'游鱼潜绿水，翔鸟薄天飞'、'始出严霜结，今来白露晞'是也。此作平仄妥帖，声调铿锵，诵之不免腔

---

① 傅亚庶注译：《三曹诗文全集译注》，吉林文史出版社1997年版，第572页。
② 赵幼文校注：《曹植集校注》，人民文学出版社1984年版，第313页。

子出焉。魏、晋家常话与官话相半,迨齐、梁,开口俱是官话。"①此可谓是精准之论,道出了二者的真正区别。

### 三、《古诗十九首》所涉地方非曹植所经历

《古诗十九首》中的地名大致可考者只有三处,而这三处都在洛阳。《青青陵上柏》中"游游宛与洛",虽然"宛""洛"并举,实际上指的还是"洛",《驱车上东门》里"驱车上东门,遥望郭北墓"②中的"上东门"和"郭北墓"都是实指洛阳的地名。《东城高且长》曰"东城高且长,逶迤自相属"。"东城"虽然不是具体的地名,但参照"逶迤自相属"的城池建设,也尽显都城景象。故马茂元先生以为,"所谓'东城'可能就是洛阳城东三门的总称,也非泛指"③。由此我们几乎可以断定,诗中的游子所处的地点应该是在洛阳。当时的洛阳是"长衢罗夹巷,王侯多第宅。两宫遥相望,双阙百余尺"。这很明显是繁荣的都市景象。"初平元年二月,(董卓)乃徙天子都长安。焚烧洛阳宫室。"④曹植出生于初平三年,也就是说曹植印象中根本就没有洛阳,更不用说亲眼见过洛阳的繁华了。有人认为曹丕定都洛阳,重建后的洛阳曹植是见过的,据此推断曹植创作此诗时间在黄初年间或之后。

曹植于建安十六年作《送应氏二首》其一:

步登北邙坂,遥望洛阳山。洛阳何寂寞!宫室尽烧焚。

垣墙皆顿擗,荆棘上参天。不见旧耆老,但睹新少年。

侧足无行迳,荒畴不复田。游子久不归,不识陌与阡。

---

① [明]谢榛著,李庆立、孙慎之笺注:《诗家直说笺注》,齐鲁书社1987年版,第323页。

② 马茂元:《古诗十九首初探》,陕西人民出版社1981年版,第89页。

③ 马茂元:《古诗十九首初探》,陕西人民出版社1981年版,第19页。

④ [晋]陈寿撰,[南朝宋]裴松之注:《三国志》卷6《董卓列传》,中华书局1961年版,第176页。

中野何萧条，千里无人烟。念我平生亲，气结不能言。①

"宫室尽烧焚""垣墙皆顿擗，荆棘上参天""中野何萧条，千里无人烟"，所见如此触目惊心，可见，建安十六年时的洛阳仍然是一片废墟。洛阳的营建是一个长期的大工程。曹丕登基以后，在黄初元年"十二月，初营洛阳宫"②。裴松之认为，当时曹丕则居"北宫，以建始殿朝群臣，门曰承明，陈思王植诗曰'谒帝承明庐'是也。至明帝时，始于汉南宫崇德殿处起太极、昭阳诸殿"③。据此可知，洛阳城的重建和恢复是一项持续进行的浩大工程。"长衢罗夹巷，王侯多第宅。两宫遥相望，双阙百余尺"的都城气象恐怕是与曹植无缘了。曹植现存的诗歌中没有洛阳繁荣之貌，其本人所见都市之繁华仅在邺城。因此说曹植作品大量出现关于洛阳的描述，且情词并茂的抒情，几无可能。

综上所述，以曹植与甄后的所谓恋情为基础来解读《古诗十九首》中思妇诗的方式显然属于过度诠释。加之从《古诗十九首》文本分析发现，其作者是具有寒族身份的有钱人家的子弟，有文化但没有受到深入的经学教育，敢于娶倡为妻，而他们长期宦游的身份也与曹植的身份大相径庭。同样，诗中关于洛阳的描述，关于女子江边折芳寄远的地理环境也非曹植所熟悉，故曹植并不是《古诗十九首》的作者。

---

① 赵幼文校注：《曹植集校注》，人民文学出版社1984年版，第3页。
② ［晋］陈寿撰，［南朝宋］裴松之注：《三国志》卷2《文帝纪》，中华书局1961年版，第76页。
③ ［晋］陈寿撰，［南朝宋］裴松之注：《三国志》卷2《文帝纪》，中华书局1961年版，第76页。

# 下编

## 汉魏变革之际相关问题考论

汉魏变革之际是中国历史上政治最混乱、社会上最痛苦的一段时期，但也是"精神史上极自由、极解放，最富于智慧、最浓于热情"①的一段时期。由于受《三国演义》等小说与一些偏见影响，关于这个变革时期诸多人物、事件，我们对其历史真相的认知和探寻往往被时代所遮蔽。

本编梳理出本时期最受关注的六个问题来进行考证评论，以求还原最接近于历史原貌的史实，探究最接近人情的解释。如从曹操、曹丕、曹叡祖孙三代帝王与诸文士的关系来考察其时文学的兴衰与否和诸文士的遇与不遇真相；从曹魏三祖处理"浮华"的态度与手段来考察每一阶段的时代风气与政治气候。孔融之死的原因历来众说纷纭，然从其政治家的身份出发，从孔融的政治定位与立场来出发探究其死因却发现这是曹操势力膨胀的必然结果。甄氏在后世的民间文学是八卦的热点人物，着眼于整个时代的大视域，从人才的选择方式转变来看甄氏与郭氏的人生归宿，亦可以看出"唯才是举"才是人物命运的决定性的潜规则。

---

① 宗白华:《美学散步》，上海：上海人民出版社，1981年版，第177页。

# 第一章　曹操与诸文士的关系

## 一、"今世作者，尽集兹国"

建安十三年是汉魏变革之际文学发展史上非常重要的一年，对曹操而言，其意义尤为重大。尤其是在招贤纳才方面他更是通过各种条件壮大自己的力量，其大致情况我们可以从如下两个方面论述。一方面，曹操通过稳固的北方局面、繁荣的邺城环境来吸纳人才。随着北方的稳固和基本统一，曹操治理下的邺城已经发展成为当时北方的政治、文化重心。稳定发达的政治经济环境，以及曹操不拘一格的求贤政策，吸引了大批的文武人才。其情形正如王粲所言："明公定冀州之日，下车即缮其甲卒，收其豪杰而用之，以横行天下；及平江、汉，引其贤俊而置之列位，使海内回心，望风而愿治，文武并用，英雄毕力，此三王之举也。"① 曹植在《辩道论》中言："世有方士，吾王悉所招致。"② 曹操所招纳的何止是文武英雄，甚至连方士等"从业者"也在其招揽之下，大有汉末人才悉收于魏的气象。另一方面，曹操在军事征战当中也非常注意对人才的吸纳。如建安十三年曹操收复荆州时，几乎把多年以来投奔刘表的志士仁人全部纳为己有。"蒯越等侯者十五人。越为光禄勋；嵩，大鸿胪；羲，侍中；先，尚书令；其余多至大官。"因劝刘琮归降有功，曹操辟王粲为丞相掾，赐爵关内侯。除蒯越、傅巽、王粲、梁鹄、杜夔等人外，曹操

---

① ［晋］陈寿撰，［南朝宋］裴松之注：《三国志》卷21《王粲列传》，中华书局1959年版，第598页。
② ［晋］陈寿撰，［南朝宋］裴松之注：《三国志》卷29《方技列传》，中华书局1959年版，第805页。

同时还召见、吸纳当时名士邯郸淳。这些人物来历各不相同，但都受到曹操关注和不同程度的重视：蒯越、傅巽、王粲三人是因政治上劝降刘琮而获封；梁鹄擅长书法，最为曹操推崇；杜夔善音乐，曾"以知音为雅乐郎……以世乱奔荆州……后刘表子琮降太祖，太祖以夔为军谋祭酒，参太乐事，因令创制雅乐"①。当时曹操在与荀彧信中曰："不喜得荆州，喜得蒯异度耳"②，其对于人才的重视可见一斑。值得提及的是，这一年，曹操遣周近持璧往匈奴左贤王处赎回蔡文姬。③《后汉书》载："曹操素与邕善，痛其无嗣，乃遣使者以金璧赎之，而重嫁于（董）祀。"④曹丕感其事作《蔡伯喈女赋》。郭沫若先生认为："他之所以赎回蔡文姬，就是从文化观点出发，并不是纯粹地出于私人感情，而他之所以能够赎回蔡文姬，也并不单纯靠着玉璧的收买，而是有他的文治武功作为后盾的。"⑤（至于周近所持是"金璧"还是"玉璧"，本篇暂不讨论。）

这一切的发生，正如曹植《与杨德祖书》中所言："然今世作者可略而言也。昔仲宣独步于汉南；孔璋鹰扬于河朔；伟长擅名于青土；公幹振藻于海隅；德琏发迹于大魏；足下高视于上京。当此之时，人人自谓握灵蛇之珠，家家自谓抱荆山之玉。吾王于是设天网以该之，顿八纮以掩之，今尽集兹国矣！"⑥

---

① ［晋］陈寿撰，［南朝宋］裴松之注：《三国志》卷29《方技列传》，中华书局1959年版，第806页。

② ［晋］陈寿撰，［南朝宋］裴松之注：《三国志》卷6《刘表列传》，中华书局1959年版，第215页。

③ 郭沫若考证，蔡文姬去匈奴的时间当在建安元年。以此算，蔡文姬在匈奴十二年，她被赎回的时间当在建安十二年或十三年。从蔡文姬的赎回是曹操政治与军事实力为后盾的角度而言，周近出使匈奴赎蔡文姬的时间当在建安十二年八月，曹操大败乌桓之后。蔡文姬被赎回的时间当在建安十三年，原因有二：第一，建安十三年正月，曹操北伐乌桓才回到邺城。时曹丕在邺城，曹丕作有《蔡伯喈女赋》为见证。第二，辽东单于送袁尚首级，这一明显的表态证明曹操在北方的庞大势力已经形成，匈奴之所以答应用璧赎回蔡琰也是政治与军事博弈的结果。

④ ［南朝宋］范晔撰：《后汉书》卷84《董祀妻列传》，中华书局1965年版，第2800页。

⑤ 郭沫若：《谈蔡文姬的〈胡笳十八拍〉》，《蔡文姬》，文物出版社1959年版，第73页。

⑥ 赵幼文校注：《曹植集校注》，人民文学出版社1984年版，第153页。

如此,这一时期的著名文学家在"尽集兹国"之后,也都找到了自己的位置。下面以表格的形式对诸文士情况作一汇总:

| 姓名 | 出身 | 才华 | 性格特点 | 职务 | 成就 | 评价 |
|---|---|---|---|---|---|---|
| 孔融 | 孔子二十世孙 | 孔融好学,博览群书。 | 宽容少忌,好士,喜诱益后进。 | 杨赐辟司空掾,迁虎贲中郎将,转为议郎,再转北海相。汉献帝在许昌定都后,征孔融为将作大匠,迁少府,拜太中大夫。 | 置城邑,立学校,表显儒术。 | 曹丕:孔融体气高妙,有过人者,然不能持论,理不胜辞,至于杂以嘲戏;及其所善,扬、班之俦也。<br>范晔:负有高气,志在靖难,而才疏意广,迄无成功。 |
| 陈琳 | | | | 陈琳初为何进主簿。何进败,陈琳避难冀州,袁绍使典文章。袁绍败,陈琳为曹操司空军谋祭酒,管记室,徙门下督。 | 军国书檄,多陈琳所作。 | 曹丕:孔璋章表殊健,微为繁富。琳、瑀之章表书记,今之俊也。 |
| 王粲 | 曾祖父王龚,祖父王畅,皆为汉三公。 | 强记默识。性善算。善属文,举笔便成,无所改定。博学多识。 | 貌寝而体弱通脱。 | 十七岁,诏除黄门侍郎。后投奔刘表,刘表亡,劝刘琮归曹操。曹操辟为丞相掾,赐爵关内侯。后迁军谋祭酒。魏国初建,拜侍中。 | 著诗、赋、论、议垂六十篇。 | 蔡邕:有异才,吾不如也。吾家书籍文章,尽当与之。<br>曹丕:仲宣独自善于辞赋,惜其体弱,不足起其文;至于所善,古人无以远过也。<br>粲长于辞赋。粲之《初征》、《登楼》、《槐赋》、《征思》,幹之《玄猿》、《漏卮》、《圆扇》、《橘赋》,虽张、蔡不过也,然于他文未能称是。 |

续表

| 姓名 | 出身 | 才华 | 性格特点 | 职务 | 成就 | 评价 |
|---|---|---|---|---|---|---|
| 阮瑀 | | 年少时跟随蔡邕学琴，善解音。 | | 建安中，曹洪欲使掌书记，阮瑀不就。曹操聘为司空军谋祭酒，管记室，仓曹掾属。 | 军国书檄，多阮瑀所作。 | 曹丕：琳、瑀之章表书记，今之俊也。元瑜书记翩翩，致足乐也。 |
| 刘桢 | 刘桢父刘梁，《后汉书》有载。刘梁少有清才，以文学见贵，终于野王令。 | 性善辩。 | 刘桢平视甄氏。曹操听闻乃收刘桢，减死输作。 | 刘桢被曹操辟，为丞相掾属。 | 著文赋数十篇。 | 曹丕：公幹有逸气，但未遒耳。刘桢壮而不密。王昶《家诫》：东平刘公幹，博学有高才，诚节有大意，然性情不均，少所拘忌。 |
| 应玚 | 应玚祖父应奉为司隶校尉，为世儒者。伯父应劭，父应珣，司空掾。 | | | 应玚被曹操辟，为丞相掾，后转为平原侯庶子，后为五官将文学。 | 著文赋数十篇。 | 曹丕：应玚和而不壮。 |
| 徐幹 | 以清亮臧否为家。 | 深美颜渊、荀卿之行，安贫乐道，以著述为务。 | | 司空军谋祭酒掾属，临菑侯文学、五官将文学。 | 作《中论》。 | 曹丕：伟长独怀文抱质，恬淡寡欲，有箕山之志，可谓彬彬君子矣。辞义典雅足传于后。 |
| 邯郸淳 | | 性情滑稽，博学有才章，精书法。 | 邯郸淳与曹植相见，甚敬之，称曹植为"天人"。 | 先依附刘表，后依曹操、曹丕等，为临菑侯文学，黄初初为博士给事中。 | 撰《笑林》。作《投壶赋》奏上，曹丕奖赏。 | 鲁迅：《笑林》今佚，遗文存二十余事，举非违，显纰缪，实《世说》之一体，亦后来俳谐文字之权舆也。 |

续表

| 姓名 | 出身 | 才华 | 性格特点 | 职务 | 成就 | 评价 |
|---|---|---|---|---|---|---|
| 杜夔 | 出身音乐世家。 | 长于音律、丝竹八音，无所不能。 | | 汉雅乐郎，军谋祭酒，太乐令、协律都尉。 | 杜夔总统研精，远考诸经，近采故事，教习讲肄，备作乐器，绍复先代古乐，皆自夔始也。 | |
| 繁钦 | | 善诗文。 | | 丞相主簿 | | |
| 杨修 | 杨修父杨彪为汉太尉。 | 学识渊博，颇有才略。 | | 丞相主簿 | 著赋、颂、碑、赞、诗、哀辞、表、记、书凡十五篇。 | |
| 刘廙 | 刘廙兄刘望之有名于世，为刘表辟从事。 | | | 归太祖，太祖辟为丞相掾属。①后为五官将文学、侍中。 | 著书数十篇，及与丁仪共论刑礼，皆传于世。 | |
| 缪袭 | 父缪斐，该览经传，为汉末名儒。 | | | 辟御史大夫府，官至尚书，光禄勋，历事魏四世。② | 《魏鼓吹曲》十二首。参与《皇览》撰写。 | |

## 二、曹魏诸文士与曹操的关系考

自汉末中平之乱后，各地军阀割据，逐鹿天下的格局已经形成，彼此之间为了生存发展展开了激烈的人才争夺战。在人才的问题上，曹操不仅向来以爱才著称，其求贤若渴之情更在诗文之中直抒胸臆。如《短歌行》一诗：

---

① 据陆侃如在《中古文学系年》中推断："此事当在六月操为丞相后，八月表卒前。"人民文学出版社1985年版，第374页。

② ［晋］陈寿撰，［南朝宋］裴松之注：《三国志》卷21《缪袭传》、卷1《武帝纪》载："（建安）十三年正月……汉罢三公官，置丞相、御史大夫。"以郗虑为御史大夫，故可大致推断缪袭当为此时见用。

> 对酒当歌，人生几何！譬如朝露，去日苦多。
>
> 慨当以慷，忧思难忘。何以解忧？唯有杜康。
>
> 青青子衿，悠悠我心。但为君故，沉吟至今。
>
> 呦呦鹿鸣，食野之苹。我有嘉宾，鼓瑟吹笙。
>
> 明明如月，何时可掇？忧从中来，不可断绝。
>
> 越陌度阡，枉用相存。契阔谈䜩，心念旧恩。
>
> 月明星稀，乌鹊南飞。绕树三匝，何枝可依？
>
> 山不厌高，海不厌深。周公吐哺，天下归心。

在吴淇看来，《短歌行》一诗"曲曲折折，絮絮叨叨，若连贯，若不连贯，纯是一片怜才意思"①。据《三国志》载，曹操在建安十五年（公元210年）、十九年（公元214年）、二十二年（公元217年）曾三下求贤令。可见曹操之重视人才是"言行一致"的，或者说，在军事征讨和稳固权力的过程中一直看重人才。

然而仁者见仁，智者见智，在吴淇看来曹操是怜才爱才，在他人看来曹操对人才尤其是对文学之士则完全是"逆淘汰"。如明代胡应麟在《诗薮》中论及王粲等诸文士与曹操的关系时曾有这样的一段评论：

> 魏武朝携壮士，夜接词人，崇奖风流，郁为正始。然一时名胜，类遭摧折，若祢衡辱为鼓吏，阮瑀屈列琴工，刘桢减死输作，皆见遇伶优，仅保首领。文举（孔融）、德祖（杨修）情事稍尔相关，便婴大戮，曷尝有尺

---

① 河北师范学院中文系古典文学教研组编：《三曹资料汇编》，中华书局1980年版，第22页。

寸怜才之意。①

这则材料中胡应麟把曹操对当时诸文士的待遇描述如下。一是对待祢衡、阮瑀、刘桢等人以"伶优"相待。诸文士的优伶地位源自汉武帝以来对文学之士的定位、沿袭。二是对孔融、边让、杨修等人稍不如意则肆意杀害。这种杀害背后是曹操对文学之士丝毫没有"怜才"之心的冷漠，程万军先生在《逆淘汰》中即以此为例来说明孔融等人的被杀是典型的逆淘汰的结果。胡应麟的观点可谓对普遍历史观点的驳论，是对的还是错的？关涉曹魏时期的文人政策，不可不辨。我们也试着顺着他的逻辑，把当时的诸文士分成两类来，分析曹操与他们的关系。

第一类，王粲、刘桢、阮瑀等人，他们被曹操以"雍容侍从"看待，彼此之间关系不像官场或政治性质，可以说并不复杂。曹操本人"朝携壮士，夜接词人，崇奖风流"，一定程度上是"郁为正始""内兴文学"的实施者。

至于"祢衡辱为鼓吏，阮瑀屈列琴工，刘桢减死输作"，据考证，确实如此。然胡应麟的陈述只说其然，未说其所以然。祢衡等三人情况有其具体的本末来由。

祢衡本人的性格傲诞到一种病态的程度，曹操以其为鼓吏，原因不外有二：一是曹操以这种方式来对祢衡傲诞的性格实施一个刺激，二是曹操对祢衡侮辱他人行为的一种正面回应。祢衡之死尤其不能归罪到曹操的头上，曹操把祢衡"送与刘表"，"刘表及荆州士大夫先服其才名，甚宾礼之，文章言议，非衡不定"②。可以说曹操把祢衡推荐给刘表，对祢衡本身来说是一次比较好的发展机遇。刘表对祢衡"甚宾礼之"，其待遇不能说差，但祢衡"后复侮慢于表，表耻不能容，以江夏太守黄祖性急，故送衡与之，祖亦善待焉。衡为作书记，轻重疏密，各得体宜。祖持其手

---

① [明]胡应麟撰：《诗薮·外编》卷1《周汉》，上海古籍出版社1958年版，第138页。
② [南朝宋]范晔撰：《后汉书》卷80《祢衡列传》，中华书局1965年版，第2657页。

曰：'处士，此正得祖意，如祖腹中之所欲言也。'祖长子射，为章陵太守，尤善于衡……后黄祖在蒙冲船上，大会宾客，而衡言不逊顺，祖惭，乃诃之。衡更熟视曰：'死公！云等道？'祖大怒，令五百将出，欲加箠。衡方大骂，祖恚，遂令杀之"①。可以说祢衡是幸运的，因为他的才能是被刘表、黄祖等人赏识的；但祢衡又是不幸的，不幸的是其傲诞至极的性格造成其被杀的结局。

"阮瑀屈列琴工"的典故本身值得怀疑，史料早有记载，也是与祢衡如出一辙。《太平御览》卷二百四十九引《典略》所载："（阮瑀）以才自护。曹洪闻其有才，欲使报答书记，瑀不肯，榜笞瑀，瑀终不屈。洪以语曹公。公知其无病，使人呼瑀。瑀终惶怖，诣门。公见之，谓曰：'卿不肯为洪，且为我作之。'瑀曰：'诺。'遂为记室。"②

至于"刘桢减死输作"一事，《三国志·刘桢传》称刘桢曾"以不敬被刑，刑竟署吏"③。《典略》云："太子尝请诸文学，酒酣坐欢，命夫人甄氏出拜。坐中众人咸伏，而桢独平视。太祖闻之，乃收桢，减死输作。"④此即胡应麟所谓"刘桢减死输作"事，亦见《水经注》卷十六《谷水注》、《太平御览》卷四百六十四与卷八百零五引《文士传》，三者记载文字互有异同，而《太平御览》卷四百六十四《文士传》所引最详：

> （刘桢）性辩甚。文帝尝请同好，为主人，使甄夫人出拜，坐者皆伏，而桢独平视如故。武帝使人观之，见桢，大怒，命收之。主者案桢大不恭，应死，减一等，输作部，使磨石。武帝尝擎至尚方，观作者，见桢故环坐，正色磨石，不仰。武帝问曰："石何如？"桢因得喻己自理，跪对曰：

---

① ［南朝宋］范晔撰：《后汉书》卷80《祢衡列传》，中华书局1965年版，第2657页。
② ［宋］李昉等撰：《太平御览》卷249引《典略》，中华书局影印，第1177页。
③ ［晋］陈寿撰，［南朝宋］裴松之注：《三国志》卷21《刘桢列传》，中华书局1959年版，第601页。
④ ［晋］陈寿撰，［南朝宋］裴松之注：《三国志》卷21《刘桢列传》注引《典略》，中华书局1959年版，第602页。

"石出自荆山悬岩之下,外有五色之章,内含卞氏之珍,磨之不加莹,雕之不增文,察气坚贞,受兹自然。顾其理枉屈纤绕,独不得申。"武帝顾左右大笑,即日还宫,赦桢,复署吏。①

通过这则材料我们可以有如下分析:第一,刘桢之所以"减死输作",是因为在曹丕的聚会上"平视"甄氏;第二,在"坐者皆伏"的情况下,刘桢"平视如故"的行为在曹丕看来是可以接受的,这是由曹丕的"通脱"决定的,同时我们也可以看到曹丕对刘桢还有一种朋友式的交往与宽容;第三,刘桢在"坐者皆伏"的情况下,对甄氏"平视如故"的行为被曹操所察,终究被曹操以"大不恭,应死,减一等,输作部,使磨石"来处理,可见曹操对刘桢此等举动是不能容忍的——他之所以不能忍受,就在于他心中有一个底线,即严格的等级观念和礼制,作为下级或者说臣子的刘桢触犯了这个底线,所以得到这样的处罚;第四,刘桢不卑不亢地向曹操陈述一番磨石理论,曹操却"顾左右大笑",就这样"赦桢,复署吏"。究其赦免刘桢的原因,是曹操感觉刘桢所犯之错是可以原谅的,而这样处理的基础在于曹操此刻没绝对地以政治的观点来评判刘桢,而是从文人的傲岸精神与卓荦人格之角度来理解刘桢。

虽说祢衡、阮瑀、刘桢受到了一定不公平的待遇,但他们的才能毕竟都得到了一定的施展。如祢衡被曹操送与刘表,"刘表及荆州士大夫先服其才名,甚宾礼之,文章言议,非衡不定"②。阮瑀与陈琳并为司空军谋祭酒,管记室,后阮瑀转为仓曹掾属,也可谓是学有所用。刘桢为"太祖辟,为丞相掾属",越发使自己才能得到施展。当然,他们后来的行为,没有对曹操有过公然的侮辱和反抗,更没有对曹操形成政治上的对抗和搅局。即便是陈琳在袁绍幕下为宾时曾写《为袁绍檄豫州》来痛骂曹操三代的过往,也得到了曹操的原谅及重用,因为曹操理解陈琳当时的立场

---

① [宋]李昉等撰:《太平御览》卷464《文士传》,第2134页。
② [南朝宋]范晔撰:《后汉书》卷80《祢衡列传》,中华书局1965年版,第2657页。

和处境，同样也认可陈琳投降后的表现。祢衡与曹操彼此间的交往冲突可以说源自祢衡对曹操人格上的侮辱，但对祢衡，在常人都无法忍受的情况下，曹操也宽容了他，并把他推荐到当时号称最为"好贤"的刘表处。

据此，定论他们是伶优地位，凭据不实，又怎么能说明曹操对他们没有丝毫惜才爱才之心呢？

第二类，曹操与孔融、路粹、杨修等人以政治上的君臣关系视角考察比较合适。在这种关系中，彼此间以职务关系相处，处理起彼此间的矛盾来当然也以政治的办法解决。"及献帝都许，征（孔）融为将作大匠，迁少府，后免官，复拜太中大夫。"从汉献帝的角度而言，孔融与曹操是同事的关系，从实际的情况来看，曹操与孔融之间存在着上下级关系。据《典略》记载，路粹"建安初，以高才与京兆严像擢拜尚书郎。像以兼有文武，出为扬州刺史。粹后为军谋祭酒，与陈琳、阮瑀等典记室。……至十九年，粹转为秘书令，从大军至汉中，坐违禁贱请驴伏法"①。而杨修"好学，有俊才，为丞相曹操主簿，用事曹氏"②。他们三人虽然有杰出的文学才华，但其均在涉及曹操的一系列重大决策时候，对曹操形成了巨大的威胁或挑衅，从而引来了杀身之祸。

孔融之死原因颇多，大致推断如下。第一，他与曹操性格的冲突，"初，太祖性忌，有所不堪者，鲁国孔融、南阳许攸、娄圭，皆以恃旧不虔见诛"③。这可以从孔融的文章《嘲曹公为子纳甄氏书》《与曹公书啁征乌桓》《难曹公表制酒禁书》等找到佐证。第二，导火线是孔融在孙权使者面前诽谤曹操。《魏氏春秋》载："十三年，融对孙权使，有讪谤之言，坐弃市。"④第三，究深度原因，实际上孔融死于"乱群"。"操疑其

---

① ［晋］陈寿撰，［南朝宋］裴松之注：《三国志》卷21《路粹列传》，中华书局1959年版，第603页。
② ［南朝宋］范晔撰：《后汉书》卷54《杨修列传》，中华书局1965年版，第1789页。
③ ［晋］陈寿撰，［南朝宋］裴松之注：《三国志》卷12《崔琰列传》，中华书局1959年版，第370页。
④ ［晋］陈寿撰，［南朝宋］裴松之注：《三国志》卷12《崔琰列传》，中华书局1959年版，第372页。

所论建渐广,益惮之。然以融名重天下,外相容忍,而潜忌正议,虑鲠大业。"①关于这一点,无独有偶,同时代而稍后的诸葛亮给廖立、来敏定的"乱群"罪名时也提到过。《三国志·虞翻列传》载:"权既为吴王,欢宴之末,自起行酒,翻伏地阳醉,不持。权去,翻起坐。权于是大怒,手剑欲击之……权曰:'曹孟德尚杀孔文举,孤于虞翻何有哉?'"②虞翻为孔融的好朋友,称其为"吴国的孔融"也不为过。由此看来,孔融有如此叛主行为,同时代即使是在蜀国、吴国恐怕也难逃一死。第四,曹操给孔融定的罪名是"乱俗",其表现是"浮艳,好作变异,眩其诳诈,不复察其乱俗也"③。具体表现是,"以为父母与人无亲,譬若缻器,寄盛其中,又言若遭饥馑,而父不肖,宁赡活余人。融违天反道,败伦乱理,虽肆市朝,独恨其晚"④。因这种"违天反道,败伦乱理"的思想,曹操诛杀孔融。可以说,他考虑还是很严肃和审慎的。上述为孔融之死的大致说法,从另一个角度上说,在力量对比中,曹操作为一个封建时代的政治家领袖,当其尊严、政策、思想都遭受到挑战乃至嘲戏的时候,采取这种非常手段也是可以理解的。

路粹与杨修的被杀也事出有因。《三国志》载,"至十九年,粹转为秘书令,从大军至汉中,坐违禁贱请驴伏法"⑤,这一点没有异议。至于杨修之死,《典略》载:"植后以骄纵见疏,而植故连缀修不止,修亦不敢自绝。至二十四年秋,公以修前后漏泄言教,交关诸侯,乃收杀之。修临死,

---

① [南朝宋]范晔撰:《后汉书》卷70《孔融列传》,中华书局1965年版,第2272页。
② [晋]陈寿撰,[南朝宋]裴松之注:《三国志》卷57《虞翻列传》,中华书局1959年版,第1321页。
③ [晋]陈寿撰,[南朝宋]裴松之注:《三国志》卷12《崔琰列传》注引《魏氏春秋》,中华书局1959年版,第373页。
④ [晋]陈寿撰,[南朝宋]裴松之注:《三国志》卷12《崔琰列传》注引《魏氏春秋》,中华书局1959年版,第373页。
⑤ [晋]陈寿撰,[南朝宋]裴松之注:《三国志》卷21《王卫二刘傅列传》注引《典略》,中华书局1959年版,第603页。

谓故人曰：'我固自以死之晚也。'其意以为坐曹植也。"①可见，杨修之死是他本人受曹丕与曹植争夺太子斗争的牵连所致，关于这点他自身是十分清楚的。杨修本来聪明，也可谓有自知之明，但他恃才放旷，不善于迂回保全自己，《世说新语》中记载了杨修帮助曹植与曹丕争夺太子并被曹操发觉的许多故事，并非全是空穴来风。

以上三人均是当时著名文人，他们被杀皆是其深度参与政治斗争的结果。政治斗争就是这样，谁卷入了谁就要承担后果，这个结果并不取决于他是文人还是政客，也无论是皇权的至亲或好友。政治斗争并不会因为他们的文学才华而对他们格外宽容。多年而下，胡应麟之所以得出曹操"曷尝有尺寸怜才之意"的结论，或许是缘于他对官场的"游戏规则"及政治斗争的残酷性缺少深刻的体认吧。

综上所述，我们可以进一步明确曹操与诸文士的关系。他在政治上给予文士以信任，并根据他们的特长予以职务上的安排。陈琳"避难冀州，袁绍使典文章。袁氏败，琳归太祖。琳、瑀为司空军谋祭酒，管记室。军国书檄，多琳、瑀所作也"②。要知道，军国书檄的撰写实际上是延续了陈琳、阮瑀等人一直以来的职业。王粲乃三公之后，因劝降刘琮有功，"太祖辟为丞相掾，赐爵关内侯，后迁军谋祭酒，魏国既建，拜侍中"③，让他负责礼乐方面的建设，也是让王粲的特长有了用武之地。杜夔"善八音，常为汉雅乐郎，尤悉汉乐事"，曹操"以为军谋祭酒，使创定雅乐"④。看来曹操不仅惜才，而且懂得用人，能够把合适的人放到合适的岗位，这样客观上保证了他们自身才华得以施展，同时也助力曹魏实现"内兴文学"的大业。此外，在处理与文士的关系上，曹操还是比较

---

① ［晋］陈寿撰，［南朝宋］裴松之注：《三国志》卷19《曹植列传》注引《典略》，中华书局1959年版，第560页。

② ［晋］陈寿撰，［南朝宋］裴松之注：《三国志》卷21《陈琳列传》，中华书局1959年版，第600页。

③ 王粲归降曹操当在建安十三年九月，荆州降曹操之际。详见［晋］陈寿撰，［南朝宋］裴松之注《三国志》卷21《王粲列传》，第598页。

④ ［南朝梁］沈约撰：《宋书》卷19《乐志一》，中华书局1974年版，第534页。

平和的。征战时，诸文士多以记室的身份，典文章为其专职；闲暇时，则被安排与曹丕兄弟优游岁月，欢乐西苑，饮宴游园，唱和赋诗。即使如此，我们也难说，胡应麟所谓曹操"曷尝有尺寸怜才之意"的说法是有失公允的。毕竟胡应麟的论断道出了曹操有重武人而轻文士的倾向，有对诸文士更多苛责与情绪化责罚，和维护所谓王权礼仪的尊严等因素。这也正是程万军先生所谓曹操对诸文士以杀戮、打击、利用、压制的"递淘汰"结果。

### 三、曹魏诸文士是否"不甚见用"

那么，诸文士在曹魏时代地位如何？有种观点认为，以王粲为首的诸文士始终没有得到曹操的重用，曹操一直以俳优的身份来对待王粲诸人。关于这个问题，长期以来一直有争议。吴质、鱼豢、刘勰、颜延之等人对此问题都曾经有过论述，并概括为"不甚见用"。

"不甚见用"的观点是魏郎中鱼豢首次提出，详见鱼豢的《典略》：

> 鱼豢曰：寻省往者，鲁连、邹阳之徒，援譬引类，以解缔结，诚彼时文辩之俊也。今览王、繁、阮、陈、路诸人前后文旨，亦何昔不若哉？其所以不论者，时世异耳。余又窃怪其不甚见用，以问大鸿胪卿韦仲将。仲将云："仲宣伤于肥戆，休伯都无格检，元瑜病于体弱，孔璋实自粗疏，文蔚性颇忿鸷，如是彼为，非徒以脂烛自煎糜也，其不高蹈，盖有由矣。然君子不责备于一人，譬之朱漆，虽无桢幹，其为光泽亦壮观也。"①

根据这则材料，我们大致可作如下分析。鱼豢认为王粲、繁钦、阮瑀、陈琳、路粹等人为"文辩之俊"，其才能与历史上的鲁连、邹阳等人相比而毫不逊色，可视为一代之英杰，然在现实中，他们的职务多为丞相掾、

---

① [晋]陈寿撰，[南朝宋]裴松之注：《三国志》卷21《王卫二刘傅列传》，中华书局1959年版，第604页。

文学掾、记室、庶子、文学等秘书一类的官职，而从文学、文学掾、庶子等职务来看也有为曹丕、曹植等人充当家庭教师的嫌疑，所以"其不高蹈"。带着这样的判断，鱼豢咨询大鸿胪卿韦诞。此处所谓"不甚见用"，显然探讨的角度是出仕问题。

针对以上诸文士"不甚见用"的问题，韦诞和颜延之的解释代表了第一种主流价值判断倾向。韦诞也肯定了鱼豢提出的诸文士"不甚见用"说，并解读"不甚见用"的原因在于他们各自性格和生理上的缺陷。"仲宣伤于肥戆，休伯都无格检，元瑜病于体弱，孔璋实自粗疏，文蔚性颇忿鸷。"对韦诞观点的附和者不乏其人，颜延之即是其中一个。《颜氏家训·文章篇》曰：

> 自古文人，多陷轻薄：屈原露才扬己，显暴君过；宋玉体貌容冶，见遇俳优；东方曼倩，滑稽不雅；司马长卿，窃赀无操；王褒过章僮约；扬雄德败美新；李陵降辱夷虏；刘歆反覆莽世；傅毅党附权门；班固盗窃父史；赵元叔抗竦过度；冯敬通浮华摈压；马季长佞媚获诮；蔡伯喈同恶受诛；吴质诋诃乡里；曹植悖慢犯法；杜笃乞假无厌；路粹隘狭已甚；陈琳实号粗疏；繁钦性无检格；刘桢屈强输作；王粲率躁见嫌；孔融、祢衡，诞傲致殒；杨修、丁廙，扇动取毙；阮籍无礼败俗；嵇康凌物凶终；傅玄忿斗免官；孙楚矜夸凌上；陆机犯顺履险；潘岳干没取危；颜延年负气摧黜；谢灵运空疏乱纪；王元长凶贼自贻；谢玄晖侮慢见及。①

颜延之对陈琳、路粹、繁钦、王粲的观点直接取法韦诞，甚至对曹植、吴质、刘桢、孔融、祢衡、杨修、丁廙等人也一并论述。他的评论没有脱离儒家道德基础上的性格处世评判和完美人格的道德苛求。实际上，诸文士的这一切缺点说明的只是个人的性格缺点（最多是生理缺陷）而已，并没有一点儿涉及其个体的才能，这不能作为诸文士"不甚见用"的主要

---

① 王利器撰：《颜氏家训集解》卷4《文章篇》，中华书局1993年版，第237页。

原因。

第二种倾向的代表人物是刘勰。刘勰并不认为诸文士性格和品德上的问题是其"不甚见用"的主要原因。他首先同意文士有瑕疵之处的说法：

> 略观文士之疵：相如窃妻而受金，扬雄嗜酒而少算，敬通之不循廉隅，杜笃之请求无厌，班固谄窦以作威，马融党梁而黩货，文举傲诞以速诛，正平狂憨以致戮，仲宣轻脆以躁竞，孔璋惚恫以粗疏，丁仪贪婪以乞货，路粹哺啜而无耻，潘岳诡诔于愍怀，陆机倾仄于贾郭，傅玄刚隘而詈台，孙楚狠愎而讼府，诸有此类，并文士之瑕累。①
>
> 《文心雕龙·程器》

但刘勰在这里论述的重点并不在于列举文士们的瑕疵，他论述的落脚点在"文既有之，武亦宜然"。可以说，这是相对公正的议论和评价。在肯定"文士之疵"的前提下，刘勰又客观地指出："盖人禀五材，修短殊用，自非上哲，难以求备。然将相以位隆特达，文士以职卑多诮，此江河所以腾踊，涓流所以寸折者也。"② 这段议论与其说是对"文士以职卑多诮"的解释，毋宁说是对这些文士"不甚见用"说的否定：文士多疵和文人多陷轻薄并不是他们"不甚见用"的主要原因，这种状况"文既有之，武亦宜然"。所以说韦诞与颜延之以"文士之疵"来解释"不甚见用"的说法根本没有说到问题的关键，还停留在浅层次的道德批判层面。在文士是否见用的问题上，刘勰的论述是中肯的，突破了单纯的道德评判，闪现着批判性思维的光芒。

既然如此，那么诸文士"不甚见用"的真正原因是什么呢？决定"用"

---

① ［南朝梁］刘勰著，范文澜注：《文心雕龙注》，人民文学出版社1962年版，第719页。

② ［南朝梁］刘勰著，范文澜注：《文心雕龙注》，人民文学出版社1962年版，第719页。

与"不用"的根本因素又是什么呢？在"唯才是举"的用人思想占统治地位的曹魏时代，这其实是由当时的政治军事环境与诸文士自身的才能本身所决定的"唯才是举"意味着能力第一，性格、品德等因素并不占主要地位。这是曹操用人思想的核心理念。他的三次《求贤令》都一再地强调这个观点。

> 自古受命及中兴之君，曷尝不得贤人君子与之共治天下者乎！及其得贤也，曾不出闾巷，岂幸相遇哉？上之人不求之耳。今天下尚未定，此特求贤之急时也。"孟公绰为赵、魏老则优，不可以为滕、薛大夫。"若必廉士而后可用，则齐桓其何以霸世！今天下得无有被褐怀玉而钓于渭滨者乎？又得无有盗嫂受金而未遇无知者乎？二三子其佐我明扬仄陋，唯才是举，吾得而用之。①
> 
> 建安十五年《求贤令》
> 
> 夫有行之士，未必能进取；进取之士，未必能有行也。陈平岂笃行、苏秦岂守信邪？而陈平定汉业，苏秦济弱燕。由此言之，士有偏短，庸可废乎！有司明思此义，则士无遗滞、官无废业矣。②
> 
> 建安十九年《敕有司取士毋废偏短令》
> 
> 今天下得无有至德之人放在民间，及果勇不顾，临敌力战；若文俗之吏，高才异质，或堪为将守；负污辱之名，见笑之行，或不仁不孝而有治国用兵之术：其各举所知，勿有所遗。
> 
> 建安二十二年《举贤勿拘品行令》③

以上三次政令明确指出，"唯才是举"的核心是"才"而不是"德"。可

---

① ［三国］曹操：《曹操集》，中华书局1959年版，第40页。
② ［三国］曹操：《曹操集》，中华书局1959年版，第46页。
③ ［三国］曹操：《曹操集》，中华书局1959年版，第48页。

见，曹操对于人才素质的考量，重点在于求"进取之士"，关注重点在于能力，它打破了东周以来儒家提倡的"德行第一"的传统，以及董仲舒以来的"道统"思想。在有治国用兵能力的前提下，甚至连人才道德上的污点和性格上的缺陷也可以包容，正所谓"不仁不孝而有治国用兵之术"者，"庸可废乎"？这固然体现了曹操作为一个政治家的胸怀，也和他本人"庶出"的出身有关，也是乱世枭雄开疆拓土期间对人才的必然要求。诸文士以"偏短"而"不甚见用"，究其原因，笔者认为还要归于王粲等文士自身，他们固然处在天下未定、曹操求贤若渴之际，然个体不具备"果勇不顾，临敌力战""堪为将守"的能力，不适应"马上得天下"的乱世。对此，吴质在《答魏子太笺》中有着明确的解释。

> 陈、徐、刘、应，才学所著，诚如来命，惜其不遂，可为痛切。凡此数子，于雍容侍从，实其人也。若乃边境有虞，群下鼎沸，军书辐至，羽檄交驰，于彼诸贤，非其任也。往者孝武之世，文章为盛，若东方朔、枚皋之徒，不能持论，即阮、陈之俦也。其唯严助寿王，与闻政事，然皆不慎其身，善谋于国，卒以败亡，臣窃耻之，至于司马长卿称疾避事，以著书为务，则徐生庶几焉。而今各逝，已为异物矣。后来君子，实可畏也。①

吴质的意见大致归纳如下：第一，陈琳、徐幹、刘桢、应玚诸文士以文章著称，雍容侍从为其最合适的安置；第二，涉及国家内忧外患等军国要务的处理并非他们所擅长。吴质是在文学史上有着相当地位的文人，明帝时期，吴质担任侍中，成为辅弼大臣。史载他"以文才为文帝所善，官至振威将军，假节都督河北诸军事，封列侯"②。吴质与陈琳等交往甚密，他对诸文士的分析是有一定道理的，且与诸文士同事又同时代，这恐怕

---

① ［清］严可均辑：《全三国文》，商务印书馆1999年版，第308页。
② ［晋］陈寿撰，［南朝宋］裴松之注：《三国志》卷21《吴质列传》，中华书局1959年版，第607页。

也是他自己的切身感受。

我们可以从陈琳等诸文士的表现及履历与其他"甚见用"者简单对比一下以见端倪。

据记载，王粲初见蔡邕："时邕才学显著，贵重朝廷，常车骑填巷，宾客盈坐。闻粲在门，倒屣迎之。粲至，年既幼弱，容状短小，一坐尽惊。邕曰：'此王公孙也，有异才，吾不如也。吾家书籍文章，尽当与之'。"①可见赏识王粲的是这位文坛领袖人物蔡邕，而非政坛领袖人物蔡邕。王粲在建安十三年投降曹操后，"太祖辟为丞相掾，赐爵关内侯"②，"后迁军谋祭酒。魏国既建，拜侍中"③。他表现出来的才能为"博物多识，问无不对"④，据此才能，曹操针对当时"旧仪废弛，兴造制度"⑤的现实需要，使王粲"恒典之"，可谓量才使用。

据《傅子》载，郭嘉"自弱冠匿名迹，密交结英隽，不与俗接，故时人多莫知，惟识达者奇之"⑥，曹操"召见，论天下事……曰：'使孤成大业者，必此人也。'嘉出，亦喜曰：'真吾主也。'表为司空军祭酒"⑦。可见，郭嘉展现给曹操的并不是"博物多识"的学问之才，而是"济天下大难，

---

① ［晋］陈寿撰，［南朝宋］裴松之注：《三国志》卷21《王粲列传》，中华书局1959年版，第597页。
② ［晋］陈寿撰，［南朝宋］裴松之注：《三国志》卷21《王粲列传》，中华书局1959年版，第597页。
③ ［晋］陈寿撰，［南朝宋］裴松之注：《三国志》卷21《王粲列传》，中华书局1959年版，第597页。
④ ［晋］陈寿撰，［南朝宋］裴松之注：《三国志》卷21《王粲列传》，中华书局1959年版，第597页。
⑤ ［晋］陈寿撰，［南朝宋］裴松之注：《三国志》卷21《王粲列传》，中华书局1959年版，第597页。
⑥ ［晋］陈寿撰，［南朝宋］裴松之注：《三国志》卷14《郭嘉列传》，中华书局1959年版，第431页。
⑦ ［晋］陈寿撰，［南朝宋］裴松之注：《三国志》卷14《郭嘉列传》，中华书局1959年版，第431页。

定霸王之业"①的远大志向和"深通有算略,达于事情"②之谋天下的才能。最终,成为曹操扫荡群雄的"奇佐"人物。

王粲、郭嘉虽然都为祭酒,但二人对事业进取的关注点和基础不同,最终的发展路径也必然不同。鱼豢以为王粲等人"不甚见用"是从官职的大小而论,笔者以为其论偏矣。见用者,在于能够尽展自身才华、对世人有用,而非用职务的高低来评价对人才的使用效果。从曹操对王粲等诸文士的任用来看,其安排基本是合理的,也最大限度发挥了他们的特长,这是客观事实。至于在他们本人感觉之合理程度,迄今尚未发现记载,后世学者的推测,多因脱离了当时的历史环境,沦为臆断之见。

---

① [晋]陈寿撰,[南朝宋]裴松之注:《三国志》卷14《郭嘉列传》,中华书局1959年版,第431页。
② [晋]陈寿撰,[南朝宋]裴松之注:《三国志》卷14《郭嘉列传》,中华书局1959年版,第435页。

## 第二章　曹丕与诸文士的关系

曹丕自幼深受曹操"雅好诗书文籍"的家庭熏陶,"年八岁,能属文"。据《典论·自叙》载,曹丕"少诵诗、论,及长而备历五经、四部,《史》、《汉》、诸子百家之言,靡不毕览"①。曹丕虽生于乱世之中,但却可谓学贯百家,笔耕不辍。陈寿在《三国志》中评曹丕:"天资文藻,下笔成章,博闻强识,才艺兼该。"②不仅如此,曹丕还"好文学,以著述为务,自勒成垂百篇"③。曹丕本身对文学的爱好,以及曹操定都邺城广招文学之士的举措为曹丕进一步与王粲等文士在学术与文学上的交流提供了客观的氛围和条件。或许曹操出于培养曹丕兄弟的需要,还特为曹丕等人设置"文学""庶子"等职位,以王粲、刘桢、邯郸淳、应玚等文士侍读"准皇子"们。据《三国志》记载,应玚、徐幹、苏林、刘桢、王昶、郑冲等人均曾以五官将文学的身份聚在曹丕身边。其他如邯郸淳、阮瑀、郭奕、吴质、杨修也都与曹丕有着比较密切的交往。邺下诸文士的游宴及其诗赋创作无一不是曹丕组织下的结果,同时三曹之中也只有曹丕与王粲、阮瑀等文士建立了深厚的感情。曹丕于邺下文人中的地位,正如谢灵运在《拟魏太子邺中集诗序》中所言,"百川赴东海,众星环北辰"。因此今

---

① [晋]陈寿撰,[南朝宋]裴松之注:《三国志》卷2《文帝纪》,中华书局1959年版,第89页。

② [晋]陈寿撰,[南朝宋]裴松之注:《三国志》卷2《文帝纪》,中华书局1959年版,第89页。

③ [晋]陈寿撰,[南朝宋]裴松之注:《三国志》卷2《文帝纪》,中华书局1959年版,第88页。

天很多学者认为邺下文学的领袖为曹丕是有一定道理的,也是可以成立的。这个时期,曹丕与诸文士之间的关系,更多的是朋友式的交往相处,我们从中也能看到曹丕对朋友的一往情深。

## 一、曹丕与诸文士的关系

曹丕在与诸文士之间的交往中,我们很难看到有丝毫的功利成分在里面。曹丕不仅与王粲、刘桢、阮瑀、应玚、路粹、繁钦、吴质等人在长期的邺下交往中建立了深厚的感情,甚至对与曹植交往甚密的邯郸淳、杨修等人,也都能友好相处,不以政治立场定亲疏。他们相互之间的宴饮与诗文唱和更是其日常生活中不可或缺的一部分。曹丕《叙诗》尝言:"为太子时,北园及东阁讲堂并赋诗,命王粲、刘桢、阮瑀、应玚等同作。"①《典略》载:"太子素与(路)粹善,闻其死,为之叹惜。"②从他们的交往中我们看到更多的是文人之间的惺惺相惜,彼此之间的调侃无间,以及朋友逝去后的深情怀念。

曹丕与邯郸淳、杨修等人的交往中充满了文人间的相互珍惜,甚至可以说,已经突破了政治利益的得失。这尤其难能可贵。邯郸淳是汉魏变革之际的著名学者。建安十三年荆州内附之际,"太祖素闻(邯郸淳)其名,召与相见,甚敬异之。时五官将博延英儒,亦宿闻淳名,因启淳欲使在文学官属中"③。然及至后来"太祖遣淳诣植",又因"太祖俄有意于(曹)植,而淳屡称植材。由是五官将颇不悦。及黄初初,以淳为博士给事中。淳作《投壶赋》千余言奏之,文帝以为工,赐帛千匹"④。曹丕并未因为邯郸淳曾经"屡称植材"而记恨并给予一定的惩处。就连在太子之

---

① 夏传才、唐绍忠校注:《曹丕集校注》,河北教育出版社2013年版,第231页。
② [晋]陈寿撰,[南朝宋]裴松之注:《三国志》卷21《路粹列传》,中华书局1959年版,第603页。
③ [晋]陈寿撰,[南朝宋]裴松之注:《三国志》卷21《邯郸淳列传》注引《魏略》,中华书局1959年版,第603页。
④ [晋]陈寿撰,[南朝宋]裴松之注:《三国志》卷21《邯郸淳列传》注引《魏略》,中华书局1959年版,第603页。

争一事上极力拥戴曹植的杨修,曹丕也很重视彼此间的文字交流与朋友之谊,非纯以政治对手来对待。《典略》载:"初,(杨)修以所得王髦剑奉太子,太子常服之。及即尊位,在洛阳,从容出宫,追思修之过薄也,抚其剑,驻车顾左右曰:'此杨德祖昔所说王髦剑也。'"①可见,曹丕对杨修的赠剑之情很是看重,尽管杨修为曹植的"智囊团成员",曹丕仍佩着他赠送的剑,直至登帝位后依旧保持不变。邯郸淳与杨修都曾在曹丕与曹植争夺太子的问题上站位、献策于曹植一方,曹丕依旧不念旧怨,唯以其情、其才而对待,其心胸不可谓不广,其待文士不可谓不厚。

曹丕与诸文士之间还不乏因相互关系的亲近而至于生活中的调侃与戏谑。如曹丕向钟繇借玉(详见曹丕《与钟大理书》),向刘桢借廓落带等事,可见一斑。其中以曹丕与刘桢之间借用廓落带一事最具代表性。其详末见载于《典略》。

> 文帝尝赐(刘)桢廓落带,其后师死,欲借取以为像,因书嘲桢云:"夫物因人为贵。故在贱者之手,不御至尊之侧。今虽取之,勿嫌其不反也。"桢答曰:"桢闻荆山之璞,曜元后之宝;随侯之珠,烛众士之好;南垠之金,登窈窕之首;鼲貂之尾,缀侍臣之帻:此四宝者,伏朽石之下,潜汙泥之中,而扬光千载之上,发彩畴昔之外,亦皆未能初自接于至尊也。夫尊者所服,卑者所修也;贵者所御,贱者所先也。故夏屋初成而大匠先立其下,嘉禾始熟而农夫先尝其粒。恨桢所带,无他妙饰,若实殊异,尚可纳也。"桢辞旨巧妙皆如是,由是特为诸公子所亲爱。②

由该段文字我们可知,曹丕与刘桢之间借廓落带之事虽小,但二人书信往来,相互之间的戏谑透露出无丝毫的君臣嫌隙,就如同是老朋友相互

---

① [晋]陈寿撰,[南朝宋]裴松之注:《三国志》卷19《曹植列传》注引《典略》,中华书局1959年版,第560页。
② [晋]陈寿撰,[南朝宋]裴松之注:《三国志》卷21《刘桢列传》注引《典略》,中华书局1959年版,第601页。

调侃一般使我们忍俊不禁。同时二人也以廓落带为引子做出以"物因人而贵"为题的辩论性文章,文章机锋百出,理趣万千,还充满着形而上的理论探讨。其文章落笔行文间气度之恢宏,俨然有汪洋恣肆、连譬以喻之妙。关于刘桢,《三国志·刘桢传》称他"以不敬被刑,刑竟署吏"。裴松之引《典略》以为注云:"太子尝请诸文学,酒酣坐欢,命夫人甄氏出拜。坐中众人咸伏,而桢独平视。太祖闻之,乃收桢,减死输作。"①对此则材料我们可以作如下推断:第一,曹丕宴请诸文士时命夫人甄氏出拜,是他们之间关系密切的一种表现,当然夫人郭女王也曾经有过出拜众宾客的经历,可见"命夫人出拜"当时是一种经常性的活动,非此一个特例;第二,刘桢之所以能够"平视"甄氏,固然有刘桢人格独立的因素,但恐怕也是他平时与曹丕关系融洽平等的一种自然反映;第三,刘桢"平视"甄氏而招致"太祖闻之,乃收桢,减死输作"的结果,不能表明曹丕与诸文士的关系疏离或者其他什么,只能说明曹操与曹丕在刘桢"平视"甄氏这一举动上有着相当大的认识差距,而这种差距是很难抹杀的,但这也恰恰说明在曹丕与刘桢等诸文士之间的等级并不森严,沟通和连接他们的是彼此的感情与共同的文学追求。曹丕与邺下诸文士之间不仅文字交往频繁,而且是相当亲密和融洽的,即便是纳妾这样的私事也常在彼此的信件中予以坦诚相告,如曹丕的《答繁钦书》就以书信体描述自己所见十五岁女子王锁俊俏的面容、曼妙的舞姿,以及欲"卜良日,纳之闲房"②等心事。姑且不论其品位高尚等,单就对繁钦谈论个人感情,如此坦诚,可以说娓娓道来,如叙家常,可为曹丕与诸文士日常生活中的交往多以友情相待互相信任之例证,其君臣(或"准君臣")关系反退居其次。

曹丕与诸文士的交往多体现在文学的层面上,很少牵扯政治上的利益关系。曹丕本身就具有极高的文学才华,加上他为五官中郎将后博延

---

① [晋]陈寿撰,[南朝宋]裴松之注:《三国志》卷21《刘桢列传》注引《典略》,中华书局1959年版,第602页。
② [清]严可均辑:《全三国文》,商务印书馆1999年版,第63页。

鸿儒，广置宾客，在身边聚集了大量的文士。从上章我们可以看到邺下的游宴活动主要是以曹丕为首组织的文学活动，其中他们席间同题唱咏的作品也体现了这一点。

> 陈留阮元瑜与余有旧，薄命早亡，每感存其遗孤，未尝不怆然伤心，故作斯赋，以叙（阮瑀）其妻子悲苦之情。命王粲并作之。①

> 玛瑙，玉属也，出自西域。文理交错，有似马脑，故其方人因以名之。或以系颈，或以饰勒，余有斯勒，美而赋之，命陈琳、王粲并作。②

> 文昌殿中槐树，盛暑之时余数游其下，美而赋之。王桀直登贤门，小阁外亦有槐树，乃就使赋焉。③

> 五官将得马脑，以为宝勒，美其英采之光艳也，使琳赋之。④

以上资料还不包括曹丕与王粲、陈琳、阮瑀、刘桢、应玚等人大量的同题诗赋作品，只是他们作为文友一起唱和与酬答活动的记载。可以说，正是曹丕与王粲等有着共同的文学爱好，才使他们在长期的文学创作与交流中建立起深厚的友谊。同时，曹丕对诸文士的创作还常给予物质上的奖励以鼓励其进行文学创作，并随时对其文章给予中肯的评价。邺下文人集团的形成以及建安诸文士的创作热情，在某种程度上，可以说是有赖于曹丕精心组织、经营与呵护的，这也为"五言腾踊"的诗歌创作提供了良好的人文环境与文化土壤。如：

> 《魏略》曰：（卞）兰献赋赞述太子德美，太子报曰："赋者，言事

---

① 夏传才、唐绍忠校注：《曹丕集校注》，河北教育出版社2013年版，第59页。
② 夏传才、唐绍忠校注：《曹丕集校注》，河北教育出版社2013年版，第83页。
③ 夏传才、唐绍忠校注：《曹丕集校注》，河北教育出版社2013年版，第68页。
④ 吴云主编：《建安七子集校注》，天津古籍出版社2005年版，第161页。

类之所附也；颂者，美盛德之形容也。故作者不虚其辞，受者必当其实。兰此赋，岂吾实哉？昔吾丘寿王一陈宝鼎，何武等徒以歌颂，犹受金帛之赐，兰事虽不谅，义足嘉也。今赐牛一头。"由是遂见亲敬。①

及黄初初，以（邯郸）淳为博士给事中。淳作《投壶赋》千余言奏之，文帝以为工，赐帛千匹。②

（邯郸）淳作此甚典雅，斯亦美矣，朕何以堪也哉！其赐帛四十疋。③

以上三则材料所载曹丕对卞兰与邯郸淳献赋之举给予赐牛、赐帛的奖励固是对其创作行为本身的肯定，但随后的作品点评则是彼此之间纯粹的学术交流了。尤其是曹丕此段关于"赋"与"颂"的解读，可谓一家之言。如果说《典论·论文》是曹丕文学批评的巅峰之作，则其鉴赏水平的涵养则源于日常与诸文士之间的创作互动与鉴赏交流。可以推断，正是由于汉魏诸文士与曹丕在邺下大规模的文学创作与切磋活动，才有了曹丕在纵览当时诸文士创作时所具有的宏大时代视角与对文学创作进行鉴赏批评的社会学基础，也才有了"盖文章，经国之大业，不朽之盛事"的高规格政治定位。

## 二、曹丕与曹植的关系

后世学者多从政治利益的视角来论述曹丕与曹植的关系。在二者的关系发展中，曹丕继位前与曹植间还是较为亲密的兄弟与文友。如曹植的《娱宾赋》"欣公子之高义兮，德芬芳其若兰"，《公宴》"公子敬爱客，终宴不知疲"，《侍太子坐》"翩翩我公子，机巧忽若神"等等，对曹丕有

---

① ［晋］陈寿撰，［南朝宋］裴松之注：《三国志》卷5《武宣卞皇后列传》注引《典略》，中华书局1959年版，第158页。
② ［晋］陈寿撰，［南朝宋］裴松之注：《三国志》卷21《王粲列传》引《典略》，中华书局1959年版，第603页。
③ 傅亚庶注译：《三曹诗文全集译注》，吉林文史出版社1997年版，第367页。

"高义""敬爱客""机巧若神"等不同角度的肯定和赞美。《离思赋序》："建安十六年,大军西讨马超,太子留监国,植时从焉。意有忆恋,遂作离思赋云。"以上诸作无不表现出兄弟间其乐融融的情景。建安二十年,曹丕使曹植托荀闳向钟繇索玉玦,有《与钟繇谢玉玦书》所见其兄弟情义依旧亲昵①。

曹丕于公元220年即帝位。后世论者多以此年为界来把曹植一生分为前后期,对后期的论述多以曹植受迫害和压制为依托来谈其情感的抑郁与痛苦。在对待曹植诸皇亲的问题上,曹丕采取的是"诸侯就国"的制度。这个制度是针对所有王侯的,在对待曹植就国问题上很有代表性。黄初三年,曹丕表曹彰等十一人为王,曹植"立为鄄城王,邑二千五百户"②。其后《三国志》载如下史实,黄初二年"监国谒者灌均希指,奏植醉酒悖慢,劫胁使者,有司请治罪,帝以太后故,贬爵安乡侯,其年改封鄄城侯"③。黄初三年四月,曹丕立曹植为鄄城王,封其二子为乡公,曹植作《封鄄城王谢表》。东郡太守王机、防辅吏仓辑等诬告曹植。曹植获罪赴京都辩解,随后,获免复国。黄初四年,曹植、白马王曹彪、任城王曹彰朝京都,"六月甲戌,任城王彰薨于京都"④。"(黄初)四年,徙封雍丘王。其年,朝京都。"⑤曹植与白马王曹彪各还其国。曹植回到鄄城,随后,曹植徙封雍丘王。黄初五年十二月,曹丕自谯往梁,途经雍丘,至曹植宫,作《诏雍丘王植》,赐曹操衣,曹植作表谢。"(黄初)六年,帝东征,还过雍

---

① 刘坤、李剑锋:《从曹丕对曹植的优待再审其兄弟关系》,《甘肃社会科学》2014年第4期。
② [晋]陈寿撰,[南朝宋]裴松之注:《三国志》卷19《曹植列传》,中华书局1959年版,第561页。
③ [晋]陈寿撰,[南朝宋]裴松之注:《三国志》卷19《曹植列传》,中华书局1959年版,第561页。
④ [晋]陈寿撰,[南朝宋]裴松之注:《三国志》卷2《文帝纪》,中华书局1959年版,第83页。
⑤ [晋]陈寿撰,[南朝宋]裴松之注:《三国志》卷19《曹植列传》,中华书局1959年版,第562页。

丘,幸植宫,增户五百。"①至此,曹植封邑三千户,封赏不可谓不厚。

客观地说,曹丕的"诸侯就国"制度,以及安排防辅监国等人对各诸侯国实行监视的政策是当时政治斗争的客观需要。政治就是政治,一切政策的制定与制度的实行是以政权能否顺利交接和保持长期稳定为大局,即使帝王个人的喜怒、待遇、亲情远近等因素也属于从属因素。从曹彰在曹操死后索要印玺的实际情况出发,从曹叡出行朝中谣传曹叡驾崩看,甚至从有朝臣要拥戴曹植的历史事实来看,曹彰、曹植等人的存在,对曹丕、曹叡执政当局的稳定事实上已经造成了很大的威胁,已经成为魏国建立初期的"不稳定因素"之一。最为典型的莫过于讹传曹叡驾崩、意图拥戴曹植一事,尤其是惊心动魄的一幕,也可见当时政治斗争的残酷,事存《三国志·明帝纪》。

"(太和二年)丁未,行幸长安。夏四月丁酉,还洛阳宫。"《魏略》注引曰:"是时讹言,云帝已崩,从驾群臣迎立雍丘王(曹)植。京师自卞太后群公尽惧。及帝还,皆私察颜色。卞太后悲喜,欲推始言者,帝曰:'天下皆言,将何所推?'"②

从以上资料,我们大致可以归纳如下。第一,太和二年,"是时讹言,云帝已崩,从驾群臣迎立雍丘王(曹)植"的事件已经演变成一场严重的政变,如果政变成功,曹植无疑是最大受益者。第二,无论曹植是否亲自参与策划了这场政变,他的存在的确已经成为曹魏政权的不安定因素。从这一点上来看,曹操因曹植而产生的对诸侯的不信任是有先见之明的,曹丕实行的诸侯就国制度也是事出有因的。第三,面对这一未遂政变,曹植没有受到来自曹叡的任何实质性惩罚。"徙都"和待遇"减半"对其予以

---

① [晋]陈寿撰,[南朝宋]裴松之注:《三国志》卷19《曹植列传》,中华书局1959年版,第565页。

② [晋]陈寿撰,[南朝宋]裴松之注:《三国志》卷3《明帝纪》,中华书局1959年版,第95页。

克制和防范，已经是把亲情摆在第一位来处理了，这样的处置很难谈得上是迫害。曹植受到"事事复减半，十一年中而三徙都"的遭遇，主要还是"植以前过"的原因。这种因有"过"而招致的"徙都"和"减半"本无可厚非，这种处理可以说是一种惩罚，也可说是曹植"任性而行，不自彫励，饮酒不节"①的一个应有教训，也是曹植"克让远防，终致携隙"的结果。

曹丕的诸侯就国制度本身是对巩固皇权的一种重要保障。然而，对在政策执行过程中，曹植似乎受到的打击较其他诸侯为重一说，很多学者站在曹植立场上对曹丕予以批评是不恰当的。第一，这个制度并非是针对曹植一人而设。第二，作为长期以来与曹丕争夺太子的人选受到"特别"的对待也是情理之中的事情，又何来虐待之说。第三，曹丕自登基以来，或说终曹丕一朝，拥护曹植一党的活动从未停止过，曹植始终是对皇权的最大潜在威胁，这是不争的事实。所以，曹丕铲除曹植党羽丁仪、丁廙与孔桂是非常合政治逻辑的。而这种清除曹植党羽的工作早在建安二十四年（曹操去世前）就已经开始了。"黄初二年，监国谒者灌均希指，奏'植醉酒悖慢，劫胁使者'。有司请治罪，帝以太后故，贬爵安乡侯。"②这则材料应该是真实的，曹植能有"醉酒悖慢，劫胁使者"的行为符合他的个性，恐非诬陷。而曹丕对此严重事件，也只是给予贬爵的低调处理而已。正如曹丕所言："植，朕之同母弟。朕于天下无所不容，而况植乎？骨肉之亲，舍而不诛，其改封植。"③可见，站在曹丕的立场上，曹植是得到政治优待而非迫害的。第四，曹植虽然受到"僚属皆贾竖下才，兵人给

---

① ［晋］陈寿撰，［南朝宋］裴松之注：《三国志》卷19《曹植列传》，中华书局1959年版，第557页。

② ［晋］陈寿撰，［南朝宋］裴松之注：《三国志》卷19《曹植列传》，中华书局1959年版，第561页。

③ ［晋］陈寿撰，［南朝宋］裴松之注：《三国志》卷19《曹植列传》注引《魏书》，中华书局1959年版，第562页。

其残老,大数不过二百人"①的待遇,但无论如何,曹植在经济上"邑三千户",应该说物质生活待遇是没有降低的,在爵位上是雍丘王。终曹丕一生,曹植于生命是无忧的,于物质待遇是丰厚的,创作上则在黄初年间达到了高峰。

### 三、曹丕对诸文士的怀念

曹丕对诸文士的感情,也体现在诸文士逝世后。此间,曹丕创作了大量的诗文表哀思、寄深情、忆往事、怅平生,表达对诸文士的怀念。曹丕对诸文士的这种一往情深与毫不掩饰的感情表达在曹操那里没有,在曹植那里没有,即便是在中国文学史上也很难再找到类似的帝王了。

阮瑀在建安十七年病逝之后,曹丕感慨阮瑀妻子的悲苦,出于对朋友的哀悼与怀念,创作了《寡妇诗》与《寡妇赋》。其赋序曰:"陈留阮元瑜,与余有旧,薄命早亡。每感其遗孤,未尝不怆然伤心。故作斯赋,以叙其妻子悲苦之情,命王粲并作之。"②曹丕通过诗文以表达对阮瑀的哀痛,以及对其妻子的安慰。日后与吴质的书信中,他也常常念及阮瑀,如:"元瑜长逝,化为异物,每一念至,何时可言?方今蕤宾纪辰,景风扇物,天气和暖,众果具繁。时驾而游,北遵河曲,从者鸣笳以启路,文学托乘于后车,节同时异,物是人非,我劳如何!"③此信忆及与阮瑀、吴质等昔日南皮之游的快乐,感慨今日阮瑀的长逝,深味物是人非,忧心难遣。曹丕作为一代帝王,而有如此柔肠厚谊,实为罕见。

如果说曹丕与阮瑀的追忆还带有个体情感色彩的话,那么建安二十二年王粲等五子的去世则给曹丕以众星纷落般的打击。王粲去世后,曹丕"临其丧,顾语同游曰:'王好驴鸣,可各作一声以送之。'赴客皆一

---

① [晋]陈寿撰,[南朝宋]裴松之注:《三国志》卷19《曹植列传》,中华书局1959年版,第576页。
② 夏传才、唐绍忠校注:《曹丕集校注》,河北教育出版社2013年版,第59页。
③ 夏传才、唐绍忠校注:《曹丕集校注》,河北教育出版社2013年版,第104页。

作驴鸣"①。

这种失去朋友的痛苦甚至在以后很长的时间内无法抹平,他多次在与吴质的书信中表达对往昔一起生活的怀念,感人肺腑。如《又与吴质书》:"昔年疾疫,亲故多离其灾。徐、陈、应、刘,一时俱逝,痛可言邪!昔日游处,行则连舆,止则接席,何曾须臾相失。每至觞酌流行,丝竹并奏,酒酣耳热,仰而赋诗。当此之时,忽然不自知乐也。谓百年己分,可长共相保。何图数年之间,零落略尽,言之伤心。顷撰其遗文,都为一集。观其姓名,已为鬼录。追思昔游,犹在心目,而此诸子化为粪壤,可复道哉!"②回顾当年一起游处时"行则连舆,止则接席"的心心相印和"酒酣耳热,仰而赋诗"的精神交流,曹丕对徐、陈、应、刘等诸文士逝去的哀痛表达得淋漓尽致,游乐、酣宴、赋诗等诸多往事一一再现,曹丕对感情的珍视可见一斑。这段记述也成为中国文学史上最为动人的一段哀诔文字。

### 四、曹丕对诸文士作品的整理与评价

曹丕《典论·论文》:"盖文章,经国之大业,不朽之盛事。""经国之大业"是强调文章于国家政治层面的作用,"不朽之盛事"是说文章可以"不假良史之辞,不托飞驰之势"而使作者"声名自传于后",这是在战争频仍、生命无常的乱世中实现精神不朽的唯一途径。《魏书》载:"帝初在东宫,疫疠大起,时人彫伤,帝深感叹,与素所敬者大理王朗书曰:'生有七尺之形,死惟一棺之土,惟立德扬名,可以不朽。其次莫如著篇籍。疾病数起,士人凋落,余独何人,能全其寿?'故论撰所著《典论》诗赋,盖百余篇,集诸儒于肃城门内,讲论大义,侃侃无倦。"③因此曹丕此段于疾疫伤人的惨痛中再次对《左传》首倡的立德、立功、立言的"三不

---

① 徐震堮:《世说新语笺疏》,中华书局1984年版,第347页。
② 夏传才、唐绍忠校注:《曹丕集校注》,河北教育出版社2013年版,第110页。
③ [晋]陈寿撰,[南朝宋]裴松之注:《三国志》卷2《文帝纪》,中华书局1959年版,第88页。

朽"有了深刻的切身体会。有了这种于生命意义的觉醒，对"不朽"的解读推己及人，把对已故诸文士的怀念追忆等深厚的感情转变为理性的行动，对他们作品的收集与整理，真正让他们实现了生命的"不朽"。他为七子"顷撰其遗文，都为一集"①。即便是对被曹操杀掉的孔融，曹丕也一视同仁，《后汉书·孔融列传》载："魏文帝深好融文辞，每叹曰：'扬、班俦也。'募天下有上融文章者，辄赏以金、帛。所著诗、颂、碑文、论议、六言、策文、表、檄、教令、书记凡二十五篇。"②不仅如此，曹丕为助诸文士"声名自传于后"，还亲自为其作品专门作序，曹丕集现存尚有《陈琳集序》《建安诸序》等。以此推断，建安七子作品的整理与流传，曹丕当居首功。或可说：世无曹丕，难见诸文士之诗文。不局限于"七子"，凡是他认为文有可观的，曹丕都尽力予以保存和传播，如《三国志·司马朗列传》注引《魏书》载："文帝尚（司马）朗论，命秘书录其文。"③

在整理诸文士的作品时，曹丕还通过文学批评的方式对他们进行评价与称扬。曹丕对诸文士的评价资料很多，且都比较中肯，代表着当时文学批评的最高水平。如《典论·论文》：

> 王粲长于辞赋，徐幹时有齐气，然粲之匹也。如粲之《初征》、《登楼》、《槐赋》、《征思》，幹之《玄猿》、《漏卮》、《圆扇》、《橘赋》，虽张、蔡不过也。然于他文，未能称是。琳、瑀之章表书记，今之隽也。应玚和而不壮。刘桢壮而不密。孔融体气高妙，有过人者，然不能持论，理不胜词，以至乎杂以嘲戏，及其所善，扬、班俦也。④

《典论》是曹丕非常重视的一部著作，其中《论文》一篇是中国文学

---

① 夏传才、唐绍忠校注：《曹丕集校注》，河北教育出版社2013年版，第110页。
② ［南朝宋］范晔撰：《后汉书》卷70《孔融列传》，中华书局1965年版，第2279页。
③ ［晋］陈寿撰，［南朝宋］裴松之注：《三国志》卷15《司马朗列传》，中华书局1959年版，第468页。
④ 夏传才、唐绍忠校注：《曹丕集校注》，河北教育出版社2013年版，第235页。

批评史上具有划时代意义的作品,尤其是对王粲、孔融等七人的创作及作品风格给予恰当的分析,也正因此才有"建安七子"之名。曹丕的评论得到了后世学者的高度评价与认可。从文学批评的角度上看,是曹丕成就了"建安七子"。当然,曹丕在《与吴质书》中也对王粲等七子的文学艺术进行一分为二的客观评价。如:

> 伟长独怀文抱质,恬淡寡欲,有箕山之志,可谓彬彬君子者矣。著《中论》二十余篇,成一家之言,辞义典雅,足传于后,此子为不朽矣。德琏常斐然有述作之意,其才学足以著书。美志不遂,良可痛惜。间者历览诸子之文,对之抆泪,既痛逝者,行自念也。孔璋章表殊健,微为繁富。公干有逸气,但未遒耳,至其五言诗之善者,妙绝时人。元瑜书记翩翩,致足乐也。仲宣独自善于辞赋,惜其体弱,不足起其文,至于所善,古人无以远过。①

我们可以看到曹丕的批评本身是对被批评者的文学创作做了一个宏大的时代视域的观照,这种观照既有对作者本人的个体生命历程、地域文化的概括,又能结合其作品呈现出的个体性艺术风格进行社会性与艺术性的双重批评。

---

① 夏传才、唐绍忠校注:《曹丕集校注》,河北教育出版社2013年版,第110页。

## 第三章 曹叡与诸文士的关系

曹叡自幼"好学多识",其本人亦热衷于文学创作。《隋书·经籍志》载曹叡有集二十卷,经丁福保先生整理《全汉三国晋南北朝诗》收其诗十二首,逯钦立先生《先秦汉魏晋南北朝诗》收其诗十八首。从他留下的诗篇来看,曹叡有着相当高的文学造诣,如钟嵘《诗品》所称:"今之清商,实由铜雀,魏之三祖,风流可怀。"① 现在"曹魏三祖"的说法在很大程度上是专就他们的文学成就而言的。曹魏三祖中曹操与诸文士保持着一种政治上的君臣隶属关系;曹丕则在"五官中郎将"这一职位基础上与诸文士建立了融洽的朋友关系;曹叡与诸文士的关系如何,还需要从曹叡与诸文士的交往来分析。

曹叡执政十三年中多次鼓励文学之士进行辞赋创作。据青龙元年《诏何桢》载:"扬州别驾何桢,有文章才,试使作《许都赋》,成,上不封,得令人见。"② 同时被诏作《许都赋》的还有刘邵等人。另有《文选》卷十一何晏《景福殿赋》李善注引《典略》曰:"魏明帝将东巡,恐夏热,故许昌作殿,名曰景福。既成,命人赋之,平叔遂有此作。"③ 韦诞、夏侯惠均有《景福殿赋》,邯郸淳、卞兰、缪袭均有《许昌宫赋》。从这些记载中我们可以作如下推断。第一,何桢与刘邵,韦诞与夏侯惠,以及邯郸淳、卞兰、缪袭等人的同题之作皆为应诏之作,这种应诏作品产生方式与

---

① [南朝梁]沈约撰:《宋书》,中华书局1979年版,第552页。
② [清]严可均辑:《全三国文》,商务印书馆1999年版,第94页。
③ [南朝梁]萧统编,[唐]李善注:《文选》卷11《何平叔景福殿赋》,上海古籍出版社1986年版,第522页。

当年曹操营建铜雀台成、令曹丕兄弟作赋以颂之的性质无二，这恐怕也是曹叡自幼在这种文学氛围中熏陶出来的结果。第二，曹叡大兴土木，营建宫殿以宣扬帝王的威严，应诏之赋多为应景、润色鸿业之作，如缪袭《许昌宫赋》，其赋不存，其序曰："太和六年春，上既躬耕帝藉，发趾乎千亩，以帅先万国，乃命群牧守相，述职班教，顺阳宣化，烝黎允示，训德歌功，观事乐业。是岁甘露降，黄龙见，海外有克捷之师，方内有农穰之庆，农有余粟，女有余布，遐狄来享，殊俗内附，穆乎有太平之风。"①由此可见，曹叡与夏侯惠、缪袭等人在文学创作上还保持一种君臣的等级关系。

曹叡与诸文士的君臣关系还表现在以政治刺激的手段引诱诸文士进行文学创作。在这一点上，曹叡与曹丕有着极大的相似之处，均为皮锡瑞所谓"导以利禄"之法。如《文选》卷五三李康《运命论》李善注引《集林》曰："李康，字萧远，中山人也。性介立，不能和俗。著《游山九吟》，魏明帝异其文，遂起家为寻阳长。政有美绩，病卒。"②在这段资料中，曹叡直接以李康能创作出《游山九吟》这样优秀作品的文学才华为仕途提拔的依据，显然是出于自身对文学本身的喜好。这样的一种仕进方式也是对汉灵帝设鸿都门学，以"能为尺牍辞赋及工书鸟篆者相课试"的仕进方式的一种制度延续，具有深层次的政治意义，而非单纯的文学意义了。

曹叡对李康的奖掖提拔势必造成文士队伍的壮大，为此，曹叡于青龙四年"夏四月，置崇文观，征善属文者以充之"③。刘师培《中国中古文学史》认为："魏代自太和以讫正始，文士辈出。"④这里需要指出的是，

---

① ［清］严可均辑：《全三国文》，商务印书馆1999年版，第392页。
② ［南朝梁］萧统编，［唐］李善注：《文选》卷53《李萧远运命论》注引《集林》，上海古籍出版社1986年版，第2295页。
③ ［晋］陈寿撰，［南朝宋］裴松之注：《三国志》卷3《明帝纪》，中华书局1959年版，第107页。
④ 刘师培：《中国中古文学史》，人民文学出版社1959年版，第35页。

刘师培的话是指"自太和以迄正始"这一历史时段，而非专就曹叡执政时期而论。同时我们也应该看到，正始年间具有代表性的作家，如嵇康、阮籍等，虽然在曹叡时期已经开始创作，但也只是一个开始。而曹叡时代比较显赫的何晏、刘劭等人虽有作品传世，但他们作为立身扬名的著作不是文学，而是玄学。他们对文学的影响远远小于他们在玄学方面的影响及声望。

以崇文观的设置为基础，聚集了大量的善属文者。曹叡时代活跃于文坛的人物主要有何晏、刘邵、卫凯、苏林、韦诞、何桢、缪袭、卞兰、应璩、杜挚、夏侯惠、孙该、李康、蒋济、桓范、毌丘俭等人，然而诸人却鲜见作品传世。我们不能就此推断当时是否出现过文学创作的高潮。或许高潮是出现过的，作品也曾大量创作过，但佚失的可能极大。可以说，曹叡虽对文学重视，但由于君臣之间的等级关系，或说曹叡对等级制度的高度认同，崇文观学士创作的大量作品应该以润色鸿业或应酬之作居多，这样的作品与文质兼美、情兼雅怨的建安文学相比自然是相形见绌。在建安风骨的影响下，崇文观文学的浅薄和无特点自然难以避免被淘汰的命运。

# 第四章　论曹操与孔融之死

孔融事迹，《后汉书·孔融列传》有详细的记载，裴松之注《三国志》中有相关的材料可以相互佐证。但于孔融之死，可谓仁者见仁，智者见智，莫衷一是。即使是《三国志》和《后汉书》也有相互抵牾的地方，甚至一书之中，论其原因也存在多种观点。本文试图在梳理前贤多种观点的基础上，从孔融在汉末政权以及政治中的实际影响来进一步探讨其被杀的原因。孔融之死涉及复杂的政治问题，兹从三个方面来探讨。

## 一、孔融是成熟的政治家

张璠《汉纪》载："是时天下草创，曹、袁之权未分，融所建明，不识时务。又天性气爽，颇推平生之意，狎侮太祖。"[①]那么，导致孔融最终被曹操杀害是因为他"不识时务""狎侮太祖"吗？如果理解停留在这个层面上，那么孔融戏谑的个性是其自身道德修养的问题，而且"不识时务"也正表明了其政治修养上的幼稚与短视。

那么我们是否能据此断定孔融在政治上是幼稚的呢？答案是否定的。孔融应该很清楚自己的能力、身份、地位及影响，他的优势不在军事和政治上，而是在文化舆论上。《后汉书·孔融列传》载："融负其高气，志在靖难，而才疏意广，迄无成功。"[②]这是史学家范晔的评价，孔融自

---

① ［晋］陈寿撰，［南朝宋］裴松之注：《三国志》卷12《崔琰列传》注引《汉纪》，中华书局1959年版，第372页。
② ［南朝宋］范晔撰：《后汉书》卷70《孔融列传》，中华书局1965年版，第2264页。

然清楚自己对政治施加影响的方式不是通过军事打击、权力控制,而是通过影响社会舆论来完成。这从深层次来讲,恐怕是汉末清议之风的遗留。据《后汉书·孔融列传》所载,孔融"宽容少忌,好士,喜诱益后进。及退闲职,宾客日盈其门";"闻人之善,若出诸己,言有可采,必演而成之,面告其短,而退称所长,荐达贤士,多所奖进,知而未言,以为己过,故海内英俊皆信服之"①。孔融自己也有诗"坐上客恒满"为证,足见他在自己周围团结了很大一批清议人物。这些人物又在很大程度上影响着汉末的舆论导向。由此可知,孔融毫无疑问已经成为当时文化界的精神导师与意见领袖,更成为东汉政权在文化上的一股强大的舆论力量。这也是杨赐、何进、董卓等人怒孔融之拂意,却因其"有重名",恐"四方之士引领而去"而不杀孔融的主要原因。

孔融在政治上应该是成熟的,这可以从建安前期孔融在政治舞台上的一系列重要表现看出来。张璠以孔融的《上书请准古王畿制》为例,批判了孔融没有站在天下的角度来看问题的政治意识。然孔融在此书中却提出了"颍川、南阳、陈留、上党三河近郡,不封爵诸侯"②的具体建议。可以说,这个建议是切中问题要害的,是对曹操无限制地扩张自己的势力提出的一个中肯的建议。曹操"奉天子以令诸侯",把首都迁到许昌后,征孔融为将作大匠。将作大匠是汉代九卿之一,汉景帝时设立,其职责是掌管宫室、宗庙、陵寝等土木营建工作。此时孔融看重的是曹操的"奉天子",而曹操看重的正是孔融忠汉的声名。不久,孔融发现了曹操并非真心"奉天子",而是"挟天子",当然要站出来维护汉王朝的利益。汉献帝本人与孔融私下来往密切。《后汉书·荀悦列传》载:"献帝颇好文学,悦与彧及少府孔融侍讲禁中,旦夕谈论。"③可见,荀悦、荀彧、孔融都是汉献帝的密友。这种亲密的君臣关系想必是以谈

---

① [南朝宋]范晔撰:《后汉书》卷70《孔融列传》,中华书局1965年版,第2277页。
② 吴云主编:《建安七子集校注》,天津古籍出版社2005年版,第33页。
③ [南朝宋]范晔撰:《后汉书》卷62《荀悦列传》,中华书局1965年版,第2058页。

论文学为交流基础,以共同的政治理念为精神内核的。关于这点,我们可以从三人以后的人生道路来推断。"时,政移曹氏,天子恭己而已。(荀)悦志在献替,而谋无所用,乃作《申鉴》五篇。"①荀彧因反对曹操称公,"饮药而卒,时年五十。帝哀惜之,祖日为之废宴乐。谥曰敬侯。明年,操遂称魏公云"②。范晔的史笔可谓精妙之至,无一字褒贬,而两者之前后因果关系却一语道破。因此孔融的《上书请准古王畿制》的出现是必然的,即便孔融不写,荀彧或荀悦也会写。因为这个问题关系到汉献帝政治权力的皇家尊严和汉王朝统治的稳定。孔融任北海相的时候曾两度欲迎天子,第一次由徐州刺史陶谦牵头,第二次在兴平元年由孔融和陶谦共同牵头。《后汉书·孔融列传》记载:"时袁、曹方盛,而融无所协附。左丞祖者,称有意谋,劝融有所结纳。融知绍、操终图汉室,不欲与同,故怒而杀之。"③左丞祖"有所结纳"的建议在当时无疑是明辨时势发展的理性选择,可是献策的左丞祖却为孔融所杀。孔融应该也认识到了左丞祖建议是审时度势的选择,但还是要他死,就在于孔融的政治立场是力挺东汉王朝,而不是审时度势、为自身的生存发展谋取出路。孔融能够准确地判断出袁绍、曹操二人的真正意图短期内是为了自身势力的生存与发展,长期目标则是"终图汉室"。在这点上,孔融和袁绍、曹操站在截然相反的立场上。关于太傅马日磾出使袁术无果而终一事,"及丧还,朝廷议欲加礼"④,孔融独以为不宜加礼,其原因在于马日磾在出使袁术之时"曲媚奸臣""奸以事君",朝廷从孔融之意。有人建议复肉刑,孔融上《肉刑议》,以"被刑之人,虑不念生,志在思死,类多趋恶,莫复归正"⑤为由反对,其结果是"朝廷善之,不复改焉"⑥。

---

① [南朝宋]范晔撰:《后汉书》卷62《荀悦列传》,中华书局1965年版,第2058页。
② [南朝宋]范晔撰:《后汉书》卷70《荀彧列传》,中华书局1965年版,第2290页。
③ [南朝宋]范晔撰:《后汉书》卷70《孔融列传》,中华书局1965年版,第2264页。
④ [南朝宋]范晔撰:《后汉书》卷70《孔融列传》,中华书局1965年版,第2265页。
⑤ [南朝宋]范晔撰:《后汉书》卷70《孔融列传》,中华书局1965年版,第2266页。
⑥ 吴云主编:《建安七子集校注》,天津古籍出版社2005年版,第51页。

复肉刑的问题一直是建安年间的热门政治话题，但直到魏朝灭亡都没有实行。关于刘表"桀逆放恣，所为不轨，至乃郊祭天地，拟仪社稷"① 的僭越之举，孔融从朝廷的礼法和政局的稳定角度出发，审时度势地提出"宜隐郊祀之事，以崇国防"的对策。可见孔融在刘表的问题上是以东汉朝廷对地方的实际管控能力为考虑问题的出发点，而非纯以政治是非来处理。诸如此类的例子还有很多，如孔融代表汉献帝成功地安抚袁绍一事可谓政治外交运作上的成功案例。

部分学者提出，孔融之死是其个人的性格悲剧。郭沫若先生指出："曹操虽然爱才，但对于恃才傲世、不肯亲附自己的人，却是不能容忍的。"袁淑在《吊古文》中说"文举疏诞以殃速"，颜子推《颜氏家训·文章》称孔融"诞傲致殒"。王鹏廷先生认为"孔融反抗曹操，既无明确的目的，又乏机智权谋，仅恃才放旷，嬉笑怒骂而已。如他以书向曹操嘲讽其为子纳甄氏与讨乌桓，均是取笑"②。持类似观点的学者不在少数。《后汉书·孔融列传》载："初（建安九年），曹操攻屠邺城，袁氏妇子多见侵略，而操子丕私纳袁熙妻甄氏。融乃与操书，称'武王伐纣，以妲己赐周公'。"③笔者感觉很多人理解这则材料时犯了断章取义的错误，他们忽视了"曹操攻屠邺城，袁氏妇子多见侵略"④的语境。曹操攻占邺城，袁氏家族的妇子多见侵略，可想全城正在遭受的是怎样的一种残暴杀戮。我们看另一则材料："时适二月社，民各在其社下，悉就断其男子头，驾其车牛，载其妇女财物，以所断头系车辕轴，连轸而还洛，云攻贼大获，称万岁。入开阳城门，焚烧其头，以妇女与甲兵为婢妾。"⑤这两则材料何其相似也。曹操代表的是东汉政府，曹军是王师，是仁义之师的

---

① ［南朝宋］范晔撰：《后汉书》卷70《孔融列传》，中华书局1965年版，第2269页。
② 王鹏廷：《建安七子研究》，北京大学出版社2004年版，第55页。
③ ［南朝宋］范晔撰：《后汉书》卷70《孔融列传》，中华书局1965年版，第2271页。
④ ［南朝宋］范晔撰：《后汉书》卷70《孔融列传》，中华书局1965年版，第2271页。
⑤ ［晋］陈寿撰，［南朝宋］裴松之注：《三国志》卷6《董卓列传》，中华书局1959年版，第174页。

代表,应该是《尚书·仲虺之诰》所言"东征西夷怨,南征北狄怨"①的局面,而不是所到之处,城池被屠戮,妇人遭蹂躏。曹丕纳甄氏的问题,不是一个女人的问题,而是邺城众多妇人遭侵凌问题的具象化。况且曹丕此举使战争的性质发生了改变。曹操消灭袁绍势力、占领邺城,本为朝廷统一天下以伐不臣之义举。然而,曹丕纳甄氏使得这场战争的目的由一统北方、维护皇权而演变为争夺女人的战争。曹操常以周公自诩,故孔融以周公和武王灭商的故事作讽。孔融的本意不在曹丕纳甄氏,而在曹操屠邺城、侵略袁氏妇人上。明白此,才可谓懂得孔融之苦心孤诣。

关于打乌桓的问题。曹操是在消灭袁氏兄弟、打高干之后,基于彻底消灭袁氏力量、巩固北方的需要,在郭嘉的建议下打算北征乌桓。此时曹操的军队已经相当疲惫了,诸将多有反对者,他们的依据有二:其一,"袁尚,亡虏耳,夷狄贪而无亲,岂能为尚用"②;其二,如果"深入征之,刘备必说刘表以袭许"③。所以田余庆先生认为"乌桓对曹操的威胁绝对没有刘表严重,打乌桓可能得到的好处,也绝对不能同打刘表相比"④。面对曹操的一意孤行,在众人纷纷上书劝说无效的情况下,孔融换一种戏谑的方式进行劝说未尝不是办法。曹操攻伐乌桓事后厚赏当初反对出征的诸将,并承认自己北征乌桓是"乘危以徼幸,虽得之,天所佐也,故不可以为常"⑤。据此,我们再看孔融的《与曹公书嘲征乌桓》就不再是无厘头的调侃与讽刺了。

---

① 周秉均注译:《尚书》,岳麓书社2001年版,第59页。
② [晋]陈寿撰,[南朝宋]裴松之注:《三国志》卷1《武帝本纪》,中华书局1964年版,第29页。
③ [晋]陈寿撰,[南朝宋]裴松之注:《三国志》卷1《武帝本纪》,中华书局1964年版,第29页。
④ 田余庆:《秦汉魏晋史探微》,中华书局2004年版,第133页。
⑤ [晋]陈寿撰,[南朝宋]裴松之注:《三国志》卷1《武帝本纪》附《曹瞒传》,中华书局1959年版,第30页。

## 二、孔融是汉末拥护朝廷的一面大纛

东汉末年，董卓之乱后，曹操"奉天子以令诸侯"，为了扩张自己的势力，他几次颁布《求贤令》。我们可以把曹操收揽的人才分为两部分：一部分是投奔汉献帝，或说对东汉王朝怀有感情的人，如杨彪、孔融、荀彧、赵温、赵谦、杨修、董承、吉平、耿纪等，这些人或者是得到过东汉政府重用且一直在政府任职的，而为曹操后来招揽来的；另一部分是投奔曹操来的，如夏侯家与曹家的诸位将军明显是曹操的"铁杆拥趸"，并成其核心力量，其他还有钟繇、华歆、田畴、邢颙、徐晃、许褚、张辽、乐进等文武群才。这两部分人我们可以分别称为保皇派和保曹派。曹操一方面显示出"唯才是举"的胸怀来招揽那些想建功立业的人才，同时也很好地利用了汉献帝这个招牌招揽了那些对东汉王朝还心存感情的人才。在这点上，我们可以毫不夸张地说：三国人才，唯魏最盛。这也是曹操最终得以统一北方的主要原因。

在保皇派中，孔融无疑是其中的代表，换句话说，孔融是维护东汉政权的一面旗帜。他是东汉政府在舆论上的坚决捍卫者，其捍卫行为表现在两个方面。

一方面，孔融极力维护皇权的尊严。《论语·颜渊》载："齐景公问政于孔子。孔子对曰：'君君，臣臣，父父，子子。'"[①] "君君、臣臣"的思想是孔子政治思想的核心。孔融作为孔子的二十世孙，无疑也是儒家思想的坚守者和践行者。最初孔融看到的是曹操建安元年（公元196年）"迎天子"的举动，以为曹操迎天子到许昌是为了恢复汉室王朝。孔融或许还心生了一些感动，故作诗以抒怀。我们看孔融创作于建安元年的这两首六言诗：

郭李纷争为非，迁都长安思归。瞻望关东可哀，梦想曹公归来。[②]

《六言诗三首》其二

---

① [清]刘宝楠撰，高流水点校：《论语正义》，中华书局1990年版，第499页。
② 吴云主编：《建安七子集校注》，天津古籍出版社2005年版，第21页。

> 从洛到许巍巍,曹公辅国无私。减去厨膳甘肥,群僚率从祁祁。
> 虽得俸禄常饥,念我苦寒心悲。①
>
> 《六言诗三首》其三

《六言诗三首》其二回忆的是郭汜、李傕挟持汉献帝相互交伐的局势,以及汉献帝对曹操勤王的热望;其三则道出了孔融对曹操"奉天子"的举动,而赞之以"忧国无私"。可以说孔融的这种感情是真实的,甚至可以说是当时大多数人眼中的曹操形象:一个忧国无私、宵衣旰食以拱卫朝廷的良相和能臣。从建安元年到建安九年这段时间,孔融与曹操是合作的关系。此时曹操急需人才,所以当袁绍向曹操提出帮自己杀掉杨彪、孔融时,被曹操断然拒绝。

建安九年,曹操攻下袁绍老巢邺城,曹操对汉献帝的态度也由以前的"奉天子"演变为"挟天子"了。这个转变,排除了历史趋势的考量,是曹操彻底打败袁绍统一北方后个人理想的膨胀。孔融与曹操的关系也进入了一个针锋相对的新阶段。如果说以前曹操对孔融还能包容的话,那么此时曹操的实力已经使他感觉没有必要再容忍孔融了。此时曹操一方的人才队伍比例发生了很大的变化,拥曹派势力已经超过了保皇派。此时的孔融不仅不能对曹操抱负的施展起到辅助作用,而且站到了其对立面。孔融对曹丕纳甄氏进行讽刺,对曹操北征乌桓加以嘲讽,对《禁酒令》反对逐渐升级,甚至提出《上书请准古王畿制》来直接干预曹操的政治生活。孔融一系列举动的本意都是为了抵制曹操专权并通过恢复礼法以达到尊汉攘曹的目的。

另一方面,孔融极力对保皇派人员进行保护和推荐。作为东汉末年清流派的代表人物,孔融从幼年开始就在保护清流士子方面有突出的表现。《后汉书·孔融列传》记载了这样一则故事:"时融年十六,(张)俭少之而不告。融见其有窘色,谓曰:'兄虽在外,吾独不能为君主邪?'因留

---

① 吴云主编:《建安七子集校注》,天津古籍出版社2005年版,第21页。

舍之。后事泄，国相以下，密就掩捕，俭得脱走，遂并收褒、融送狱。二人未知所坐。融曰：'保纳舍藏者，融也，当坐之。'褒曰：'彼来求我，非弟之过，请甘其罪。'吏问其母，母曰：'家事任长，妾当其辜。'一门争死，郡县疑不能决，乃上谳之。诏书竟坐褒焉。"①张俭，是东汉末年党锢清议领袖。"（延熹八年）中常侍侯览家在防东，残暴百姓，所为不轨。俭举劾览及其母罪恶，请诛之。览遏绝章表，并不得通，由是结仇。"为此张俭被迫亡命天涯，这成为轰动东汉士林的重大事件。据《后汉书》载，为了保护张俭，"其所经历，伏重诛者以十数，宗亲并皆殄灭，郡县为之残破"②。而在张俭逃亡中，孔融之所以能在家长不在的情况下私自收留张俭，源于孔融被张俭那种疾恶如仇、伸张正义、心系苍生的壮举所感动，同时孔融本人从小就有超凡的胆量和担当。当朝廷追查下来后，孔融没有逃避，而形成了一母二子"一门争死"的场面。这件事最终以孔褒伏法、孔融扬名结束。可以说孔融的名满天下，依靠的不是孔子的祖荫，而是自己在士林中用生命换来的。

类似的例子还有很多，发生在建安元年曹操欲杀杨彪一案就是另一个典型。

《后汉书·杨彪传》记载："建安元年，从东都许。时天子新迁，大会公卿，兖州刺史曹操上殿，见彪色不悦，恐于此图之，未得宴设，托疾如厕，因出还营。彪以疾罢。时，袁术僭乱，操托彪与术婚姻，诬以欲图废置，奏收下狱，劾以大逆。将作大匠孔融闻之，不及朝服，往见操曰：'杨公四世清德，海内所瞻。《周书》：'父子兄弟罪不相及。'况以袁氏归罪杨公？《易》称'积善余庆'，徒欺人耳。操曰：'此国家之意。'融曰：'假使成王杀邵公，周公可得言不知邪？今天下缨緌搢绅所以瞻仰明公者，以公聪明仁智，辅相汉朝，举直厝枉，致之雍熙也。今横杀无辜，则海内观听，谁不解体！孔融鲁国男子，明日便当拂衣而去，不复朝矣。'操不得已，

---

① [南朝宋]范晔撰：《后汉书》卷70《孔融列传》，中华书局1965年版，第2262页。
② [南朝宋]范晔撰：《后汉书》卷67《张俭列传》，中华书局1965年版，第2210页。

遂理出彪。"①

杨彪者,何许人也?杨家是东汉德业相继四世为公的望族,杨彪本人则是典型的尽节护主之辈。关于杨彪我们先看几则材料:汉光和年中,杨彪因揭发黄门令王甫贪污一案而名动天下。中平六年,杨彪因冒死反对董卓迁都而被免职。此时,孔融亦有不俗的表现。《后汉书·孔融列传》载:"会董卓废立,融每因对答,辄有匡正之言。以忤卓旨,转为议郎。时黄巾寇数州,而北海最为贼冲,卓乃讽三府同举融为北海相。"②兴平元年,遭李傕、郭汜之乱,杨彪"尽节卫主,崎岖危难之间,几不免于害"。建安十一年,杨彪见汉祚将终,遂以脚疾为由辞职居家至死。黄初元年,曹丕继位,欲以杨彪为太尉。杨彪以自己世代为汉之三公不便侍新朝为由辞去。由此,我们再回到孔融救杨彪的举动中可以发现,孔融与杨彪在忠于汉室的问题上是一致的。孔融之所以要救杨彪一命,其目的在于为保皇派保存实力。孔、杨二人的区别在于,杨彪在经过曹操的这轮打击后主动选择退出政治舞台,而孔融还活跃在政治舞台上,直到为自己所尽忠的汉朝献身为止。

在孔融的政治生活中,为朝廷推荐人才是一项重要的日程。在我们所能看到的孔融的文章中,属于推荐性质的书信占据很大比重,如《上书荐赵台卿》《荐祢衡表》《论盛孝章书》《上书荐谢该》《与曹公书荐边让》等。这些推荐信,孔融都写得极富感情和表现力。我们把这些人物与荀彧推荐的人物进行一下对比。荀彧为曹操举荐的人才包括钟繇、荀攸、陈群、杜袭、郭嘉等,均为军国人才,这些人都是在三国时代具有重要影响的人物。孔融推荐的赵台卿、祢衡、盛孝章、谢该、边让等都是当时清流派的代表,是在士林有一定影响的人物。由二者推荐的人才不同,我们能够清晰地感到孔融的文化人的身份,荀彧的政治人的身份。两相对比,荀彧推荐的人才在曹操统一北方的过程中发挥了重要的作用,而孔融所推

---

① [南朝宋]范晔撰:《后汉书》卷54《杨彪列传》,中华书局1965年版,第1788页。
② [南朝宋]范晔撰:《后汉书》卷70《孔融列传》,中华书局1965年版,第2263页。

荐的人才多在舆论上对曹操造成了很大的威胁。以至于其后，祢衡被曹操"送"于刘表处，遭黄祖杀害，边让因不屈于曹操，被曹操杀后其妻子也被霸占。尤其是建安九年曹操占领邺城后，孔融明显地感受到曹操的野心和不臣之言行，所以才会在一系列的行动上予以反对和阻挠。如此看来，孔融不仅是清流派的首领，影响着社会的舆论，而且是效忠于汉室的一个具有标志性的符号，成为拥护汉廷、抵制曹氏专权的一面大纛。

### 三、孔融被杀是曹操势力膨胀的结果

曹操是一名成熟的政治家，他很清楚杀孔融是需要条件的，也是需要付出代价的。所以他需要寻找一个合适的时机和恰当的借口。建安十三年，曹操感觉杀孔融的时机成熟了。我们看《后汉书·孝献帝纪》记载："（建安）十二年秋八月，曹操大破乌桓于柳城，斩其蹋顿。""十一月，辽东太守公孙康杀袁尚、袁熙。十三年春正月，司徒赵温免。夏六月，罢三公官，置丞相、御史大夫。癸巳，曹操自为丞相。秋七月，曹操南征刘表。八月丁未，光禄勋郗虑为御史大夫。壬子，曹操杀太中大夫孔融，夷其族。是月，刘表卒，少子琮立，琮以荆州降操。"[①]

这段文字很有意思，我们可以看到，在建安十二年，也就是孔融被杀前一年，曹操大破乌桓于柳城，同年公孙康杀袁尚、袁熙兄弟。至此，北方的各股割据势力基本上被曹操消灭殆尽（除西北凉州的马腾、韩遂外）。此时的曹操俨然成为汉末势力最强大的霸主，大有一统天下之势。军事上的成功为曹操带来了更大的政治资本。建安十三年，曹操废三公，置丞相与御史大夫，随后曹操自为丞相，拜郗虑为御史大夫。这是东汉末年最大的一次政治体制改革。设置丞相，是为曹操换取更大的政治资本提供体制上的保障；设置御史大夫，则是曹操为实现自己的政治抱负和统一政治思想铺路。纵观曹操一生才发现，这个御史大夫简直是专为郗虑设置的。郗虑一生的重要政治事件有三：一是建安十三年，郗虑承曹

---

① [南朝宋]范晔撰：《后汉书》卷9《孝献帝纪》，中华书局1965年版，第384页。

操之意杀孔融，《后汉书·孔融列传》如此记载："曹操既积嫌忌，而郗虑复构成其罪，遂令丞相军谋祭酒路粹枉状奏融……书奏，下狱弃市。（孔融）时年五十六。妻子皆被诛"[①]；二是建安十八年"五月丙申，天子使御史大夫郗虑持节策命公为魏公"；三是《三国志·武帝本纪》载，建安十九年，郗虑持节策诏废汉皇后伏氏，"兄弟皆伏法"。这三件事说明作为御史大夫存在的郗虑正是曹操为铲除政治上障碍物而特设的工具。

我们从时间上来分析一下：建安十三年六月，曹操自为丞相；七月征刘表；八月任命郗虑为御史大夫，"曹操杀太中大夫孔融，夷其族"；年底曹操与孙权、刘备在赤壁大战。可以说，曹操把杀孔融的时间安排得非常值得思考。第一，曹操在军事上统一北方，政治上自为丞相，成为北方最大的统治者。第二，曹操把杀孔融放在征伐孙权之前，一方面或许是为了有一个舆论稳定的后方，另一方面或许感到自己消灭孙权等军阀已有相当的胜算，不再需要保皇派在政治上的支撑。第三，曹操杀孔融选择自己不在许昌，而在征伐刘表的途中进行。如此一来，曹操就可以撇清自己，也有一些嫁祸郗虑的嫌疑。曹操煞费苦心地寻找了这样一个时机来处置孔融。孔融在政治斗争中的智慧显然不如曹操成熟，其实即使孔融的政治智慧再成熟，也难逃这样的一个宿命。因为孔融与曹操根本就没有朝着一个方向努力。孔融的立场是维护礼教，忠于汉室，反对并阻止曹操代汉。曹操的立场是借助汉室的旗号，以达到代汉立魏的目的。这两个立场是截然相反的，二者之间的冲突根本就是无法避免的，这和孔融自己政治手段的成熟与否无关。荀彧可谓是成熟的政治家了，他"居中持重"，为曹操第一助手，曹操还"以女妻彧长子恽"。可是当荀彧反对曹操进爵魏公后，曹操"由是心中不能平"，随后荀彧病死寿春而曹操进封魏公。这难道和政治智慧有关吗？

自曹操迎汉献帝都许开始，"政移曹氏，天子恭己而已"。孔融为汉廷不遗余力地推荐人才，委曲求全保护人才（祢衡、杨彪）。他是"海内

---

[①] ［南朝宋］范晔撰：《后汉书》卷70《孔融列传》，中华书局1965年版，第2278页。

英俊皆信服"的人物,有"高名清才,世多哀之"。曹操"惧远近之议",只能在路粹《枉状奏孔融》后再一次就孔融被杀进行说明,他解释其令曰:"太中大夫孔融既伏其罪矣,然世人多采其虚名,少于核实,见融浮艳,好作变异,眩其诳诈,不复察其乱俗也。此州人说平原祢衡受传融论,以为父母与人无亲,譬若瓴器,寄盛其中,又言若遭饥馑,而父不肖,宁赡活余人。融违天反道,败伦乱理,虽肆市朝,犹恨其晚。更以此事列上,宣示诸军将校掾属,皆使闻见。"①曹操之令与路粹之状相似,两者均把不孝视为孔融被杀的主要罪状。

　　孔融不孝吗?他有不孝的具体表现吗?据《后汉书·孔融列传》记载,孔融"年十三,丧父,哀悴过毁,扶而后起,州里归其孝"②。可见事实恰恰与罪状相反,孔融为一孝子。那么是孔融以不孝的"浮华言论"惑世吗?请看曹操在建安十五年颁布的《求贤令》,令曰:"若必廉士而后可用,则齐桓其何以霸世!今天下得无有被褐怀玉而钓于渭滨者乎?又得无盗嫂受金而未遇无知者乎?二三子其佐我明扬仄陋,唯才是举,吾得而用之。"③建安十九年,曹操颁布《敕有司取士勿废偏短令》曰:"夫有行之士,未必能进取;进取之士,未必能有行也……士有偏短,庸可废乎!"④建安二十二年,曹操再次颁布《举贤勿拘品行令》,令曰:"吴起贪将,杀妻自信,散金求官,母死不归,然在魏,秦人不敢东向,在楚则三晋不敢南谋。今天下得无有至德之人放在民间,及果勇不顾,临敌力战;若文俗之吏,高才异质,或堪为将守;负污辱之名,见笑之行,或不仁不孝而有治国用兵之术:其各举所知,勿有所遗。"⑤由此三个求贤令我们可以看到,曹操对人才的选用标准不是"孝",而是"才",尤其是从曹操所举吴

---

① [晋]陈寿撰,[南朝宋]裴松之注:《三国志》卷12《崔琰列传》,中华书局1964年版,第373页。
② [南朝宋]范晔撰:《后汉书》卷70《孔融列传》,中华书局1965年版,第2262页。
③ [三国]曹操:《曹操集》,中华书局1959年版,第40页。
④ [三国]曹操:《曹操集》,中华书局1959年版,第46页。
⑤ [三国]曹操:《曹操集》,中华书局1959年版,第48页。

起"母死不归"的例子来看,"孝"的思想在曹操这里从来就不是选拔人才、任用人才的考核条件。所以,我们可以推断,"不孝"根本就不是曹操杀孔融的原因。"不孝"的罪行只是当时在以孝治天下的主流意识形态下诛杀孔融的一个看似非常正当的理由。此"不孝"的理由是讲给天下人的,也是为自己开脱的借口。

综上所述,孔融之死非他,而是其作为东汉末世朝廷守护者所必然的结局。孔融死了,这面东汉末年清流派的旗帜倒了,在文化上、在政治上敢于公开维护汉廷尊严的旗帜倒了。这是以孔融为代表的维护东汉朝廷势力遭受的一次重大打击。自此,曹操加快了其"家天下"的进程。自为丞相是曹操思想的一个重要转折点,他从自诩为"一沐三握发"的周公到"天命在吾,吾为周文王"。如果说之前曹操对以汉献帝为代表的汉朝还心存辅助的话,那么此后曹操的所为就要为"周武王"铺路了。而在这条路上,那些保皇派无疑是他前进路上最大的绊脚石,成为曹操向"周文王"这一目标奋斗的祭品。

# 第五章 甄氏之死与唯才是举

延康元年（公元220年）十月，汉献帝逊位，曹丕即皇帝位，国号魏。十一月，改延康为黄初。黄初二年六月，"丁卯，夫人甄氏卒"①。《三国志·后妃传》提出："甄后之死，由后之宠也。"②关于甄氏之死历来评说纷纭，莫衷一是，比较流行的说法大致有两种。

## 一、甄氏与曹植相恋说

甄氏与曹植恋情招致甄氏被杀，此种说法源于李善注《文选》卷十九《洛神赋》注引《记》的题注。

> 魏东阿王，汉末求甄逸女，既不遂。太祖与五官中郎将。植殊不平，昼思夜想，废寝与食。黄初中入朝，帝示植甄后玉镂金带枕，植见之，不觉泣。时已为郭后谗死。帝意亦寻悟，因令太子留宴饮，仍以枕赍植。植还，度辑辕，少许时，将息洛水上，思甄后。忽见女来，自云："我本托心君王，其心不遂。此枕是我在家时从嫁前与五官中郎将，今与君王。"遂用荐枕席，欢情交集，岂常辞能具。为郭后以糠塞口，今被发，羞将此形貌重睹君王尔！言讫，遂不复见所在。遣人献珠于王，王答以玉佩，悲喜

---

① ［晋］陈寿撰，［南朝宋］裴松之注：《三国志》卷2《文帝纪》，中华书局1959年版，第78页。
② ［晋］陈寿撰，［南朝宋］裴松之注：《三国志》卷5《文德郭皇后列传》，中华书局1959年版，第164页。

不能自胜,遂作《感甄赋》。后明帝见之,改为《洛神赋》。①

关于甄植恋的一切说法均来源于此,且均以《记》为基础来延伸解读《洛神赋》主旨、甄氏之死因以及曹植在黄初年间遭受打击等一系列问题。如此一来,核实李善注引的《记》的真实性成为解决以上诸问题的关键。清代以来的何焯、丁晏、卢弼等学者都对此种观点给予否定。持否定论者认为这是小说家之言,傅刚先生认为:"这是后人援小说家文字,阑入李善注,并非李善原文。"②这种说法代表了长期以来学界的多数看法。这种说法的关键在于以下几点。第一,假如甄逸女是甄氏的话,她不是"求"来的,而是通过战争抢来的。第二,曹丕纳甄氏的时间在建安九年,按虚岁算,当时甄氏约二十三岁,曹丕十八岁,曹植十三岁,他们年龄分别相差五岁,试问哪家"男大当婚"的哥哥还没娶妻,十三岁的弟弟已经开始向父母求妻,且求一个大自己十岁的敌方已婚女人?于情于理不通。第三,曹丕纳甄氏是个随机性的行为,而不是一个预谋性的结果,正如《魏略》载:"文帝入(袁)绍舍,见(袁)绍妻及后,后怖,以头伏姑膝上,绍妻两手自搏。文帝谓曰:'刘夫人云何如此?令新妇举头!'姑乃捧后令仰,文帝就视,见其颜色非凡,称叹之。太祖(指曹操)闻其意。遂为迎取。"③如此,则谈不上曹丕兄弟对甄氏的争夺。第四,《世说新语》载有曹操与曹丕争夺甄氏的故事,不载曹丕兄弟争夺甄氏的故事,这起码证明在当时民间和官方还没有关于曹植与甄氏的绯闻。假如真的有人与曹丕争夺甄氏,也是曹操与曹丕之间的争夺,而非曹丕与曹植之间的争夺。从时间上看,《世说新语》是刘宋时期刘义庆主编,而李善所注是在唐代中期,二者相差二百余年。依照时间的顺序,似乎我们更应该相信距

---

① [南朝梁]萧统编,[唐]李善注:《文选》卷19,上海古籍出版社1986年版,第895页。
② 傅刚:《曹植与甄氏的学术公案》,《中国典籍与文化》2010年第1期,第19页。
③ [晋]陈寿撰,[南朝宋]裴松之注:《三国志》卷5《文昭甄皇后列传》,中华书局1959年版,第160页。

离曹植二百余年的刘义庆,而非距离曹植四百余年的李善。《记》本身漏洞百出,必为小说家言,不可作为史料依据作社会历史性解读。

肯定甄植恋者亦不乏其人,具有代表性的学者有两位:一是郭沫若,二是木斋。郭沫若先生从男性少年性意识朦胧觉醒时对成熟女性的喜欢这一普遍心理出发,认为:"子建对这位比自己大十岁的嫂子曾经发生过爱慕的情绪,大约是无可否认的事实吧。……子建要思慕甄后,以甄后为他《洛神赋》的模特儿,我看应该也是情理中的事。"①这种说法是有一定心理学理论基础的,我们可以称之为一种青春期少年的性意识觉醒后的"恋嫂情结"吧。郭沫若先生这段话的产生语境在于说明曹植《洛神赋》中对洛神姿容艳丽形象塑造的原型可能源于现实中嫂子甄氏的假定与推测,谈论的是艺术形象的生成问题,而非对甄植恋的学术性考察。我们进一步推理,假如曹植的这种爱慕一直是单方面暗恋的话,还是可以为曹丕等人所接受的。如果这种青春期少年对性的向往和爱慕发展到成年的暗送秋波、私下约会、诗文往来,甚至肌肤相亲,则明显是为曹丕以及整个社会所不能接受的。即便曹丕"通脱"也不行,如《典略》曰:"太子尝请诸文学,酒酣坐欢,命夫人甄氏出拜。坐中众人咸伏,而桢独平视。太祖闻之,乃收桢,减死输作。"②可见,在曹操眼中,他人即便是直视太子妃甄氏都已是大不敬,又怎会纵容或容忍甄植恋的自由发展?然此则故事经小说家后世演化遂有了《聊斋志异·甄后》③一段故事。甄后感刘桢之"情痴"而与其转世者洛城刘仲堪有"息烛解襦,曲尽欢好"之一夜风流。蒲松龄对此传说提出"始于袁,终于曹,而后注意于公干,仙人不应若是"的批评。何止仙人,凡人亦"不应若是"。持甄植恋观点的另一位是木斋先生,他指出:"曹植喜爱甄氏,这是当时路人皆知之事,

---

① 郭沫若:《郭沫若全集·历史编》,人民出版社1982年版,第121页。
② [晋]陈寿撰,[南朝宋]裴松之注:《三国志》卷21《刘桢列传》,中华书局1959年版,第602页。
③ 张友鹤辑校:《聊斋志异(会校会注会评本)》,上海古籍出版社1962年版,第981页。

而且可能早于其兄,爱是无罪的。……甄后之所以赠送曹植玉枕,正是人神道殊,不能以自己的微情以献爱,所以才使用自己的玉枕来替代自己的身体。"①这种观点有很多值得推敲的地方。首先,甄氏原是袁熙的妻子,居于邺城,而曹植当时在许都。自邺城至许都千里之遥,甄氏又为敌方人妻。所谓"魏东阿王,汉末求甄逸女,既不遂。太祖与五官中郎将"。如果确定"甄逸女"为袁熙妻甄氏的话,试问在曹操与袁绍逐鹿中原之时,十三岁的曹植向其父求娶敌对国主的儿媳,且这个女人大自己十岁,于情理难解难通。其次,曹操打仗向有携带妻子的习惯,《三国志》《魏略》《魏书》等明确记载,曹操攻打邺城时有曹丕陪侍而无曹植。曹丕进邺城袁绍府邸见甄氏一节多有记载,而关于曹植无只言片语。曹植又怎"可能早于其兄"?最后,"人神道殊",故甄氏用陪嫁玉枕送曹植以"代替自己的身体",这种说法似乎太暧昧与煽情了吧。"爱是无罪的",但爱上别人的妻子并搞私情则是不道德的,更是不为传统社会所接纳的。乐见于此者,恐怕还是后世的小说家吧。《记》本身漏洞百出已不足为评,何况《洛神赋》乃文学作品,更不可作为史料依据对二者作社会历史性解读。文学作品本身不是历史性陈述,洛神的形象本身就是先秦以来赋作中"神女"形象的沿袭,亦有着当时神女赋作的时代影响。一味以《洛神赋》与《记》等文学虚构性作品作历史性文献解读,恐会走向社会历史批评的绝对化误区中。

曹丕喜欢甄氏,曹操为之娶甄氏。在肯定甄植恋的一方大多忽略这样一则材料,非常有必要提出来。《魏书》曰:

> 二十一年,太祖东征,武宣皇后、文帝及明帝、东乡公主皆从,时后以病留邺。二十二年九月,大军还,武宣皇后左右侍御见后颜色丰盈,怪问之曰:"后与二子别久,下流之情,不可为念,而后颜色更盛,何也?"后

---

① 木斋:《论〈洛神赋〉为曹植辩诬之作》,《山西大学学报》2010年第1期,第23页。

笑答之曰："（叡）等自随夫人，我当何忧！"后之贤明以礼自持如此。①

从以上材料我们可以作如下推断。首先，建安二十年冬十月，卞后、曹丕、曹叡随太祖东征孙权，"二十二年九月，大军还"，其间约一年的时间。其次，甄氏在长达一年的时间里没有见到自己的丈夫和儿子，却"颜色丰盈"，以至于引起了"武宣皇后左右侍御"的疑问。按常理推知，自己的丈夫、儿子、公公、婆婆出去打仗一年，作为妻子、母亲、儿媳的甄氏不应该"颜色更盛"，而应该如《诗经》所言"自伯之东，首如飞蓬"。甄氏自答："（叡）等自随夫人，我当何忧！"这种说法显然没有说服力，自己的丈夫即便跟着他自己的父母，作为妻子也应该思念和担心，更何况这是在打仗。"首如飞蓬"的原因是"岂无膏沐，谁适为容？"——按照通常的推断，一个女人在自己的公公、婆婆、丈夫、儿子都不在身边长达一年的时间里着意打扮自己，不仅没有"首如飞蓬"还"颜色丰盈"甚至"颜色更盛"的原因会是什么呢？"女为悦己者容"是最容易让人联系的答案吧。甄氏的好心情、好颜色恐怕就是为了那个"悦己者"。那么这个人是谁？答案一致指向没有随太祖东征的曹植。然而就在曹操等东征回来，曹植因私开司马门获罪，曹植妻子崔氏因穿衣违制而被赐死，这一切是偶然吗？由此看来《魏书》的这则材料在证明甄植恋上似乎远较李善所引注《记》更具说服力。如果曹植与甄氏有恋情的话，那也是曹丕与甄氏结婚以后，而不会是在曹丕结婚之前曹植来"求甄逸女"。

李善所引《记》有一个无法解决的矛盾之处。材料一边肯定了甄植恋的真实性，一边指出甄氏之死因是"郭后谮死"。如果我们肯定前者，则必须否定后者，那么甄氏之死就不是甄植恋的结果，而是被诟的结果。按照李善所引《记》中的说法，曹丕对甄植恋是接受和默许的。同时，曹丕还在甄氏死后"示植甄后玉镂金带枕"，还通过"以枕赍植"

---

① ［晋］陈寿撰，［南朝宋］裴松之注：《三国志》卷5《文昭甄皇后列传》，中华书局1959年版，第161页。

的方式安慰曹植，并对曹植与自己妻子之间恋情给予理解同情。意思是说：兄弟呀，我们都爱上了同一个女人，现在她已经死了，哥也没有什么话说，有一个她陪嫁时的枕头她一直在用着，送给你吧，留个念想，就让这"玉枕代替她的身体吧"。这是怎样的逻辑，还是帝王吗？以曹丕的气度恐怕绝不会这样做事吧。即使是开放如今天，恐怕也没有男人这样做吧。对此，余才林先生的观点值得参考，他认为："《感甄记》以《高唐赋》《神女赋》为想象平台和构思背景，并套用神女与怀王、宋玉之间的三角归属关系，从而虚构所谓甄后与曹丕、曹植之间的婚姻情感纠葛。故事中其他情节，如曹植汉末求甄逸女等，均由此附会衍生而来。"[1]并且提出"就目前所能见到的材料看，我们能够得出的结论就是这个传说产生在中唐时期"[2]。综上，无论是郭沫若还是木斋等先生在分析《洛神赋》时都采用了近百年来我国文学批评史上最为主流的社会学批评方法和实证主义文学批评方法。"社会学批评方法将文学研究的对象定位于文学和社会的关系，视文学为社会现实的反映。""实证主义文学批评研究的对象是文学与作者的关系，视文学为作者心灵、情感的表现，从文学中去寻找作者的轶事、趣闻和心路历程，又将文学研究变成了传记研究和心理学研究。"[3]以上这两种研究方法过分强调社会对作者以及其作品的决定性作用，过分强调社会存在的第一性，强调社会意识是社会存在的反映。但文学作品不是社会存在的直接反映，推断人物形象的形成更不能简单地套用公式，如此的研究套路最容易把文学作品当成二流历史文献来研究，从而失去了文学作品作为独立精神产品的特殊性。同时研究者亦易陷入对李善注《洛神赋》所引《记》之所载与《洛神赋》所写与真实的历史事实互为注脚来彼此证明，而视文学作品为作者真实生活的反映与写照使得文学作品成为历史资料，这恰恰是社会历史批评的最大弊

---

[1]　余才林：《感甄记探源》，《文学遗产》2009年第1期，第119页。
[2]　余才林：《感甄记探源》，《文学遗产》2009年第1期，第119页。
[3]　邱运华主编：《文学批评方法与案例》，北京大学出版社2006年版，第114页。

端。文学性应该是文学作品的第一属性,我们不能把一部作品生硬地用历史考证的方式来进行作者传记式的解读。

## 二、"甄后之诛,由郭后之宠"说

关于甄氏之死,陈寿在《三国志·后妃传》提出:"甄后之死,由(郭)后之宠也。"一百三十年后,裴松之为《三国志》作注时引用《魏略》和《汉晋春秋》作为辅证。《汉晋春秋》曰:"初,甄后之诛,由郭后之宠,及殡,令被发覆面,以糠塞口,遂立郭后,以养明帝。"①《魏略》曰:"甄后临没,以帝属李夫人。及太后崩,夫人乃说甄后见谮之祸,不获大敛。被发覆面,帝哀恨流涕,命殡葬太后,皆如甄后故事。"②关于甄氏被文帝所诛,明确的记载只有以上三条。后世学者对此的解读多认为甄氏之所以被诛,在于甄氏色衰而恩绝。

"色衰"的确是后宫女人失宠的一个重要原因。何况甄氏之所以得宠也源于她"颜色非凡"和"姿貌绝伦"。建安九年(公元204年),曹操攻破邺城,袁绍妻刘氏及袁熙妻甄氏成了俘虏。甄氏这样一个有夫之妇的女俘虏被曹丕看中并纳为夫人,这一年甄氏二十三岁,婚后甄氏"有宠,生明帝及东乡公主"③。

曹丕与甄氏的结合是以色为媒的结果,而好色是当时一种时代风尚。曹操、曹丕父子是这种风尚的引导者,他们择取女人的唯一标准是美貌,并为获得女人不择手段。如曹操娶倡家出身的卞氏,纳张济妻邹氏、秦宜禄妻杜氏、何进儿媳何咸妻尹氏、边让妻环氏等都是明证。曹丕对美女的追求从不掩饰,如《答繁钦书》中直言:"顷守官王孙世有女曰琐……

---

① [晋]陈寿撰,[南朝宋]裴松之注:《三国志》卷5《文德郭皇后列传》,中华书局1959年版,第167页。
② [晋]陈寿撰,[南朝宋]裴松之注:《三国志》卷5《文德郭皇后列传》,中华书局1959年版,第166页。
③ [晋]陈寿撰,[南朝宋]裴松之注:《三国志》卷5《文昭甄皇后列传》,中华书局1959年版,第160页。

于今十五……厥状甚美：素颜玄发，皓齿丹唇。详而问之，云善歌舞。于是振袂徐进，扬蛾微眺，芳声清激，逸足横集，然后修容饰妆，改曲变度，斯可谓声协钟石，气应风律……吾练色知声，雅应此选，谨卜良日，纳之闲房。"①甚至这些美人还成为其炫耀的资本。《典略》载："建安十六年，世子为五官中郎将。妙选文学，使桢随侍太子。酒酣坐欢，乃使夫人甄氏出拜，坐上客多伏，而桢独平视。"②《吴质别传》载："帝尝召质及曹休欢会，命郭后出见质等。帝曰：'卿仰谛视之。'"③自以上三则材料我们可以推知以下两点：第一，曹丕天性通脱，没有什么男女大防的观念，其私生活比较放荡；第二，甄氏、郭氏与王琐等皆是曹丕引以为傲的美女，曹丕以炫耀其美为荣光。

《韩非·备内第十七》载："夫妻者，非有骨肉之恩也，爱则亲，不爱则疏。语曰：'其母好者其子抱。'然则其为之反也，其母恶者其子释。丈夫年五十而好色未解也，妇人年三十而美色衰矣。以衰美之妇人事好色之丈夫，则身死见疏贱。"④以此来评说曹丕与甄氏关系的变化未尝不可。曹丕践祚之日三十四岁，而甄氏三十九岁。《三国志》载："（曹丕）践祚之后，山阳公奉二女以嫔于魏，郭后、李、阴贵人并爱幸，后（甄氏）愈失意，有怨言。帝大怒，二年六月，遣使赐死，葬于邺。"⑤可见，甄氏因色衰见疏，有怨言是招致被诛的主要原因。

甄氏被杀或许可以用色衰被弃来理解，但有两个问题值得思考。

一是，杀掉育有大皇子曹叡的甄氏是否是唯一的处置方式，有没有其他的处置方式？这个问题的答案我们需要从曹丕即位开始说起。曹丕在延康元年（公元220年）十月即位，甄氏被杀在黄初二年六月，其间经

---

① ［清］严可均辑：《全三国文》，商务印书馆1999年版，第63页。
② 徐震堮：《世说新语校笺》，中华书局1984年版，第38页。
③ ［晋］陈寿撰，［南朝宋］裴松之注：《三国志》卷21《吴质列传》，中华书局1959年版，第609页。
④ 陈奇猷集释：《韩非子集释》，上海人民出版社1974年版，第289页。
⑤ ［晋］陈寿撰，［南朝宋］裴松之注：《三国志》卷5《文昭甄皇后列传》，中华书局1959年版，第160页。

历了八个月。在这八个月中，肯定发生了一些事导致作为发妻的甄氏没有被册封为皇后，甚至曹丕在洛阳称帝时，甄氏则身在邺城。这时候的两地分居显然不合伦常，甄氏为什么没有被接到洛阳参加盛大的受禅称帝大典？这是甄氏的原因，还是有其他原因？这时所谓郭后的"谮杀"似乎有一定道理，因为甄氏的存在成为郭氏在政治上的绊脚石。

二是，甄氏临葬之时为什么被以"被发覆面，以糠塞口"这种极为恶毒的方式来处理？"被发覆面"的处理，可以理解为曹丕认为甄氏没脸见人，没脸存活于世间。"以糠塞口"的处理，则可以理解为曹丕认为甄氏言语失当，说过某些恶毒的"怨言"——甄氏所为已经超出了曹丕的容忍底线，甚至这个决定是曹丕在愤怒到极点时所做的。如果仅仅是年长色衰见妒断不至于如此，对甄氏的处理应该还有更深层次的原因。甄氏的怨言或者只是其被杀的一个导火索，或者只是一个堂而皇之的理由。但这种说法有一个问题，裴松之注《三国志》时引《魏书》：

> 后宠愈隆而弥自抑损，后宫有宠者劝勉之，其无宠者慰诲之，每因闲宴，常劝帝，言"昔黄帝子孙蕃育，盖由妾媵众多，乃获斯祚耳。所愿广求淑媛，以丰继嗣"。帝心嘉焉。①

在此，我们看到一个通过援引黄帝故事来劝勉曹丕"广求淑媛，以丰继嗣"的贤妃形象，哪有一点怨言？《魏书》中甄氏俨然是与《三国志》记载的所谓色衰见妒的形象截然相反。

甄氏之死，乃是多种因素共同作用而导致的结果。在分析甄氏之死的问题时，我们往往受李善注《记》和《洛神赋》的影响而倾向于甄植恋的考虑，或者受拘于色衰见妒之历史成见而强调郭后谮杀之说。往事已矣，帝王家事自古史载隐晦模糊，后世莫能知其详细本末。撇开这些因

---

① ［晋］陈寿撰，［南朝宋］裴松之注：《三国志》卷5《文昭甄皇后列传》，中华书局1959年版，第160页。

素，我们还可以尝试从甄氏自身的才德和子女的生育问题入手来分析。

### 三、甄氏之死与唯才是举

汉末逐鹿中原的各方诸侯中以曹操的势力最为强大，很重要的原因就是曹操非常重视对人才的收揽。曹操有自己明确的人才观，那就是"唯才是举"。曹操曾在建安十五年、十九年和二十二年分别下求贤令，正是对"唯才是举"的思想进行的再三行为阐释。其中建安十九年令《敕有司取士勿废偏短令》特别指出："有行之士，未必能进取；进取之士，未必能有行也。"[1]曹操甚至还提到，"或不仁不孝而有治国用兵之术。其各举所知，勿有所遗"[2]。可见，曹操求贤的思路是明确的，即不再以"德"相标榜而"唯才是举"，其目的就是成就如周文王、齐桓公一般的霸业，这也符合曹操"治世重德行，乱世重才能"的思路。可以说，就是"唯才是举"，彻底打破了汉代长期树立起来的以"举孝廉""贤良方正"为标准的人才观。

"唯才是举"成为曹操选拔人才的唯一标准，也必然成为当时主流的人才观。尤其是乱世中，求生存才是第一政治需要。才，尤其是治国统兵之才直接有助于这一目标的实现，而道德品行则不能。这种思想对当时社会的各个方面产生了重要的影响。曹丕长于战乱之中，能够深刻体会到进取之士的重要性，当然对"唯才是举"也有自己的认识。甄氏、郭氏二人同样作为曹丕的女人，之所以结局不同，笔者以为这是曹魏唯才是举的用人思想在宫廷的延续。

曹丕与曹植争夺太子之位在建安后期一度进入白热化的程度。当时，能否夺取太子之位成为摆在曹丕面前最大的问题。此时对曹丕而言，最需要的是有助于自己顺利成为魏太子的进取之士。那么，我们只要把甄氏与郭氏进行一个平行的对比就可以看出二者的区别，或许也有利于

---

[1] ［清］严可均辑：《全三国文》，商务印书馆1999年版，第21页。
[2] ［清］严可均辑：《全三国文》，商务印书馆1999年版，第22页。

我们解开甄氏被杀之谜。

首先,以妇容而比,甄氏与郭氏均是"姿貌绝伦"。《三国志·文昭甄皇后传》注引《世语》曰:"太祖下邺,文帝先入袁尚府,有妇人被发垢面,垂涕立绍妻刘后,文帝问之,刘答'是熙妻',顾揽发髻,以巾拭面,姿貌绝伦。既过,刘谓后'不忧死矣'!遂见纳,有宠。"①可见,甄氏为曹丕所纳的根本原因在于其有"姿貌绝伦"的外表,文中通过袁绍妻子刘氏的"不忧死矣"之语可以看到,刘氏和甄氏之所以"不忧死"的原因在于甄氏的貌美与曹丕的好色。郭氏的容貌如何呢?《三国志·文德郭皇后传》载:"后少而父永奇之曰:'此乃吾女中王也。'遂以女王为字。"②郭氏父亲郭永所奇的是什么,十有八九是郭氏过人的美貌,所谓"女王"之称呼当就容貌而言,因为当时君王选妃的首要标准就是美丽。甄氏为曹丕所纳时间当为建安九年,时曹丕十八岁,甄氏二十三岁。郭氏在"太祖为魏公时,得入东宫"。曹操在建安十八年为魏公,当时郭氏年龄约三十岁,其时,曹丕二十七岁,甄氏三十二岁。郭氏与甄氏年龄、才貌皆相当。

其次,就妇德而言。甄氏作为曹丕的妻子,其品德如何呢?在《三国志·文昭甄皇后传》中有明确的记载:

> 《魏略》曰:后年十四,丧中兄俨,悲哀过制,事寡嫂谦敬,事处其劳,拊养俨子,慈爱甚笃。后母性严,待诸妇有常,后数谏母:"兄不幸早终,嫂年少守节,顾留一子,以大义言之,待之当如妇,爱之宜如女。"母感后言流涕,便令后与嫂共止,寝息坐起常相随,恩爱益密。③

> 《魏略》曰:后宠愈隆而弥自抑损,后宫有宠者劝勉之,其无宠者慰

---

① [晋]陈寿撰,[南朝宋]裴松之注:《三国志》卷3《文昭甄皇后列传》,中华书局1959年版,第160页。
② [晋]陈寿撰,[南朝宋]裴松之注:《三国志》卷3《文德郭皇后列传》,中华书局1959年版,第164页。
③ [晋]陈寿撰,[南朝宋]裴松之注:《三国志》卷3《文昭甄皇后列传》,中华书局1959年版,第159页。

诲之,每因闲宴,常劝帝,言"昔黄帝子孙蕃育,盖由妾媵众多,乃获斯祚耳。所愿广求淑媛,以丰继嗣"。帝心嘉焉。①

《魏书》曰:十六年七月,太祖征关中,武宣皇后从,留孟津,帝居守邺。时武宣皇后体小不安,后不得定省,忧怖,昼夜泣涕;左右骤以差问告,后犹不信,曰:"夫人在家,故疾每动,辄历时,今疾便差,何速也?此欲慰我意耳!"忧愈甚。后得武宣皇后还书,说疾已平复,后乃欢悦。②

第一则材料说明甄氏居家之时事寡嫂谦敬,能很好地处理家庭矛盾。第二则材料表明甄氏能从王室大局出发,劝勉曹丕多"求淑媛,以丰继嗣"。第三则材料表明甄氏关心公婆,能很好地与婆婆相处。这三则材料说明,甄氏通过自己的努力,使自己与寡嫂"恩爱益密",曹丕对自己"心嘉"之,婆婆卞后对自己"欢悦"。这样的一个女子可谓有母仪天下之德。同样是《魏书》也有一段对郭氏的记载:

后上表谢曰:"妾无皇、英釐降之节,又非姜、任思齐之伦,诚不足以假充女君之盛位,处中馈之重任。"后自在东宫,及即尊位,虽有异宠,心愈恭肃,供养永寿宫,以孝闻。是时柴贵人亦有宠,后教训奖导之。后宫诸贵人时有过失,常弥覆之,有谴让,辄为帝言其本末,帝或大有所怒,至为之顿首请罪,是以六宫无怨。性俭约,不好音乐,常慕汉明德马后之为人。③

---

① [晋]陈寿撰,[南朝宋]裴松之注:《三国志》卷5《文昭甄皇后列传》,中华书局1959年版,第160页。
② [晋]陈寿撰,[南朝宋]裴松之注:《三国志》卷3《文昭甄皇后列传》,中华书局1959年版,第160页。
③ [晋]陈寿撰,[南朝宋]裴松之注:《三国志》卷3《文德郭皇后列传》,中华书局1959年版,第165页。

如此段所言，郭氏在妇德上亦是无可挑剔。她对待下后以孝闻，对待妃嫔以宽容和友好，其节俭有曹魏家风，更为重要的一点是郭氏在治理后宫时是以明德马皇后为榜样的，是有道德追求的。郭氏对待自家兄弟非常严格，遇到问题动之以情晓之以理。郭氏当后之时，其家族势力一直没有得到发展，甚至在娶妻嫁女方面都要参考郭氏的意见。裴松之在分析了这些材料之后，从"文帝之不立甄氏，及加杀害"的结果入手分析，提出"其称卞、甄诸后言行之善，皆难以实论"①。如《魏书》记载："后（甄氏）宠愈隆而弥自抑损，……愿广求淑媛，以丰继嗣。帝心嘉焉。"②《三国志》则有相反的记载："（曹丕）践阼之后，山阳公奉二女以嫔于魏，郭后、李、阴贵人并爱幸，后愈失意，有怨言。"③任何历史事件一旦发生将不复重现历史原貌，更因著者不同，角度与立场不同而有多种差异性的记录。这也就导致了多样性的解读，更难让人于推理上得出确定性的结论。甄氏和郭氏从史书的记载上来看都为一代贤后，从品德上来看似乎也难以一较高下。

最后，就才华而言。甄氏的才华，据《魏书》载：甄氏"年九岁，喜书，视字辄识，数用诸兄笔砚，兄谓后言：'汝当习女工。用书为学，当作女博士邪？'后答言：'闻古者贤女，未有不学前世成败，以为己诫。不知书，何由见之？'"④可见，甄氏从小就没把自己当成普通的女子来规划人生，她不学女工而学书，其目的是学"前世成败，以为己诫"，然而我们纵观各种资料却找不到任何甄氏在曹丕的事业上有所辅助的实证。我们可以推断，甄氏的德才主要表现在处理家庭关系上，而没有表现在对曹丕事

---

① ［晋］陈寿撰，［南朝宋］裴松之注：《三国志》卷3《文昭甄皇后列传》，中华书局1959年版，第161页。
② ［晋］陈寿撰，［南朝宋］裴松之注：《三国志》卷3《文德郭皇后列传》，中华书局1959年版，第160页。
③ ［晋］陈寿撰，［南朝宋］裴松之注：《三国志》卷3《文昭甄皇后列传》，中华书局1959年版，第160页。
④ ［晋］陈寿撰，［南朝宋］裴松之注：《三国志》卷3《文昭甄皇后列传》，中华书局1959年版，第159页。

业的辅助上。

关于郭氏的才华史书则有相当多的记载。郭氏没有甄氏童年那样专注于"学前世成败",但她明显是有追求和理想的。她的追求,正如她的名字一样是"女王",她做皇后时则以明德马皇后为自己的榜样。郭氏的才能主要表现在两个方面。其一,治理后宫,"六宫无怨"。《魏书》载:"后宫诸贵人时有过失,常弥覆之,有谴让,辄为帝言其本末,帝或大有所怒,至为之顿首请罪,是以六宫无怨。"①其二,"郭后有智数,时时有所献纳。文帝定为嗣,后有谋焉"②。据此可知,曹丕之所以能被立为太子,不仅有外官吴质、贾诩、崔琰、毛玠等的谋划,在宫内还有郭氏在用力。郭氏不仅貌美,其谋略智数更是超群。关于郭氏的智术如何具体实施在史书没有直接的记载,但曹丕对她的意见非常重视,即便是在曹丕登基以后,她也总能在曹丕处理政事的关键时刻起到指点迷津的作用。如下面的例子足以佐证:

> 五年,帝东征,后留许昌永始台。时霖雨百余日,城楼多坏,有司奏请移止。后曰:"昔楚昭王出游,贞姜留渐台,江水至,使者迎而无符,不去,卒没。今帝在远,吾幸未有是患,而便移止,奈何?"群臣莫敢复言。六年,帝东征吴,至广陵,后留谯宫。时表留宿卫,欲遏水取鱼。后曰:"水当通运漕,又少材木,奴客不在目前,当复私取官竹木作梁遏。今奉车所不足者,岂鱼乎?"③

通过以上比较,我们发现甄氏与郭氏相比:其一,在好色的曹丕看

---

① [晋]陈寿撰,[南朝宋]裴松之注:《三国志》卷3《文德郭皇后列传》,中华书局1959年版,第165页。
② [晋]陈寿撰,[南朝宋]裴松之注:《三国志》卷3《文德郭皇后列传》,中华书局1959年版,第164页。
③ [晋]陈寿撰,[南朝宋]裴松之注:《三国志》卷3《文德郭皇后列传》,中华书局1959年版,第166页。

来，郭氏与甄氏的美色难分伯仲；其二，在才华方面，郭氏明显比甄氏更具优势，而郭氏的这种智慧对曹丕帮助尤其大。郭氏之所以能够长久获得曹丕的宠爱，不仅仅是因为漂亮，更重要的是她能够在事业上给予曹丕帮助，而不是像甄氏一样在色衰之后进行抱怨。所以郭氏能够突破重重阻力而以卑微的出身荣登皇后宝座，这既是她自己努力的结果，同样也是"唯才是举"用人思想指导下的必然结果。正所谓"始于颜值，终于才华"。当然其间也遭到了重重的阻力，如中郎栈潜上书以为："圣哲慎立元妃，必取先代世族之家，择其令淑以统六宫，虔奉宗庙，阴教聿修。……若因爱登后，使贱人暴贵，臣恐后世下陵上替，开张非度，乱自上起也。"郭氏出身庶族，其"祖世长吏"，但"早失二亲，丧乱流离，没在铜鞮侯家。太祖为魏公时，得入东宫。后有智数，时时有所献纳。文帝定为嗣，后有谋焉"。可见郭氏之所以能够得到曹丕的重视与喜爱全凭其"智数"，而中郎栈潜反对立郭氏为后的理由在于其出身非"先代世族之家"。"文帝不从，遂立为皇后。"①曹丕之所以能够冲破层层政治阻力立郭氏为后的根本原因恐怕就在于"唯才是举"思想的作用。时人看到"曹氏好自立贱"的现象，没有看到曹操所立卞氏和曹丕所立郭氏均是有谋略与能力之人，是曹氏父子政治上的得力助手，同时"立贱"也是谨防外戚干政的发生。在夫妻关系上，甄氏为妻，按照当时正统思想，应以甄氏为妻，郭氏为妾，曹丕之所以要废妻立妾，根本还在于郭氏的才华在甄氏之上，唯才是举就要打破"立妻不立妾"的传统观念。

### 四、甄氏之死与其在家庭中的角色

甄氏作为曹丕的妻子，在曹家扮演着儿媳、妻子、母亲的角色。甄氏在这么重要的角色当中的表现如何呢？这也很有可能成为曹丕赐死甄氏

---

① [晋]陈寿撰，[南朝宋]裴松之注：《三国志》卷5《文德郭皇后列传》，中华书局1959年版，第165页。

的重要原因。

甄氏作为儿媳的角色，主要体现在她与曹操、卞氏的关系上。甄氏与曹操的关系很难说，有记载的地方有两条：

> 魏甄后惠而有色，先为袁熙妻，甚获宠。曹公之屠邺也，令疾召甄，左右白："五官中郎已将去。"公曰："今年破贼，正为奴。"①
> 
> 《世说新语》卷35《惑溺》

> 《典略》曰："其后太子尝请诸文学，酒酣坐欢，命夫人甄氏出拜。坐中众人咸伏，而桢独平视。太祖闻之，乃收桢，减死输作。"②

据以上两则材料，我们可以得出这样的结论：其一，甄氏的姿色是曾经令曹操垂涎的，但面对"五官中郎已将去"的结果，曹操也只有作罢。其二，曹操面对曹丕通脱的性格和让甄氏出来以炫耀其美貌的行为可以接受，但对臣下直视甄氏容颜则以为是亵渎。这样看来多少有因刘桢"平视"甄氏之举让曹操吃醋的嫌疑。刘桢此举触动了曹操内心深处对甄氏的怜惜与疼爱，于曹丕无所处理，刘桢只能成为其愤怒的承受者。究其原因，似乎在曹操内心有一点对甄氏宠爱或说其他的因素在作怪。然而关于其他的情况和个中隐情则因资料缺乏，我们很难探究事实真相。蒲松龄或许就是依此解读而于《聊斋志异》中作有《甄后》一文。

甄氏与卞氏的婆媳关系，从史料来看，是较为融洽的。《魏书》曰：

> 十六年七月，太祖征关中，武宣皇后从，留孟津，帝居守邺。时武宣皇后体小不安，后不得定省，忧怖，昼夜泣涕；左右骤以差问告，后犹不信，曰："夫人在家，故疾每动，辄历时，今疾便差，何速也？此欲慰我意

---

① 徐震堮：《世说新语笺疏》，中华书局1984年版，第489页。
② ［晋］陈寿撰，［南朝宋］裴松之注：《三国志》卷21《刘桢列传》，中华书局1959年版，第602页。

耳!"忧愈甚。后得武宣皇后还书,说疾已平复,后乃欢悦。①

卞氏与甄氏融洽的婆媳关系本来是无可厚非的,但是如果是在帝王家则情况就复杂了。卞氏生育四子——曹丕、曹彰、曹植、曹熊,四子中最有能力竞争太子位的有两位,即曹丕和曹植。曹丕身为长子,且因其处事稳重,能够很好地处理与朝臣的关系而成为首要人选。曹植则"性简易,不治威仪。舆马服饰,不尚华丽。每进见难问,应声而对,特见宠爱",以至于"几为太子者数矣"。虽然曹植深得曹操夫妇的宠爱,然曹植由于自身"任性而行,不自彫励,饮酒不节"等原因最终落选。甄氏深得卞氏的"喜爱",卞氏夫妇又对曹植宠爱有加。放在曹丕、曹植争夺太子的时期,则甄氏在处理婆媳关系时的能力能否为曹丕争夺太子增加筹码,我们看不到任何记载。假如甄植恋的传闻有所依据,那么甄氏的地位则相当尴尬,甚至大有站错队伍的嫌疑。卞氏与曹丕的关系并不融洽,所以到黄初三年,"九月甲午,诏曰:'夫妇人与政,乱之本也。自今以后,群臣不得奏事太后,后族之家不得当辅政之任,又不得横受茅土之爵;以此诏传后世,若有背违,天下共诛之。'庚子,立皇后郭氏"②。由此可见,曹丕与卞氏的母子隔阂由来已久,而诏书的下达则是专门针对太后卞氏干预政事的一种打击,卞氏参政严重影响了曹丕的政治生活。与此同时,曹丕却立同样喜欢参政的郭氏为后,看来参政不是曹丕打击卞氏的真实原因,真实原因则是卞氏对曹植的偏袒和对曹丕施政的过多干预而非辅助。

作为妻子的甄氏。曹丕与甄氏之间的结合,源于甄氏"姿貌绝伦"。在二人婚后的很长时间里,曹丕是以甄氏的"姿貌绝伦"而自豪,甚至在与臣子宴饮的时候,还让甄氏出来相见,大有炫耀的意味在里面。事见《典略》。这种待遇,随着郭氏的见纳,郭氏同样成为曹丕在与臣下宴

---

① [晋]陈寿撰,[南朝宋]裴松之注:《三国志》卷5《文昭皇后列传》,中华书局1959年版,第160页。
② [晋]陈寿撰,[南朝宋]裴松之注:《三国志》卷3《文帝纪》,中华书局1959年版,第80页。

饮中作为炫耀的资本。除了绝伦的姿容外，甄氏作为妻子对曹丕的作用则显得微乎其微了。尤其是曹丕登基以后，"山阳公奉二女以嫔于魏，郭后、李、阴贵人并爱幸，后愈失意，有怨言"①。甄氏在色衰失宠之后的表现是抱怨，她的抱怨终于使"帝大怒，（黄初）二年六月，遣使赐死，葬于邺"。甄氏时年四十，郭氏三十八岁，刘协四十一岁，刘协之女年龄当在二十岁左右。这应了那句话："大凡以色事人，色衰而爱弛，爱弛则恩绝。"②这也是后宫女人的一种必然结局吧。

作为母亲的甄氏。甄氏作为曹丕的正妻，育有曹叡一子。曹叡"生数岁而有岐嶷之姿，武皇帝异之"③。岐嶷，朱熹在《诗集传》中解释为："岐嶷，峻茂之状。"④后多以"岐嶷"形容幼年聪慧，在这里当为形容曹叡幼年聪慧。但是曹叡却有一个明显的生理缺陷，那就是口吃。"孙盛曰：闻之长老，魏明帝天姿秀出，立发垂地，口吃少言，而沉毅好断。"⑤或许也正是这个原因，导致了"帝与朝士素不接，即位之后，群下想闻风采"⑥。在当时，甄氏生了一个口吃儿，这不能说是一件很光彩的事情。口吃，是一种生理缺陷。曹叡口吃的形象很明显也难免影响甄氏在曹丕那里的地位。文帝"久不拜太子"，正如曹丕登基之后，久不立皇后一样，皆源于同一个原因——对甄氏与曹叡母子的不喜欢。

综上所述，我们可以认为，甄氏之所以招致被诛的后果，是多方面因素造成的。甄氏以色见纳，"色衰而爱弛，爱弛而恩绝"是一个重要原因。但同时，甄氏在才华上远逊于郭氏，在曹丕事业上没有起到妻子所起的

---

① [晋]陈寿撰，[南朝宋]裴松之注：《三国志》卷5《文昭皇后列传》，中华书局1959年版，第160页。

② [晋]班固撰：《汉书》卷97《外戚列传》，中华书局1962年版，第3952页。

③ [晋]陈寿撰，[南朝宋]裴松之注：《三国志》卷3《明帝纪》，中华书局1959年版，第91页。

④ [宋]朱熹集注：《诗集传》，中华书局1958年版，第115页。

⑤ [晋]陈寿撰，[南朝宋]裴松之注：《三国志》卷3《明帝纪》，中华书局1959年版，第115页。

⑥ [晋]陈寿撰，[南朝宋]裴松之注：《三国志》卷3《明帝纪》，中华书局1959年版，第91页。

佐助作用。甄氏与宠爱曹植的卞氏走得很近，甄氏所生的儿子曹叡还是不招人待见的结巴，再加上她在曹丕即位之后，面对曹丕纳妃的行为多出怨言。在以上诸种原因的共同作用下，甄氏走向被杀的结局也就顺理成章了。

# 第六章　论三曹时期"浮华"之风与政治的关系

"浮华"本为汉魏时代的常用词汇之一，其含义亦非指一端，往往在具体语境中有不同的含义。汉明帝《诏班固》载："司马迁著书，成一家之言，扬名后世。至以身陷刑之故，反微文刺讥，贬损当世，非谊士也。司马相如洿行无节，但有浮华之词，不周于用。至于疾病而遗忠，主上求取其书，竟得颂述功德，言封禅事，忠臣效也，至是贤迁远矣。"①此处的"浮华"当指文章语言的华丽与浮夸，相对于政治功用而言关涉不大。《后汉书·儒林传》载梁太后于本初元年（公元146年）下诏劝学后，"自是游学增盛，至三万余生。然章句渐疏，而多以浮华相尚，儒者之风盖衰矣"②。综合而言，浮华可指"奢靡，不守章句礼仪，有名无实及轻薄放纵的社会风气，也可以指朋党"③。贺昌群先生认为"'浮华'一词，本汉人常用语，魏晋之际，实指清谈而言"④。而"浮华"真正作为一个严重的政治问题为史学家所关注，则始于曹魏三祖时期对"浮华"之风的打击。

## 一、曹操"破浮华交会"

"浮华"真正地为学者所广泛关注，始于曹操给孔融的一封信，其中曰："孤为人臣，进不能风化海内，退不能建德和人，然抚养战士，杀

---

① ［清］严可均辑：《全后汉文》，商务印书馆1999年版，第27页。
② ［南朝宋］范晔撰：《后汉书》卷80《儒林列传》，中华书局1965年版，第2547页。
③ 刘蓉：《析魏明帝禁浮华》，《北京师范大学学报》2004年第5期，第138页。
④ 贺昌群：《魏晋清谈思想初论》，商务印书馆1999年版，第36页。

身为国,破浮华交会之徒,计有余矣。"① "浮华交会之徒"当暗示孔融。对"浮华交会"的理解,直接关涉对孔融的认识与理解。"浮华"一词在《三国志》中当有另一层含义,即"乱群"。"乱群"是与浮华相连的,是浮华之徒所造成的一个恶劣后果。浮华人物相当于现时传播学中的"意见领袖",于社会有较大的舆论影响力。为此,从当时的文献中,我们可以找到一个材料加以说明。吴国陆凯《上疏谏吴主皓不遵先帝二十事》称"今则不然,浮华者登,朋党者进"②。所谓的浮华交会或可理解为热衷于交游,求为朋党,以达乱群获利之目的。浮华、乱群与朋党在此时的政治活动中成为三位一体、不可分离的政治话语。如蜀国之来敏、廖立就在"乱群"上被刘备、孙权视为孔融般人物。

> 昔成都初定,议者以为来敏乱群,先帝以新定之际,故遂含容,无所礼用。③

> 亮表立曰:"长水校尉廖立,坐自贵大,臧否群士,公言国家不任贤达而任俗吏,又言万人率者皆小子也;诽谤先帝,疵毁众臣。人有言国家兵众简练,部伍分明者,立举头视屋,愤咤作色曰:'何足言!'凡如是者不可胜数。羊之乱群,犹能为害,况立托在大位,中人以下识真伪邪?"④

由以上材料可知,诸葛亮所定来敏、廖立之罪名为"乱群",其实质与曹操论孔融之"浮华交会"含义无二。曹操所使用的"浮华"一词含义单一,为政治词汇,其意义正如周一良先生所言"非指生活上之浮华奢靡,而是

---

① [宋]范晔撰:《后汉书》卷70《孔融列传》,中华书局1965年版,第2273页。
② [清]严可均辑:《全三国文》,商务印书馆1999年版,第701页。
③ [晋]陈寿撰,[南朝宋]裴松之注:《三国志》卷42《来敏列传》,中华书局1959年版,第1025页。
④ [晋]陈寿撰,[南朝宋]裴松之注:《三国志》卷40《廖立列传》,中华书局1959年版,第998页。

从政治着眼,以才能互相标榜,结为朋党"①。孔融亦有诗曰:"坐上客恒满,樽中饮不空。"多少有"朋党"的意思在里面。综上我们可以大致概括如下:浮华交会特指在政治领域活动中,以才能相互标榜,广结朋党,扩大声势,互相援引,甚而希望通过借助控制舆论以影响政治,这种活动中的人物即为"浮华交会之徒"。所以曹操杀孔融,从小的方面说是铲除异己,从大的方面说是为了统一思想,维护政局与思想的稳定。崔琰之死,似乎也可以认为是"浮华交会"的结果。《三国志·崔琰传》载:"太祖令曰:'琰虽见刑,而通宾客,门若市人,对宾客虬须直视,若有所瞋。'遂赐琰死。"②崔琰见刑已为惩罚,至于赐死,其因归结为"通宾客,门若市人"。而这正是浮华交会的主要特征。

## 二、曹丕对魏讽谋反案的处理

建安二十四年九月,"太祖征汉中"之时,关羽围困曹仁于樊城。当时正值曹丕坐镇邺城,西曹掾魏讽等人谋袭邺城,事情泄露,曹丕诛杀魏讽党人。《世语》载:"(魏)讽字子京,沛人,有惑众才,倾动邺都,钟繇由是辟焉。大军未反,讽潜结徒党,又与长乐卫尉陈祎谋袭邺。未及期,祎惧,告之太子,诛讽,坐死者数十人。"③魏讽谋反一事牵涉人物众多,甚至连相国钟繇也因此被免官,但关于魏讽其人,我们也只能在裴松之注《三国志》时所引史书寻其端倪。现将相关史料整理如下:

> 《傅子》载:初,太祖时,魏讽有重名,自卿相以下皆倾心交之。其后孟达去刘备归文帝,论者多称有乐毅之量。(刘)晔一见讽、达而皆云

---

① 周一良:《魏晋南北朝史札记》,中华书局1985年版,第34页。
② [晋]陈寿撰,[南朝宋]裴松之注:《三国志》卷12《崔琰列传》,中华书局1959年版,第369页。
③ [晋]陈寿撰,[南朝宋]裴松之注:《三国志》卷1《武帝纪》,中华书局1959年版,第52页。

必反,卒如其言。①

《虞别传》载：初,虞弟伟与讽善,虞戒之曰："夫交友之美,在于得贤,不可不详。而世之交者,不审择人,务合党众,违先圣人交友之义,此非厚己辅仁之谓也。吾观魏讽,不修德行,而专以鸠合为务,华而不实,此直搅世沽名者也。卿其慎之,勿复与通。"伟不从,故及于难。②

从以上材料中我们大致可以对魏讽作如下评价：第一,魏讽在太祖时期有很大的名气,甚至"卿相以下皆倾心交之"；第二,魏讽不以实干为本,而以"鸠合为务",为华而不实、沽名钓誉之徒；第三,魏讽的行为带有结交"邪党"和"毁教乱治,败俗伤化"的性质。从以上几点来看,魏讽明显带有"浮华交会"的特征,有沽名钓誉、结党营私、图谋政权性质,所以曹丕对魏讽集团给予快速、严厉的处理。从这次事件的处理,其涉及面很广,牵扯的人物也多为少壮一派,甚至张绣的儿子张泉也"坐与魏讽谋反诛国除"③。同时受到牵连的还有王粲的两个儿子,《三国志·王粲传》载："粲二子,为魏讽所引,诛。后绝。"④即便是曹操也感觉打击的力度有些大了。据《三国志·王粲传》注,《文章志》曰："太祖时征汉中,闻（王）粲子死,叹曰：'孤若在,不使仲宣无后。'"⑤曹丕之所以如此大力度地打击魏讽集团,这与曹丕处理政事快、准、狠的风格是分不开的。所以在曹丕即位之后,黄初年间浮华之风没有滋长,浮华之徒也没有掀

---

① ［晋］陈寿撰,［南朝宋］裴松之注：《三国志》卷14《刘晔列传》,中华书局1959年版,第446页。
② ［晋］陈寿撰,［南朝宋］裴松之注：《三国志》卷21《刘廙列传》,中华书局1959年版,第616页。
③ ［晋］陈寿撰,［南朝宋］裴松之注：《三国志》卷8《张绣列传》,中华书局1959年版,第263页。
④ ［晋］陈寿撰,［南朝宋］裴松之注：《三国志》卷21《王粲列传》,中华书局1959年版,第599页。
⑤ ［晋］陈寿撰,［南朝宋］裴松之注：《三国志》卷21《王粲列传》,中华书局1959年版,第599页。

起什么风浪,这不能不说是曹丕政治手腕强硬的高超之处。

### 三、曹叡"罢黜浮华"始末

曹叡时期的"罢黜浮华"案始于太和六年董昭的一封奏表:

> 昭上疏陈末流之弊曰:"凡有天下者,莫不贵尚敦朴忠信之士,深疾虚伪不真之人者,以其毁教乱治,败俗伤化也。近魏讽则伏诛建安之末,曹伟则斩戮黄初之始。伏惟前后圣诏,深疾浮伪,欲以破散邪党,常用切齿;而执法之吏皆畏其权势,莫能纠摘,毁坏风俗,侵欲滋甚。窃见当今年少,不复以学问为本,专更以交游为业;国士不以孝悌清修为首,乃以趋势游利为先。合党连群,互相褒叹,以毁誉为罚戮,用党誉为爵赏,附己者则叹之盈言,不附者则为作瑕衅。至乃相谓'今世何忧不度邪,但求人道不勤,罗之不博耳;又何患其不知己矣,但当吞之以药而柔调耳'。又闻或有使奴客名作在职家人,冒之出入,往来禁奥,交通书疏,有所探问。凡此诸事,皆法之所不取,刑之所不赦,虽讽、伟之罪,无以加也。"①

董昭之表可以说是对太和年间浮华士风的一种概括。其中所谓"毁教乱治,败俗伤化"为浮华之徒的首要特征;"合党连群,互相褒叹,以毁誉为罚戮,用党誉为爵赏"为浮华之徒的表现形式;"附己者则叹之盈言,不附者则为作瑕衅"则为浮华之徒的恶劣影响;"趋势游利"则为其活动目的;"使奴客名作在职家人,冒之出入,往来禁奥,交通书疏,有所探问"则为其具体表现。综上所述,诸葛诞、邓飏、何晏、李胜等浮华之徒对政治生活造成了很大的威胁和影响,尤其是其组织具有"趋势游利"和"合党连群"等特点,其结党问政的目的更为董昭等朝廷重臣所

---

① [晋]陈寿撰,[南朝宋]裴松之注:《三国志》卷14《董昭列传》,中华书局1959年版,第442页。

不能容忍。关于这次的浮华案,《三国志·诸葛诞传》注引《世语》中另一条记载:

> 是时,当世俊士散骑常侍夏侯玄,尚书诸葛诞、邓飏之徒,共相题表,以玄、畴四人为四聪,诞、备八人为八达,中书监刘放子熙、孙资子密、吏部尚书卫臻子烈三人,咸不及比,以父居势位,容之为三豫,凡十五人,帝以构长浮华,皆免官废锢。①

《世语》中的这段资料比较完整详细,但只是在陈述一个事实,并没有对所谓的"四聪""八达"有过直接评价。从这些称谓和"共相题表"的现象来看,与《后汉书·党锢列传》中清议领袖所推称的以陈蕃、窦武、刘淑等人为"三君",还有"八顾""八厨"等类似,有标榜自我抬高身价之嫌,但二者本质实则不同。汉末党人的兴起是在东汉末年士大夫阶层与宦官阶层的斗争中产生的,党人自身的道德是高尚与自律的,其政治斗争的目标是扼制宦官势力,并在这种斗争中表现出了大无畏的牺牲精神。然而何晏等人有着不正当的政治目的,有"趋势游利"的嫌疑,且他们在政治上全凭父荫而自身却没有任何政治贡献,这也造成了他们面对曹叡的打击时显得不堪一击之局面。当时何晏等人虽然在士林有很大的影响,但他们在政界却受到了一致的批评,王昶《家戒》中特别告诫子孙:"人若不笃于至行,而背本逐末,以陷浮华焉,以成朋党焉;浮华则有虚伪之累,朋党则有彼此之患。此二者之戒,昭然著明,而循覆车滋众,逐末弥甚,皆由惑当时之誉,昧目前之利故也。"②在此王昶把"浮华"与"朋党"并提,此两者一体而两面也。

---

① [晋]陈寿撰,[南朝宋]裴松之注:《三国志》卷28《诸葛诞列传》,中华书局1959年版,第769页。
② [清]严可均辑:《全三国文》,商务印书馆1999年版,第372页。

魏明帝接受了董昭的建议，"于是发切诏，斥免诸葛诞、邓飏等"①。但由于何晏等人皆为魏国新贵之后，且涉及人数较广，所以曹叡处理起来较曹操、曹丕二人的强硬来说要温和得多。

> 南阳何晏、邓飏、李胜，沛国丁谧，东平毕轨，咸有声名，进趣于时，明帝以其浮华，皆抑黜之。②

> 明帝禁浮华，而人白（李）胜堂有四聪八达，各有主名。用是被收，以其所连引者多，故得原，禁锢数岁。③

最终，沸沸扬扬的太和浮华案以"抑黜""禁锢数岁"来处理。这样的处理的结果明显与董昭所提出来的"趋势游利为先。合党连群，互相褒叹"和"奴客名作在职家人，冒之出入，往来禁奥，交通书疏，有所探问"的政治罪状不相符，而只是在"不复以学问为本，专更以交游为业"的层面上予以了处理。

罢黜浮华案发生在太和六年，其实早在太和四年曹叡当局就已经注意到这个问题的存在了，但他们在分析这个问题的时候更多的是看到浮华之徒"不复以学问为本，专更以交游为业"的现象，所以多从经学教育的层面来提出问题和加以处置。刘靖《陈儒训之本疏》言："夫学者，治乱之轨仪，圣人之大教也。自黄初以来，崇立太学二十余年，而寡有成者，盖由博士选轻，诸生避役，高门子弟，耻非其伦，故无学者。虽有其名而无其人，虽设其教而无其功。宜高选博士，取行为人表、经任人师者，掌教国子。依遵古法，使二千石以上子孙，年从十五，皆入太学，明制黜陟荣辱

---

① ［晋］陈寿撰，［南朝宋］裴松之注：《三国志》卷14《董昭列传》，中华书局1959年版，第442页。
② ［晋］陈寿撰，［南朝宋］裴松之注：《三国志》卷9《曹爽列传》，中华书局1959年版，第283页。
③ ［晋］陈寿撰，［南朝宋］裴松之注：《三国志》卷9《曹爽列传》，中华书局1959年版，第290页。

之路；其经明行修者，则进之以崇德；荒教废业者，则退之以惩恶；举善而教不能则劝，浮华交游，不禁自息矣。"①

故此，曹叡于太和四年颁诏："兵乱以来，经学废绝，后生进趣，不由典谟。岂训导未洽，将进用者不以德显乎？其郎吏学通一经，才任牧民，博士课试，擢其高第者，亟用；其浮华不务道本者，皆罢退之。"②

从刘靖的奏疏和曹叡的诏书来看，二者对当时浮华现象的分析还是停留在文化教育的层面，以致在太和六年的浮华案中也只是把屠刀高高举起，轻轻放下。虽然当时断然采取了"罢黜"的措施，但从之后的政治形势发展来看，曹叡的处理显然没有收到理想的效果，甚至因处理不严而造成诸多恶劣后果。这些浮华之徒在曹叡去世后有了更大的政治舞台，也为曹魏政权引起了更大的政治风波与灾难。

### 四、浮华案的影响

太和六年浮华案的发生能够折射出当时社会许多问题。

首先，关于浮华案的发生，不同的时代有不同的理解，其产生原因亦各有其源。孔融的浮华源于汉末陈蕃时代的党议之风，是以皇权的维护为旨归。曹丕处理的魏讽浮华案则是魏讽等人以谋取曹魏政权为目标的政治夺权斗争。曹叡时代的浮华之风源于何晏等人的相互勾结以获取名利，求人事，大有乱群惑世之嫌。"实质上是魏晋玄学思潮的萌动，尽管这时的它还很不成熟，但是那些士族社会的思想先驱们已经通过他们的活动向社会昭示了新思潮的即将到来。"③当时何晏、邓飏、李胜、丁谧、毕轨等人已经成为士林风气的引导者和代表人物。建安时代以王粲等人所代表，以经学的基础学养为指导，以建功立业为政治理想，从事创作以

---

① ［晋］陈寿撰，［南朝宋］裴松之注：《三国志》卷15《刘馥列传》，中华书局1959年版，第290页。
② ［晋］陈寿撰，［南朝宋］裴松之注：《三国志》卷3《明帝纪》，中华书局1959年版，第97页。
③ 王晓毅：《论曹魏太和"浮华案"》，《史学月刊》1996年第2期，第22页。

求"不朽"为人生情怀的时代风气已经结束。经过了黄初年间的短暂安宁后,太和年间新成长起来的何晏等人关于"善清言""美形貌"的记载日益增多。玄学端倪已经出现,并且成为士林的流行思潮。这种现象的产生,恐怕是与曹魏一朝太学中经学教育的失败有着密切关系。同时,曹丕实施的"九品官人法"的世族选拔人才方式也起着推波助澜的作用。

何晏、诸葛诞成为士林的代表和主角,其实也标志着他们所主张的"老庄之学"已经成为当时的显学。如,何晏"少以才秀知名,好老庄言,作《道德论》及诸文赋著述凡数十篇"①。何晏等人还广泛地以清谈的形式结交党羽。《傅子》载,"是时何晏以材辩显于贵戚之间,邓飏好变通,合徒党,鬻声名于闾阎,而夏侯玄以贵臣子少有重名,为之宗主,求交于(傅)嘏而不纳也"②。以《道德经》为论辩内容的清谈流行于贵戚之间,是这个时代新的风向标。《文心雕龙·论说》篇说:"何晏之徒,始盛玄论。于是聃周当路,与尼父争途矣。"③这与汉末以人物政治前途为内容的清谈是截然不同的。汉末的清谈带有形而下的实用性,重于行,包括政治上的作为,尤其是强调与宦官势力的斗争。何晏之流的清谈则带有形而上的玄学理论性思辨色彩。曹叡对何晏等的从轻处理不仅没有打击这股浮华之风,而且还为其死后正始玄学的来临提供了人才的储备,这恐怕是曹叡万万没有想到的。

其次,我们应该看到浮华案的主角们具有几个特点,那就是他们在政治上没有进入领导核心,也从未做出过什么能折服人的政绩,其德行亦有所亏。从他们的官职来看,何晏为驸马骑都尉,夏侯玄为羽林监,诸葛诞为尚书,邓飏为中书郎,丁谧为度支郎中,毕轨为黄门郎。论政治地位,

---

① [晋]陈寿撰,[南朝宋]裴松之注:《三国志》卷9《何晏列传》,中华书局1959年版,第292页。
② [晋]陈寿撰,[南朝宋]裴松之注:《三国志》卷21《傅嘏列传》,中华书局1959年版,第623页。
③ [南朝梁]刘勰著,范文澜注:《文心雕龙注》,人民文学出版社1962年版,第327页。

他们多只是靠着父荫得到一官半职。观其出身：何晏为曹操的假子，其地位是十分尴尬的；夏侯玄为征南将军夏侯尚的儿子；丁谧为典军校尉丁斐的儿子；李胜为太守李休的儿子；荀粲的父亲为封为列侯的荀彧；刘陶的父亲为大鸿胪刘晔。何晏等人之所以被抑而不诛，一方面源于其父辈的政治影响，另一方面则或许是他们在政治上没有撼动政权的资本。曹叡对何晏等人以政治倡优的身份来对待，如曹叡关注的不是他们的材辩能力和辞赋作品，而是他们的仪表风流。《世说新语·容止》载："何平叔美姿仪，面至白，魏明帝疑其傅粉。正夏月，与热汤饼。既啖，大汗出，以朱衣自拭，色转皎然。"①这种类似于戏弄的行为一般不会发生在帝王与有能力和威望的大臣之间，曹叡之所以选择何晏，主要原因还是何晏本人在曹叡心中处于可以戏耍的倡优地位，虽然他有一定的职务。曹叡以这种心态来处理何晏等人自然不会如曹操、曹丕一样的严厉了。

---

① 徐震堮：《世说新语校笺》，中华书局1984年版，第333页。

# 参考文献

## 一、专著

［汉］司马迁著，［唐］张守节正义：《史记》，北京：中华书局1963年版。

［汉］班固撰，［唐］颜师古注：《汉书》，北京：中华书局1962年版。

［汉］扬雄：《法言》，北京：华夏出版社2002年版。

［汉］王符著，张广宝注释：《潜夫论》，北京：华夏出版社2002年版。

［三国］曹操：《曹操集》，北京：中华书局1959年版。

［三国］曹丕原著，易健贤译注：《魏文帝全译》，贵阳：贵州人民出版社2009年版。

［晋］陈寿撰，［南朝宋］裴松之注：《三国志》，北京：中华书局1959年版。

王利器撰：《颜氏家训集解》（增补本），北京：中华书局1993年版。

［东晋］袁宏撰，张烈点校：《后汉纪》，北京：中华书局2002年版。

徐震堮：《世说新语校笺》，北京：中华书局1984年版。

［南朝宋］范晔撰：《后汉书》，北京：中华书局1965年版。

［南朝梁］刘勰著，范文澜注：《文心雕龙注》，北京：人民文学出版社1962年版。

［南朝梁］沈约撰：《宋书》，北京：中华书局1974年版。

［南朝梁］钟嵘著，曹旭集注：《诗品集注》，上海：上海古籍出版社1994年版。

［南朝梁］萧统编，［唐］李善注：《文选》，上海：上海古籍出版社

1986年版。

［宋］李昉等撰：《太平御览》，北京：中华书局影印（上海函芬楼影印宋本）1960年。

［宋］严羽著，郭绍虞校释：《沧浪诗话校释》，北京：人民文学出版社1961年版。

［宋］司马光编著，［元］胡三省音注：《资治通鉴》，北京：中华书局1956年版。

［宋］朱熹集注：《诗集传》，南京：凤凰出版社2007年版。

［元］马端临撰：《文献通考》，杭州：浙江古籍出版社1988年版。

［明］徐师曾著，罗根泽校点：《文体明辨序说》，北京：人民文学出版社1962年版。

［明］谢榛撰，李庆立、孙慎之笺注：《诗家直说笺注》，济南：齐鲁书社1987年版。

［明］胡应麟撰：《诗薮》，上海：上海古籍出版社1979年版。

［清］陈祚明著，李金松点校：《采菽堂古诗选》，上海：上海古籍出版社2000年版。

［清］钱大昕：《十驾斋养新录》，南京：江苏古籍出版社2000年版。

［清］皮锡瑞：《经学历史》，台湾：艺文印书馆1974年版。

［清］严可均辑，马志伟审定：《全三国文》，商务印书馆1999年版。

［清］严可均辑，许振生审定：《全后汉文》，商务印书馆出版1999年版。

［清］彭定求等编：《全唐诗》，北京：中华书局1980年版。

［清］刘宝楠撰，高流水点校：《论语正义》，北京：中华书局1990年版。

［清］陈澧著，杨志刚编校：《东塾读书记》，上海：中西书局2012年版。

刘师培著，舒芜校点：《中国中古文学史》，北京：人民文学出版社1984年版。

沈达材：《建安文学概论》，上海：朴社出版社1932年版。

朱光潜：《诗论》，桂林：漓江出版社2011年版。

河北师范学院中文系古典文学教研组编：《三曹资料汇编》，北京：中华书局1980年版。

龚克昌等评注：《全汉赋评注》，石家庄：华山文艺出版社2003年版。

余英时：《士与中国文化》，上海：上海人民出版社1987年版。

杨明照撰：《抱朴子外篇校笺》，北京：中华书局1997年版。

赵幼文校注：《曹植集校注》，北京：人民文学出版社1984年版。

吴云主编：《建安七子集校注》，天津：天津古籍出版社2005年版。

夏传才、唐绍忠校注：《曹丕集校注》，石家庄：河北教育出版社2013年版。

夏传才主编：《三曹七子之外建安作家诗文合集校注》，石家庄：河北教育出版社2013年版。

余冠英：《三曹诗选》，北京：人民文学出版社1985年版。

陈庆元：《三曹诗选评》，上海：上海古籍出版社2002年版。

傅亚庶注译：《三曹诗文全集译注》，长春：吉林文史出版社1997年版。

郁贤皓、张采民：《建安七子诗笺注》，成都：巴蜀书社1990年版。

王鹏廷：《建安七子研究》，北京大学出版社2004年版。

俞绍初辑校：《建安七子集》，北京：中华书局2017年版。

马茂元：《古诗十九首初探》，西安：陕西人民出版社1981年版。

木斋：《〈古诗十九首〉与建安诗歌研究》，北京：人民出版社2010年版。

隋树森编著：《古诗十九首集释》，北京：中华书局1957年版。

曹旭撰：《〈古诗十九首〉与乐府诗选评》，上海：上海古籍出版社2002年版。

逯钦立辑校：《先秦汉魏晋南北朝诗》，北京：中华书局1983年版。

罗根泽：《乐府文学史》，北京：东方出版社1996年版。

丁福保辑：《历代诗话续编》，北京：中华书局1983年版。

钱锺书：《管锥编》，北京：中华书局1979年版。

胡士莹：《话本小说概论》，北京：中华书局1980年版。
孙明君：《汉魏政治与文学》，北京：商务印书馆2003年版。
李春详主编：《乐府诗鉴赏辞典》，郑州：中州古籍出版社1990年版。
褚斌杰注：《诗经全注》，北京：人民文学出版社1999年版。
王国维：《人间词话》，杭州：浙江古籍出版社2011年版。
刘开扬等选注：《李白诗选注》，上海：上海古籍出版社1989年版。
徐公持：《魏晋文学史》，北京：人民文学出版1999年版。
朱自清：《古诗十九首释》，上海：上海古籍出版社1999年版。
周秉均注译：《尚书》，长沙：岳麓书社2001年版。
田余庆：《秦汉魏晋史探微》，北京：中华书局2004年版。
郭沫若：《郭沫若全集·历史编》，北京：人民出版社1982年版。
郭沫若：《蔡文姬》，北京：文物出版社1959年版。
陈奇猷：《韩非子集释》，上海：上海人民出版社1974年版。
贺昌群：《魏晋清谈思想初论》，北京：商务印书馆1999年版。
钟敬文等著，陶玮选编：《名家谈牛郎织女》，北京：文化艺术出版社2006年版。
马积高：《赋史》，上海：上海古籍出版社1987年版。
李宝均：《曹氏父子与建安文学》，上海：上海古籍出版社1978年版。
张可礼：《三曹年谱》，济南：齐鲁书社1983年版。
张可礼：《建安文学概论》，济南：山东教育出版社1986年版。
李景华：《建安文学述评》，北京：首都师范大学出版社1994年版。
刘知渐：《建安文学编年史》，重庆：重庆出版社1985年版。
胡旭：《建安文学嬗变研究》，厦门：厦门大学出版社2004年版。
韩格平：《建安七子综论》，长春：东北师范大学出版社1998年版。
韩格平：《建安七子诗文集校注译析》，长春：吉林文史出版社1991年版。
程万军：《逆淘汰》，桂林：广西师范大学出版社2010年版。

吴炫：《中国当代思想批判》，上海：学林出版社2001年版。

## 二、论文

顾农：《徐干论》，《山西师大学报》1992年第3期。

顾农：《刘桢论》，《齐鲁学刊》1992年第2期。

顾农：《蔡邕论》，《扬州学院学报》1994年第1期。

王辉斌：《三曹雅好乐府的原因及其情结述论》，《乐府学》2007年第2期。

郑亮：《试论东汉与鲜卑的和战关系》，《剑南文学》2013年第9期。

吴莺莺：《三曹乐府诗述论》，《合肥教育学院学报》2001年第3期。

傅正义：《"三曹"诗歌异同论》，《重庆师院学报（哲社版）》1993年第2期。

赵敏俐：《论汉代文人五言诗与汉代社会思潮》，《社会科学战线》1994年第4期。

张应斌：《杨修文学三题》，《贵州文史丛刊》2006年第3期。

林大志：《建安代言体诗赋论略》，《西北师大学报》2013年第3期。

詹福瑞：《从汉代人对屈原的批评看汉代文学的自觉》，《文艺理论研究》2000年第5期。

张新科：《文学视角中的鸿都门学——兼论汉末文风的转变》，《陕西师范大学学报》，2005年第1期。

王永平：《汉灵帝之置"鸿都门学"及其原因考论》，《扬州大学学报》1999年第5期。

孙明君：《第三种势力——政治视角中的鸿都门学》，《学习与探索》2002年第5期。

康小花：《"鸿都门学"考》，《艺术考古》2004年第4期。

范国盛、曾双全：《论中国古代第一所文艺专科学校——鸿都门学创建的原因》，《宜春学院学报》2008年第3期。

曾维华、孙刚华：《东汉"鸿都门学"设置缘由探析》，《东岳论丛》2010年第1期。

杨继刚：《汉灵帝鸿都门学研究》，华中师范大学博士学位论文，2012年。

木斋：《略论〈古诗十九首〉的产生时间和作者阶层》，《山西大学学报》2005年第7期。

木斋：《论〈洛神赋〉为曹植辩诬之作》，《山西大学学报》2010年第1期。

赵敏俐：《汉代文人五言诗与汉代社会思潮》，《社会科学战线》1994年第4期。

胡旭：《鸿都门学、曹氏家风与汉魏文艺的繁荣》，《厦门大学学报》2006年第4期。

叶官谋：《〈古诗十九首〉之意象群刍论》，《太原师范学院学报》2013年第2期。

赵昌平：《建安诗歌与〈古诗十九首〉》，《江淮论坛》1984年第3期。

黄震云、韩宏韬：《〈古诗十九首〉引〈诗经〉考论》，《临沂师范学院学报》2006年第2期。

张振龙、张晓庆：《从用典看曹植对〈诗经〉的接受及其文艺思想》，《求索》2008年第5期。

吴从祥：《唐前文学作品中的女性形象研究》，山东大学博士学位论文，2006年。

黄文熙：《论〈古诗十九首〉对〈诗〉〈骚〉意象的因革》，《安徽文学》2011年第6期。

杨合林：《〈古诗十九首〉的音乐和主题》，《文学评论》2011年第1期。

赵东栓、孙少华：《〈古诗十九首〉的时代、作者与文体来源》，《中国社会科学院研究生院学报》2010年第2期。

唐玲：《从〈古诗十九首〉浅析拟女性写作》，《昆明大学学报》2007

年第1期。

刘迪才:《〈古诗十九首〉的审美意象》,《学术论坛》1992年第5期。

韩国良:《孔融之死——兼论孔融的儒教观》,《青岛大学师范学院学报》2006年第12期。

赵剑敏:《孔融与曹操的士人意识及其冲突》,《学术月刊》2002年第2期。

傅刚:《曹植与甄氏的学术公案》,《中国典籍与文化》,2010年第1期。

余才林:《感甄记探源》,《文学遗产》,2009年第1期。

王晓毅:《论曹魏太和"浮华案"》,《史学月刊》1996年第2期。

孟繁冶、夏毅辉:《汉末衰征:"浮华交会"之风》,《殷都学刊》,2007年第6期。

刘蓉:《析魏明帝禁浮华》,《北京师范大学报》,2004年第5期。

赵昆生:《浮华交会与曹魏政治》,《重庆师范大学学报》2005年第2期。

# 后　记

　　数载写成之书稿行将付梓，欣慰之余，展卷复观，却油然生出"暨乎篇成，半折心始"之感。然能在读书过程中铢积寸累、集腋成裘，将点滴心得笔之于书，汇成此稿也可聊作生活之记录、治学之小照吧。

　　本书名为《汉魏变革之际文学研究》，所用"变革"而非"易代"，乃基于如下考量。其一，"易代"一词的内涵指称较为单薄，只存朝代更替之意而乏更广大意义上的容纳；其二，"变革"一词较"易代"指称内容更为宽广，不仅包含江山换代之意，更可容纳文化、思想等诸多意义层面之中随时代变迁而产生的演变与革新。汉魏之际在思想、政治、文化以及文学创作上都具有变革性的巨大转变，尤其在思想上迥异于汉者，为"家弃章句，人重异术"。在人才的选拔上，曹操以"唯才是举"取代察举制，曹丕继以"九品官人法"更革之。这一系列的变革远非"易代"二字所能涵盖。

　　然神思飞扬无极，提笔定稿有日，笔固能传心，亦不能尽表心意。所谓弥纶群言与铨序一文之难易取决于用心、用情、用时之不同，文章的深浅、巧拙、朴华也因之不同。此外，视野博观约取之大小、前人时贤品鉴之高低亦会造成撰写前的文章期待与搁笔后的成章文字之间存在一定落差。只有在才量之内勉力而行，擘肌分理其心唯务折衷，言不尽意，所憾识在瓶管。

　　近日再读《文心雕龙》，感慨良多，一则因刘勰持论之执中，二则因自己昔年曾醉心于此书。十余年前初读《文心雕龙》时曾下过一番功夫，而今恍如隔世，然再读斯文，犹如面对初恋般，往日的点滴记忆悄然自心头涌起，刘勰真多情人也。刘勰提出论人不能求全责备，其文多为古代诸多文人的遭遇鸣不平，《程器》一文更批评了曹丕论文人不护细行、韦诞历诋群才之"瑕累"等两种代表性偏见。他之所以专门指出文士之疵的问题，即为揭示"将相以位隆特达，文士以职卑多诮"的政治生态之下社会针对文士与将相所给的双重评价机制。读懂《程器》一篇才可更好地理解汉魏变革之际"作者鼎沸""彬彬之盛"的局面下，为何文人大多人生坎坷，最终又黯然离场，更有助于解释此时何以出现诸多"不遇"的诗赋，以及刘勰在创作此篇文章时对文士坎壈不公之局面所发出的声声呐喊。今人程万军先生所作《逆淘汰》一书中，明确地提出孔融、祢衡、杨修等人的遭遇即是中国古代官场典型的逆淘汰现象。二人的观点虽然相距逾千年，但均一针见血地指明了古代文人所生存之政治生态难称自由。

然而蔡邕、孔融、王粲、蔡琰、陈琳、刘桢等汉末诸子在如此恶劣的政治环境中依旧焕发出强大的创作生命力，用一腔政治热情与创作激情把自己内心的壮志、愤懑、孤独、欢乐等情感通过诗、文、赋等不同文学体裁一一表达出来。生逢乱世，他们就记述乱世；邺水朱华，他们即以建安风骨遗世。正因如此，他们才"慷慨以任气，磊落以使才"，从而开创了"五言腾踊"的诗歌黄金时代。读诸子之文、之赋、之诗，为其雅丽文采打动之余，更为文辞之后的慷慨激昂之情与傲岸进取人格所折服，这也正是我醉心于汉魏文学之由。这一动力促使我在闲暇之中于汉魏文献中爬梳钩沉，偶有心得即行之文字，此亦人生之乐也。《后汉书》《后汉纪》《三国志》等历史文献述出汉魏诸子在汉魏变革的乱世之中怎样以非常之才行非常之事，从而成非常之功。郭泰拒友人优游卒岁之劝，而事"诲诱不息"之行；曹操"御军三十余年，手不舍书"；郑玄"遭党锢之事，逃难注《礼》。至党锢事解，注《古文尚书》《毛诗》《论语》。为袁谭所逼，来至元城，乃注《周易》"。前贤之行，仰之弥高，不可企及；反躬自身，惭愧万千，故抱怨环境之心消，珍惜时间之志长。凡此种种，不一而足。读古人书，不仅能开阔眼界，恢宏志气，更兼滋养身心，变焕气质，此皆切身所感。这正我能够在工作之暇，于寂寞中寻求方寸的安宁，又在驱逐寂寞中获取读书喜悦与写作欢欣之所在。

　　读古人书、品古人诗文，不懂古人心不可，然如何才称"知人论世"，契合古人之旨？既是品鉴论文，就不免以今人视角来穿越历史，去求得历史的同情与人情的同心，方可不失偏颇。然即便是纵观前贤之论，于己之所识见仍旧不能超越个体之主观认知。近百年来，社会历史批评几乎成为文学批评的主流话语形态，其文史互证之法也的确为更好地理解文学作品提供了更为广阔的社会背景与解读空间，而文学之所以成为文学，更在它与现实的距离感及对现实的升华，对文学的解读自然不能机械地从社会历史的角度、从作者的生平事迹中去落实考证作品艺术构思之细节。如何把两者的分离聚合加以权衡，以便更好地理解与把握，由此成为一个严肃的学术问题。如对曹植《洛神赋》与李善所注《文选》所引用《记》中引文的解读即面临此一矛盾。在对历史文献的解读上，既要尊重文献，又要跳出文献的束缚而能大胆质疑，为我所用之时更应慎重。如在鸿都门学的相关分析和前人关于《古诗十九首》作者的各种猜测中，既要尊重前人的论述，又要不拘泥于前人的意见而能穿越历史的种种论断，寻求更为接近历史真实的结论。学术探讨的种种实践是否为学界所认可，脱离了从众性和依附性的解读而做出的诸多大胆的假设能否用有限的史料来一一论证等章，成为我最为纠结的问题。至于对文献核对，古今字、异体字的辨认统一等问题，皆是耗神费力之事，不足道也。

本书得以出版，感谢此间付出劳动的诸多师友。导师姜剑云先生于出差之时百忙之中为本书撰写前言，字里行间洋溢着对本书的肯定，与对我在学术上所作努力的鼓励。感谢郭俊萍女士为本书的编辑出版付出的一切努力，她对工作的精益求精，使本书稿在反复推敲与核改中得以完美收笔。拜良师，得益友，遇好的编辑，真乃学人之人生三幸事。

学术之外，该书写成最该感激的是父母妻儿，他们一直在背后为我的工作与科研默默奉献，不仅承担了家庭的诸多琐务，而且在精神上给予我莫大的鼓励，从而使得我有更多的时间仰头思考、俯首著述。文果载心，余心有寄矣。

作者

2019年12月17日 长治